W0285548

Nachhaltigkeit liegt uns am Herzen.

Hergestellt in Deutschland
Gedruckt auf FSC®-zertifiziertem Papier
Lösungsmittelfreier Klebstoff
Drucklack auf Wasserbasis

Natürlich

magellan

Antje Leser

Auf der Tonnenseite des Lebens

ANTJE LESER

AUF DER

DES LEBENS

magellan

1

Lautes Hupen reißt mich aus dem Tiefschlaf. Ich ziehe mir die Decke über den Kopf und versuche, wieder einzuschlafen. Mein Biorhythmus kommt vor zwölf nicht in die Gänge. Und ich finde, daran muss sich auch heute nichts ändern.

Es wird stickig unter der Decke. Das Hupen ist nur minimal leiser geworden. Außerdem telefoniert jemand lautstark. Eine Frau. Direkt unter meinem Fenster.

»Alter, wo bleibst du? Ich dachte, du wolltest mir beim Umzug …! Was …? Wie, du kannst nicht kommen? … Deine Corona-App ist gerade auf Rot gesprungen?! … Alter, ist mir doch scheißegal! Schwing deinen Arsch …! Echt jetzt?! Boah, du bist so scheiße! … Weißt du, was? Fick dich! … IDIOT!«

Mann! Kann die ihre Probleme nicht woanders lösen? Genervt strample ich die Decke zurück und wanke zum Fenster. Ich will es gerade zuknallen, als mich die Sache da unten doch fesselt.

Direkt vor unserem Haus parkt ein weißer Sprinter in zweiter Reihe. Die hintere Flügeltür steht offen, unmittelbar davor und mit laufendem Motor ein Fuzzi in einem schwarzen Land Rover, dunkle Sonnenbrille, offenes Hemd, Typ Großkotz. Weil er nicht vorbeikann, stimmt er ein neues Hupkonzert an. Und dann ist da diese Frau. Ihr Gesicht kann ich von hier oben nicht sehen, denn sie trägt eine Baseballcap. Umso genauer sehe ich, wie sie dem Fahrer des Land Rovers gerade den Stinkefinger zeigt.

Was dieser gar nicht gut aufnimmt. »Fahr gefälligst deine dämliche Karre aus dem Weg, blöde Kuh!«, brüllt er aus dem Wagenfenster, während Miss Cool vollkommen ungerührt eine Kiste aus dem Sprinter zerrt und kurz darauf in unserem Hausflur verschwindet.

Alter!, denke ich. Zieht die etwa bei uns ein? Dann sollte ich ihr wohl ein wenig zur Hand gehen. Am besten noch, bevor das Ordnungsamt eintrifft.

Während ich in meine Klamotten fahre, biegt bereits das nächste Fahrzeug um die Ecke. Bevor es sich hinter dem Land Rover einreiht, bin ich schon aus der Wohnung. Als ich ins Treppenhaus stürze, renne ich direkt in Miss Cool und ihren Karton hinein. Sie strauchelt, der Karton rutscht ihr aus der Hand, und ich greife reflexartig zu, bevor das Teil auf dem Boden landet. Ganz kurz berühren sich dabei unsere Fingerspitzen und mich durchläuft ein Schauer. Seit dieser Scheiße mit Corona bin ich keinem mehr so nah gekommen. Es ist ein vollkommen irres Gefühl. »Uuuups!«, mache ich und packe fester zu. Der Karton ist ziemlich schwer. »Brauchst du Hilfe?«

Sie hat ihr Gleichgewicht wiedergefunden und richtet sich auf. Ihre blauen Augen scannen mich von oben bis unten. Als ich das mit der Hilfe sage, huscht ein Lächeln über ihr Gesicht. »Oh mein Gott, das wäre großartig!«, ruft sie begeistert. »Die da draußen haben es auf mich abgesehen.« Sie trägt verwaschene Hotpants, weiße Sneaker und ein bauchfreies dunkelrotes Boho-Shirt.

»Willkommen im Haifischbecken der City«, sage ich und bemühe mich, nicht auf das Tattoo zu starren, das ihren Bauchnabel in feinen Linien umrankt. Heilige Scheiße!

»Besonders Typen wie der da in seiner Obermotzkarre. Die

habe ich ohnehin gefressen. Machen einen auf dicke Hose, haben aber nichts in der Birne.« Sie verdreht theatralisch die Augen. Dann zwinkert sie mir zu. »Ich bin Merle. Hi.«

»Joel«, sage ich und strahle sie an. »Wo soll der Karton hin?«

Sie wirft einen Blick in unser frisch renoviertes Jugendstil-Treppenhaus, das mit einem bunten Glasdach abschließt. »Nach oben. Dachgeschoss. Letzte Tür links.«

»In die Studi-WG?«, frage ich und erinnere mich, dass dort ein Zimmer leer steht, seit alle Welt wieder nach Hause zu Mama und Papa gezogen ist.

»Ja genau. Komm, ich zeig's dir.«

Langsam folge ich Merle, die immer zwei Stufen auf einmal nimmt, und bemühe mich, nicht auf ihren Hintern zu starren. »Studierst du auch hier an der Uni?«, fragt sie, ohne sich nach mir umzudrehen.

Okay, jetzt muss ich mich wohl outen. Schade eigentlich. »Nee, ich …« Ich bleibe stehen und wechsle den Karton auf die andere Schulter. »… ich bin gerade in die Zwölf gekommen.«

Sie dreht sich abrupt um. »Ach, echt?« Sie mustert mich ein weiteres Mal, diesmal, als wäre ich ein besonders interessantes Exemplar in einer Ausstellung voll mutierter Lebewesen. »Wie alt bist du denn?«

»Siebzehn.«

»Krass.«

»Wieso?«

»Na, was man mit Gammastrahlen so alles ausrichten kann!«

»Haha!« Immer diese Anspielungen. So langsam hab ich's satt. Ich bin nicht wirklich glücklich über meine zwei Meter und ein paar Zerquetschte. Klar, beim Sport ist es praktisch. Mit vierzehn habe ich angefangen, Rugby zu spielen. Aber im Alltag haue ich mir ständig die Birne an, weil die Welt nun mal für kleinere Leute optimiert wurde. Das geht schon zu Hause los: Ich kriege die Beine kaum unter den Tisch, stoße mir den Kopf am Türrahmen, mein Bett ist zu kurz, meine Decke ebenfalls. Klamotten und Schuhe in meiner Größe sind Mangelware, und beim Bus-und-Bahn-Fahren komme ich erst weiter, seit ich die Origami-Technik beherrsche: Zusammenfalten, bis der Arzt kommt.

Merle hat das tollste Zimmer in der WG: knapp zwanzig Quadratmeter groß, helle Holzdielen, kleiner Dachbalkon mit Blick auf Hinterhäuser und eine verwilderte Gartenlandschaft. Ich will nicht wissen, was sie dafür zahlt. »Wow!«, sage ich und stelle den Karton vorsichtig ab.

»Oh, bitte nicht hier!«, ruft Merle und dreht sich einmal um sich selbst. »Stell ihn … da drüben hin.« Sie zeigt in die andere Ecke des Zimmers. »Aber bitte nicht schieben. Wegen der Dielen. Der Vermieter hat mich extra darauf hingewiesen.« Sie zwinkert mir zu. »Sie sind historisch. Denkmalschutz und so.«

»Kein Problem«, sage ich und trage den Karton in die andere Zimmerecke. »Soll ich dir mit den anderen Kisten auch noch helfen?«

»Das wäre super!« Ihre Augen lächeln mich an. Sie sind so blau, dass es wehtut.

»Äh, ja klar. Kein Problem. Also, ich hab gerade ohnehin nichts vor.«

Merle ist schon aus der Wohnung. Leichtfüßig hüpft sie die Treppen hinunter, während sie mir über die Schulter zuruft: »Wie wäre es, wenn wir erst alles ausladen und unten im Treppenhaus abstellen? Dann sind wir schneller.«

Mittlerweile hat sich eine lange Schlange gebildet. Die hinteren Fahrzeuge setzen bereits zurück oder versuchen zu wenden. Das funktioniert allerdings nur mit Hupen und wilden Gesten, da unsere Straße wegen der alten Kastanienbäume links und rechts vom Straßenrand ziemlich eng ist. Ich ignoriere die wütenden Verkehrsteilnehmer und konzentriere mich aufs Tragen, während Merle mir Kisten, Möbelstücke und dazu noch eine XXL-Yuccapalme auflädt. Ich bin überrascht, wie viel Zeug in so einen kleinen Sprinter passt, doch irgendwann ist auch die letzte Kiste draußen. Merles Sachen stapeln sich im Foyer und ich freue mich jetzt auf ein ordentliches Frühstück. Mein Magen knurrt nun schon zum dritten Mal hörbar und einen Kaffee hatte ich auch noch nicht.

»Ich fahre das Auto weg. Kommst du klar?«, fragt Merle, während sie sich zum Gehen wendet. »Du kannst einfach alles in mein Zimmer stellen. Das mit dem Ausräumen mache ich dann so nach und nach.«

»Äh«, stammle ich und frage mich, ob sie nicht noch den einen oder anderen Helfer organisiert hat. Doch Merle ist bereits aus der Haustür. Ich höre, wie ein Motor aufheult. Kurz darauf ist sie weg. Der Stau in der Schumannstraße löst sich langsam auf. Vor der Tür kehrt Ruhe ein.

Ich lasse meinen Blick über Merles Sachen wandern. Im Grunde tut mir die Abwechslung ja auch mal ganz gut. Seit Monaten hänge ich nur noch zu Hause rum und zocke. Da kommt so ein bisschen körperliche Arbeit eigentlich wie gerufen. Vor allem, wenn es für Miss Cool aus der WG unterm Dach ist. Ich vertröste meinen Magen auf später und starte durch.

Nach eineinhalb Stunden Schufterei würde ich mich am liebsten auf Merles Matratze hauen und ein Nickerchen halten. Von ihr selbst fehlt jede Spur, und ich mache mir bereits Sorgen, dass sie mit dem Sprinter einen Crash gebaut hat. Ich hätte sie nach ihrer Handynummer fragen sollen. Aber das hätte sie vielleicht falsch ausgelegt.

Unschlüssig stehe ich im Zimmer herum, als ich hinter mir eine Bewegung wahrnehme. In der Tür lehnt einer von Merles Mitbewohnern. Wir sind uns schon ein paarmal im Treppenhaus begegnet. Doch außer einem knappen Hallo haben wir noch kein Wort miteinander gewechselt. Warum Merle ihn nicht als Umzugshelfer angeheuert hat, wird mir bei seiner Größe und Tänzerstatur sofort klar.

»Oh, sorry. Wollte dich nicht erschrecken«, begrüßt er mich und kommt lässig näher. »Du bist doch der Dude von unten?«

»Und?«, frage ich und betrachte mein Gegenüber. Der Typ sieht aus, als käme er gerade von einem Date mit seinem Stylisten: Fancy Ponyfrisur, garantiert frisch gefärbt, denn von Natur aus ist er sicher nicht blond, glatt rasiertes Babyface und – kann es sein, dass er Lidstrich trägt?

Der Typ lässt sich im Schneidersitz auf Merles Matratze nieder. Seine schlanken Finger greifen nach einem Joint, der hinter seinem linken Ohr steckt. »Was ist mit Merle? Ist die nicht da?«, fragt er, während er den Joint anzündet und einen tiefen Zug nimmt. Der süßliche Duft verteilt sich sofort im ganzen Raum. Ich bin mir nicht sicher, ob Merle das cool findet, dass einer in ihrer Bude kifft. Aber es ist nicht meine Sache, ihm das zu stecken.

»Die wollte noch das Auto wegbringen«, sage ich und lasse mich auf eine Bücherkiste fallen.

»Ach so.« Der Typ schnippt lässig seine Asche in Merles Yuccapalme. »Und in der Zwischenzeit machst du ihr den Umzug.«

Es ist mehr eine Feststellung als eine Frage, aber ich habe trotzdem das Gefühl, dass ich mich rechtfertigen müsse. »Ach was! Ich habe nur ein paar Sachen hochgetragen. Als Merle vorhin ankam, war sie voll im Stress. Weil sie nirgends parken konnte.«

Der Typ betrachtet mich leicht amüsiert. »Nee, ist klar«, sagt er und bläst mir seinen Rauch ins Gesicht. »Auch mal?«

Ich schüttle den Kopf. »Kaffee wär mir lieber.« Und ein anständiges Frühstück, denke ich. Doch das sage ich natürlich nicht.

»Na, wenn's weiter nichts ist.« Er erhebt sich in einer einzigen, fließenden Bewegung und geht vor mir her in eine lang gezogene, loftartige Wohnküche. Die hohe Decke ist komplett verglast und erinnert mich irgendwie an ein Gewächshaus. Vermutlich wird es hier demnächst megaheiß, aber cool ist es trotzdem. In der Raummitte befindet sich eine riesige Kücheninsel mit Herd und Bartresen. Die Barhocker davor sind aus buntem Metall und haben diesen typisch abgefuckten Industrial Style, den alle so hypen. Ich lasse mich auf einem der Hocker nieder und sehe dem Typen dabei zu, wie er eine auf Vintage getrimmte Espressomaschine anschmeißt, Kaffee ausklopft, Wasser nachfüllt, Milch aufschäumt. Es sieht alles sehr professionell aus. Schließlich bekomme ich einen Latte Macchiato erster Sahne in einem hohen Becher, was zwar superfancy aussieht, doch ich verbrenne mir ziemlich die Finger an dem heißen Glas.

»Wie heißt du eigentlich?«, will der Typ wissen, während er sich einen Espresso brüht.

»Joel. Und du?«

»Ich heiße Kim Chan-ho. Aber wegen Merle nennen mich hier alle Kim.«

»Wieso wegen Merle?«

Er zuckt mit den Schultern. »Na, eigentlich ist das mein Nachname. Doch bei ihr ist bloß Kim hängengeblieben. Jetzt nennen mich alle so.«

»Und woher kennst du Merle?«, frage ich und blase in meinen Milchkaffee. Es bringt nichts. Außer dass sich die geschäumte Milch an einer Seite auftürmt.

»Aus der Uni. Wir sind uns ein paarmal über den Weg gelaufen. Irgendwann hat sie mich angequatscht und seitdem modle ich für sie.«

»Du modelst für sie?!«

Kim schenkt mir ein feines Lächeln. »Für ihren Kanal auf Instagram.«

»Merle hat einen eigenen Kanal? Was postet sie da?«

Der Typ zieht sein Handy aus der Jeans und tippt darauf herum. Dann hält er mir das Display hin. Ein Profilbild von Merle – perfekt gestylt und mit verführerischem Lächeln. Sie hat einen angebissenen Apfel in der Hand, was ich irgendwie too much finde. Daneben prangt der Name ihres Blogs. »Mit Fairgnügen«, zitiere ich und sehe Kim fragend an.

»Fair Fashion, Lifestyle und Green Living«, erklärt Kim. »Ein paar Marken haben bereits bei ihr angeklopft.«

»Wow!« Ich starre auf eine Unzahl an Fotos und Videos und die vielen Likes daneben. Anscheinend kommt das Ganze ziemlich gut an.

»Merle ist die geborene Influencer-Queen. Was sie postet, ist für ihre Community Gesetz. Irgendwann will sie ihr eigenes

Modelabel entwickeln. Und wie ich sie kenne, schafft sie das auch.«

In diesem Augenblick höre ich, wie die Eingangstür zuschlägt. Gleich darauf ertönt ein »Huhu! Ich bin's!«, gefolgt von einem »Alter! Wer hat denn hier gekifft?«. Dann wird die Küchentür aufgerissen.

Auftritt Merle. In der Hand eine Flasche Sekt. »Joel! Echt jetzt? Ist ja nett, dass du mir beim Umzug hilfst, aber geraucht wird draußen! Okay?!«

»Ich … äh …«

»Merle-Schatz!«, flötet Kim. »Ich war das. Sorry!« Es wirkt nicht, als habe er ein schlechtes Gewissen. »Willkommen im neuen Zuhause.« Er gibt ihr links und rechts ein Küsschen auf die Wangen, was Merle mit einer hochgezogenen Braue quittiert. »Willst du auch einen Latte?«

»Quatsch, Latte! Jetzt wird gefeiert!« Merle schiebt Kim die Flasche über den Tresen und organisiert drei schlanke Sektflöten.

»Ich habe Joel gerade von deinem Blog erzählt«, berichtet Kim, während er den Draht am Sektkorken löst. »Er ist hingerissen.«

»Danke sehr!« Merle wirft mir einen Luftkuss zu, was mein Gesicht zum Glühen bringt. »Allerdings wäre ich nichts ohne mein *Kreativ-Team*.« Ihr Arm schlängelt sich um Kims Schulter. »Dieser Mann ist wirklich das heißeste Model ever«, haucht sie an Kims Ohr vorbei. »Außer mir, natürlich.«

Kim lässt den Sektkorken knallen. »Natürlich!«

»Außerdem hat er wunderbare Ideen zum Thema Green Living«, erklärt Merle, während ihre Fingerspitzen über Kims Wange streichen. Der viel zu warme Sekt schäumt über und ich schiebe Kim die drei Gläser hin.

»Und dann ist da noch der süße Linus«, ergänzt Kim augenzwinkernd, während er die Gläser füllt.

»Linus ist überhaupt der Beste«, schwärmt Merle. »Er macht nicht nur die Technik, sondern organisiert das mit dem Product Placement. Schließlich wollen wir ja auch ein bisschen was an unserem Blog verdienen.«

»Linus?«

Merle weist in Richtung Flur. »Mein zweiter Mitbewohner. Wir kennen uns schon seit der Schulzeit. Bestimmt seid ihr euch schon begegnet. Blonde Locken, Nerdbrille?«

Ich nicke. Nummer drei ist mir auch schon über den Weg gelaufen. Bloß dass er Linus heißt, wusste ich nicht. Ich nehme mir vor, Merles Blog einmal gründlich auszuchecken. Ich bin nicht so der Social-Media-Typ, aber jetzt bin ich doch neugierig geworden.

Kim schiebt uns die vollen Gläser hin, bevor er nach seiner Sektflöte greift. »Chin-chin!«, ruft er und wir stoßen an.

»Moment! Ich will das für meinen Blog festhalten!« Hektisch greift Merle zu ihrem iPhone, das sie zuvor auf den Tresen gelegt hat. »Zu blöd, dass ich meinen Selfie-Stick noch nicht ausgepackt habe.« Sie hält das Handy eine Armlänge von sich weg und checkt kurz ihr Make-up, während Kim und ich etwas dämlich mit erhobenen Gläsern herumstehen. Schließlich legt sie los: »Hallo, meine Lieben, hier bin ich wieder, eure Merle!« Sie schwenkt das Handy leicht, sodass Kim ins Bild kommt. »Und hier ist der zauberhafte Kim Wong, mit dem ich gerade zusammengezogen bin. Say hello to my followers, Kim!«

»Hi, guys!« Kim setzt ein Profilächeln auf und winkt in die Kamera, doch da hat Merle schon wieder sich selbst im Visier.

»Ja, von Kim und mir werdet ihr demnächst wieder megatolle Videos bekommen. Ihr dürft gespannt sein. Also: Stay in touch, guys!« Jetzt schwenkt ihr Handy nach oben und filmt mich von Kopf bis Fuß. »Und jetzt möchte ich euch noch jemanden vorstellen: Das ist Hulk, mein Roadie.«

Erschrocken weiche ich zurück. »Wie ihr seht, ist er lieber hinter als auf der Bühne. Wink mal meinen Followern, Hulk!«

»Mann, lass das!«, knurre ich und versuche, ihr das Handy abzunehmen. Zu spät wird mir klar, dass ich das grüne Shirt besser nicht angezogen hätte. Jetzt werde ich auf ewig als Merles Hulk in den Socials herumgeistern.

Merle beendet ihr Video. »Hey, Joel!«, ruft sie und lacht. »Ich konnte doch nicht wissen, dass du so empfindlich bist. Come on! Ich lösch das, wenn du willst.« Sie hebt ihr Sektglas und prostet mir zu. »Auf gute Nachbarschaft!« Sie sieht mich auffordernd an.

»Ich bin nicht empfindlich!«

Sie fährt mir über meine unrasierte Wange und ich bekomme eine Gänsehaut. »Nein, bist du nicht. Du bist toll. Und dass du mir geholfen hast, ist echt großartig. Cheers!«

Wir trinken das prickelnde Zeug auf ex. Es schmeckt widerlich süß. Trotzdem weckt es in mir ein schier unglaubliches Gefühl. Das Gefühl, dass mein Leben endlich, endlich!, wieder in die Gänge kommt. Nach all diesen Monaten des Stillstands, der Einsamkeit und des ewigen Wartens.

Später checke ich Merles Blog. Sie hat ein Video von ihrem Umzug unter dem Hashtag »letsmoveplastikfrei« gepostet, in dem sie über Recyclingkartons und nachhaltiges Verpackungsmaterial als Alternative zu Bläschenfolie und Klebeband spricht. Dabei gibt sie unten einen Hersteller an, und ich frage mich, ob dieser sie sponsert. Im nächsten Video stellt sie ihr neues Zuhause vor und erklärt, wie man aus abgehalfterten Möbelstücken eine trendige Einrichtung zaubert. Am Ende des Videos ist zu sehen, wie sie mit Kim und mir anstößt – und natürlich hat sie den Hulk drin gelassen. Aber es ist nicht so schlimm, wie ich befürchtet habe. Mit meinem Dreitagebart und dem grünen Shirt, das sich über meiner Brust spannt, sehe ich sogar richtig vorzeigbar aus. Das Video hat bereits 3.314 Aufrufe und 426 Likes. Ich scrolle mich durch Kommentare wie »Cool! Mehr davon!«. Am Ende bleibe ich an »Ich will ein Date mit Hulk! LOL« hängen und denke, dass es hätte schlimmer kommen können.

Ein paar Tage später klingelt es an unserer Wohnungstür. Da meine Mum mal wieder in irgendeiner Zoom-Konferenz sitzt, unterbreche ich nach dem zweiten Klingeln mein Adventure, das ich gerade online mit ein paar Kumpels spiele, und schlurfe zur Tür.

»Hi! Wusste ich doch, dass du zu Hause bist!« Merle. Sie trägt eine schwarze Röhrenjeans und eine superkurze Jeansjacke über einem engen roten Top mit dem Aufdruck »Dream on!«. »Ich wollte mich noch mal bedanken. Fürs Kistenschleppen und so.«

»Kein Ding«, sage ich und versuche, nicht auf den Schriftzug ihres Shirts zu starren. »Also, hab ich echt gern gemacht. Wirklich.«

»Und du bist auch nicht mehr sauer? Wegen Hulk, meine ich?«

Ich schüttle den Kopf. »Nee, passt schon.«

Sie strahlt mich an, und ich spüre, wie ich mal wieder rot anlaufe. »Sag mal, hast du Lust, nächsten Samstag zu meiner Einweihungsparty zu kommen?«

Was für eine Frage! Natürlich habe ich Lust! Ich weiß schon gar nicht mehr, wann ich zuletzt auf einer Party war. Ist auf jeden Fall ewig her.

»Es kommen auch nur ein paar Leute. Ich will nicht gleich Ärger kriegen.« Sie blinzelt mir verschwörerisch zu. »Aber ich würd mich echt freuen. So um neun?«

»Absolut! Soll ich was mitbringen?«

Sie überlegt nur einen Augenblick. »Kartoffelsalat wäre cool. Aber ohne Mayonnaise. Veganer, du weißt schon.«

»Verstehe«, sage ich und frage mich, was man an Kartoffelsalat überhaupt dran macht, wenn nicht Mayonnaise.

»Also dann«, verabschiedet sie sich. »Ich freue mich!«

»Ich mich auch«, sage ich, doch da ist sie bereits im Treppenhaus verschwunden.

2

Musik wummert mir entgegen, als ich die geschwungene Holztreppe nach oben nehme. Immer zwei Stufen auf einmal, während der historische Altbau unter meinen Füßen ächzt. Ich bin total nervös, habe mich dreimal umgezogen und schließlich wieder das angezogen, was ich ursprünglich ausgewählt habe: Jeans und Sneakers, Shirt und offenes Hemd darüber, an den Armen hochgekrempelt. Dazu ein breites geflochtenes Lederarmband, das ich mal vor Ewigkeiten auf dem Weihnachtsmarkt gekauft habe.

Ich nehme die letzten Treppen im Flug. Drücke auf die Klingel neben dem Schild mit den drei Namen. Starre auf die weiß lackierte Doppelflügeltür mit dem geschliffenen Glaseinsatz. Dahinter sehe ich – schemenhaft – jemanden näher kommen. Hoffentlich ist es nicht Kim, der jetzt öffnet! Oder Linus, der Technik-Nerd.

Die Tür geht auf. Ich blinzle gegen das Licht im Flur. Merle. In einem schulterfreien nachtschwarzen Minikleid. »Hey, Joel!« Ich bekomme ein Küsschen auf die Wange. Es ist, als würden wir uns schon ewig kennen und als wäre die Sache mit dem Coronavirus ein verdammtes Märchen. Sie nimmt mir den mayonnaisefreien Kartoffelsalat ab und schwebt barfuß durch den Flur. An ihrem rechten Zeigezeh steckt ein gemusterter Silberring. »Wir sind in der Küche«, wirft sie mir über die Schulter zu.

In der Küche ist die Party bereits in vollem Gang. Aus einem

Bluetooth-Lautsprecher dröhnt Musik. Ich schnappe Gesprächsfetzen auf und das rappelnde Geräusch eines Cocktail-Shakers. Im Hintergrund dreht sich eine Discokugel und wirft Lichtkleckse in die Runde. Auf der Küchenablage stapeln sich Salate, Baguettes, Käse und Chips.

»Auch einen Caipi?« Merles Lippen dicht an meinem Ohr. Ihr Atem riecht nach Minze und überdeckt für einen Augenblick den Duft ihres Parfums. Ich bin jetzt schon berauscht.

»Unbedingt«, antworte ich.

»Kim?« Merle gibt ihrem Mitbewohner ein Zeichen und zeigt dann mit einem blutrot lackierten Finger auf mich. »Joel möchte auch so einen!«

Kim lächelt mir zur Begrüßung zu, während er nach einem frischen Glas angelt. Er füllt es zur Hälfte mit geviertelten Limetten, die er geschickt mit einem Holzstößel zerdrückt. Danach gibt er braunen Zucker dazu und füllt das Ganze mit gecrushtem Eis und diesem Zeug auf, von dem ich vergessen habe, wie es heißt.

»Cheers!«

Ich proste ihm zu und lasse mein Glas gegen seine Bierflasche klirren. Dabei fällt mein Blick auf das Etikett. »Corona« lese ich und bekomme sofort schlechte Laune. Schon seltsam, wie einen allein das Wort triggern kann. Hastig nehme ich einen viel zu großen Schluck aus meinem Glas und muss husten. Dieser Rum, oder was auch immer das ist, ist echt heftig! Ein heißes Kribbeln bleibt in meinem Hals zurück. Ich schiebe meinen Hintern auf einen der Metallhocker und beobachte, wie Kim einen weiteren Drink für einen Typen mit kinnlangen Locken mixt. Er mustert mich von Kopf bis Fuß. »Bist du nicht Merles Hulk?«, will er wissen, und ich muss erneut husten.

Kim dreht sich kichernd zur Seite, während ich noch nach Worten ringe. Doch der Typ wartet meine Antwort gar nicht ab, sondern wendet sich wieder seinen beiden Begleiterinnen zu. Grummelnd schwenke ich die Eiswürfel in meinem Drink und sehe zu, wie sie langsam kleiner werden.

»So schnell wird man berühmt«, feixt Kim, nachdem der Typ wieder abgerauscht ist.

»Witzig«, knurre ich und stelle mein leeres Glas zurück auf die Theke.

Kim nimmt schon wieder einen neuen Drink in Angriff. Irgendwas mit Wodka und Cranberrysaft.

»Machst du das öfter?«

»Du meinst Drinks mixen?«

»Na ja, das wirkt alles so profimäßig bei dir. Auch neulich das mit dem Milchkaffee.«

Kim verzieht das Gesicht. »In meinem früheren Leben hab ich mal als Barkeeper gejobbt. Im Long Island.«

Ich pfeife durch die Zähne. Das Long Island ist eine der angesagtesten Lounge Bars in der Südstadt. Ich könnte mir vorstellen, dass man da als Aushilfe nicht schlecht verdient. Oder verdient hat. »Gibt's den Laden noch?«, frage ich vorsichtig.

Kim zuckt resigniert mit den Schultern. »Seit Beginn der Pandemie haben die zu.«

»Voll schade«, bemerke ich.

»Ja, oder? Apropos: Willst du noch einen?«

Ich nicke und schiebe mein leeres Glas über den Tresen.

Souverän mixt Kim mir einen weiteren Caipi, während ich meinen Blick durch die Küche wandern lasse. Die hohen Wände sind voller Fotos, die bei meinem letzten Besuch noch nicht hingen. Kein Wunder, denn die meisten sind von Merle: Merle beim Bouldern, Merle mit Pudelmütze vor einer Skihütte, Merle als Marilyn Monroe inmitten einer Schar Jungs, Merle im knappen Bikini auf einem Segelboot. Merle mit ihren beiden Mitbewohnern. Überall Merle. Strahlend und wunderschön. Von Kim und dem anderen sind nur ein paar wenige dabei.

»Wo ist das?«, frage ich und zeige auf ein Foto mit einem Fernsehturm auf einem Berg. Im Vordergrund Kim mit Daumen hoch vor ein paar blühenden Bäumen.

Kim folgt meinem Blick. »Das ist in Seoul. Während der Kirschblüte. Im Hintergrund ist der Namsan Tower.«

»Kommst du aus Seoul?«

Kim nickt knapp. Er hat alle Hände voll zu tun, denn mit jeder Minute werden es mehr Leute, die sich um die Bar drängen. Gesprächsfetzen dringen an mein Ohr. Begrüßungen, Gelächter. Ein paar Mutige zucken bereits zu den wummernden Beats. Es fühlt sich so gut an! Nach all den schrecklichen Monaten, die ich in meinen vier Wänden aushalten musste, hat diese Party schon beinah etwas Unwirkliches.

Merle schlängelt sich durch die Menge. Sie stellt ihr leeres Glas ab und sieht mich herausfordernd an. »Los, Joel! Komm tanzen!«

»Ich … äh …«

»Na los!« Sie greift nach meiner Hand und zieht mich hinter sich her. Ihre Hand ist so klein, dass sie fast vollständig in meiner verschwindet. An ihrem schmalen Handgelenk baumelt eine Kette mit kleinen Anhängern. Als sie sich zu mir umdreht und beginnt, ihre Hüften zu irgendeinem Salsa-Rhythmus zu schwingen, komme ich mir vor wie der letzte Trampel. Ich bin nun mal kein Tänzer. Alleine und zu Hause kann ich super tanzen. Aber sobald jemand zuschaut, geht gar nichts mehr. Springen und Headbanging sind eher mein Ding. Ich gebe mein Bestes, und zum Glück ist es ohnehin so eng, dass ich gar nicht viel machen muss. Merle tanzt einfach um mich herum, und ich hebe ab und zu meine Arme, damit sie darunter durchtauchen kann.

Später sitzen wir auf dem grünen Plüschsofa, das die halbe Rückwand des Raums einnimmt. Merle seitlich und mit angezogenen Knien, sodass ihre Beine meine Oberschenkel berühren. Ich lasse meinen Kopf nach hinten sinken und schließe für einen Moment die Augen. Da ist dieser Duft. Merles Duft. Sie riecht so gut! Irgendwie nach Blüten oder so. Rose vielleicht. Und ein Hauch Vanille. Es ist fast zu schön, um wahr zu sein. Ich sitze ganz still da und genieße den Augenblick.

»Bist du okay?«

Erschrocken reiße ich die Augen auf. »Absolut! Coole Party!« Ich rücke ein paar Millimeter von Merle ab und nippe an dem Drink, den sie für uns organisiert hat. Dabei betrachte ich sie unauffällig von der Seite. Sie trägt einen schimmernden Lippenstift, der ihre schön geschwungenen Lippen dezent betont. Wie es wohl wäre, diese Lippen zu küssen?

»Strawberry Spritz«, bemerkt Merle, und es wirkt, als unterdrücke sie ein Lächeln. »Lecker, oder?« Als ich nicke, pflückt sie die Erdbeere von ihrem Glasrand und schiebt sie mir in den Mund. Sie schmeckt süß und ein wenig nach Sekt. »Erzähl doch mal einen Schwank aus deinem Leben«, schlägt sie vor und sieht mich erwartungsvoll an.

»Einen Schwank aus meinem Leben?!«

»Zum Beispiel: Was hast du nach dem Abi so vor?«

Wenn ich das mal wüsste! Während der Joborientierungstage

hat einer der Berater zu mir gesagt, dass ich mit meinen Zensuren später einmal alles machen könne. Tolle Aussage. Hat mir unheimlich weitergeholfen. »Ich glaube, Journalismus würde mich interessieren. Also … investigativ, verstehst du? Dinge aufdecken und damit für mehr Gerechtigkeit sorgen.«

»Wie spannend!« In Merles Blick tritt ein Hauch Bewunderung. »Skandale aufdecken. Cool.«

»Na ja, also Skandale aufdecken schon, aber nicht so als Boulevardjournalist, weißt du. Der Klatsch im britischen Königshaus oder bei den Promis – das meine ich nicht. Sondern, also irgendwie denke ich, dass es Leute geben muss, die auf Missstände aufmerksam machen. Missstände in der Gesellschaft. Oder in Wirtschaft und Politik. Und die darüber berichten.«

Merles blaue Augen funkeln mich unternehmungslustig an. »Ich könnte jemanden brauchen, der für mich ein paar Dinge in Erfahrung bringt. Hast du Lust?«

Im Moment würde ich alles für dich tun, denke ich. Dann reiße ich mich zusammen und versuche, mich auf ihre Worte zu konzentrieren. »Worauf jetzt genau?«

»Ich brauche jemanden mit Mut und Sportsgeist. Einen, der Lust auf einen Hauch Abenteuer hat und nebenbei für mich Sachen in Erfahrung bringt. Und filmt. Einen Mann vor Ort, sozusagen.«

»Aha«, sage ich und bin mir nicht sicher, was genau sie damit meint. »Und wofür? Für die Uni?«

Merle lacht. »Nein, Blödmann! Für meinen Blog natürlich! Du machst dir keine Vorstellung, wie zeitintensiv das Ganze ist. Guter Content dauert einfach, und ich will, dass jeder Beitrag perfekt wird. Da bin ich eigen.« Ich registriere am Rande, wie Kim vielsagend mit den Augen rollt. »Meine Follower sind anspruchsvoll«, fährt Merle unbeirrt fort. »Und der Rechercheaufwand ist immens.« Sie gibt mir einen dieser dunkelblauen Augenaufschläge, und ich frage mich, wen das nicht auf Anhieb überzeugt. »Und weil mich das zeitlich so sehr in Anspruch nimmt und ich ja auch noch einiges für die Uni tun muss, könntest du hier ins Spiel kommen.«

»Ich? Aber was kann ich …?« Ihr Redefluss macht mich fertig. Um Zeit zu gewinnen, leere ich meinen Cocktail und verschlucke mich dabei an einem Minzblatt. »Du meinst, als Mann vor Ort?«, frage ich schließlich.

»Richtig!« Merle lächelt und nickt. »Der Mann vor Ort!«

»Was müsste ich da tun?«

»Ach, nichts Wildes«, antwortet sie und fläzt sich in eine bequemere Position. Dabei sinkt sie mehr und mehr gegen meine Schulter. Ich sitze ganz still und wage es kaum zu atmen. »Zunächst einmal müsstest du zwei Bekannte von mir zum Thema Green Living interviewen. Sina und Steff. Sie leben in einer Kommune am Stadtrand. Total spannend!«

»In einer Kommune? Wie die Hippies früher?«

Sie lacht. »Nee, nicht wie die Hippies. Mehr so im Sinne von Konsumverweigerung.«

»Wie geht das denn?«

»Indem man versucht, möglichst ohne Geld auszukommen.«

»Und das funktioniert?« Ihre Schlüsselbeine. So zart …

Sie lacht und tippt mir mit dem Finger auf die Nase. »Genau das sollst du ja für mich herausfinden!«

»Oh.« Ich habe den Faden verloren. Worum ging es? Ein Interview? Ja, warum eigentlich nicht? Wenn ich ihr damit einen

Gefallen tue? Und vielleicht kämen wir uns auf die Art ja noch ein bisschen näher?

»Gib mir mal deine Handynummer. Ich whatsappe dir den Kontakt.«

Mit klopfendem Herzen diktiere ich ihr meine Nummer und erhalte umgehend eine Nachricht. »Sag Steff, dass du von mir kommst. Und sobald du das Interview hast, meldest du dich bei mir. Okay?«

»Klar! Mach ich!«

»Prima!« Sie steht auf und zieht mich einfach mit. »Und jetzt will ich tanzen!«

Im Rhythmus der Bässe drehen wir uns unter der Discokugel, bis mir schwindelig wird. In meinem Kopf wirbeln die Gedanken durcheinander. Merle will mich in ihrem Kreativ-Team! Aber sie will mich nicht als Hulk, sondern als Mann vor Ort. Und jetzt tanzt sie mit mir. Wie cool ist das denn bitte?

Und dann lasse ich mich einfach treiben. In diesem Strudel aus Glücksgefühlen und der Gewissheit, dass jetzt alles besser wird.

3

Ich wache auf mit dem Kater meines Lebens. In meinem Kopf dröhnt es, als würde eine ganze Kompanie gerade mein Gehirn bergmännisch abbauen. Benommen greife ich zur Sprudelflasche neben meinem Bett und pumpe sie komplett leer.

Keine Ahnung, was gestern noch so alles passiert ist, nachdem – ha! – nachdem ich mit Merle getanzt habe! Nein, Moment … Merle hat mit mir getanzt. So viel weiß ich mit Sicherheit. Die sagenhafte Miss Cool hat mit mir, Joel, getanzt. GETANZT! Ja, okay, danach hat sie auch noch mit Linus und Kim und ein paar anderen getanzt. Zumindest bis der spießige Nachbar aus dem Erdgeschoss Sturm geläutet und mit der Polizei gedroht hat. Aber das habe ich nur noch so am Rande mitbekommen. Auch dass Kim mich irgendwann vom Sofa aufgescheucht und nach Hause geschickt hat. Anscheinend bin ich da eingepennt, was im Nachhinein betrachtet ziemlich peinlich ist. Doch das ändert nichts daran, dass es der geilste Abend seit Langem war. Und – wer weiß? –, mit etwas Glück kommen noch mehr solcher Abende, denn ich bin ja jetzt offiziell Merles Mann vor Ort.

Ich lasse meinen Blick durchs Zimmer schweifen und versuche, das Ganze mit Merles Augen zu sehen. Es ist immer noch dasselbe langweilige Jugendzimmer, an dem ich nichts verändert habe, seit ich aufs Gymnasium gekommen bin. Kiefernholzmöbel von IKEA. Schreibtisch, Drehstuhl, Schubladenbett neunzig mal zweihundert, Kleiderschrank, Ordner, Schulbücher und sogar noch ein paar WAS-IST-WAS-Bände neben gefühlt zweihundert apfelgrünen Geos. Wie soll man sein Leben als Erwachsener starten, wenn man immer noch im selben Mief haust? Ich nehme mir fest vor, hier mal gründlich auszumisten und am besten gleich noch an meiner Einrichtung zu arbeiten. Dafür werde ich mir den einen oder anderen von Merles Lifehacks ansehen und dann zur Tat schreiten.

Doch zuerst muss ich mich um meine neue Aufgabe kümmern: Ich muss diesen Steff anrufen und mit ihm einen Termin für ein Interview ausmachen. Ich angle nach meinem Handy und suche die Nummer, die mir Merle gestern gewhatsappt hat.

Eine Weile tutet es schrill und ich halte das Handy auf Abstand, damit mein Kopf nicht explodiert. Endlich meldet sich die Stimme einer Frau. Sie klingt ziemlich gestresst. »WAS?«, blafft sie ins Telefon. Im Hintergrund blökt ein Schaf. Es hört sich jämmerlich an.

»Äh, hallo? Hier ist Joel. Ich wollte eigentlich mit Steff sprechen.«

»Ich bin Steff!«

»Oh, ach so. ’tschuldigung.« Okay, mein Fehler. »Merle hat mir deine Nummer gegeben. Ich wollte fragen, ob ich dir zum Thema – Dingens – Konsumverweigerung ein paar Fragen stellen könnte … Für einen Blogbeitrag.« Am anderen Ende ist es kurz still. Nur das Schaf ist noch zu hören. Vielleicht bin ich gerade mit der Tür ins Haus gefallen? »Hallo?«

»Ist gerade schlecht! Ich bin am Schafescheren.«

»Ja, das hört man …«

»Aber wenn du willst, kannst du einfach mal vorbeikommen. Morgen zum Beispiel? Da passt es gut.« Sie nennt mir eine

Adresse und eine Uhrzeit, bevor sie sich wieder ihrem Schaf widmet.

»Das war ja einfacher, als ich gedacht habe«, murmle ich und speichere Steffs Adresse unter ihrer Nummer. Dann werde ich dieser Frau morgen mal einen Besuch abstatten. Bestimmt hat sie noch mehr Überraschungen auf Lager.

Zu meinem Glück fallen am nächsten Tag die beiden Nachmittagskurse aus. Daher mache ich mich schon zeitig auf den Weg. Eine Weile düse ich durch die Pampa auf der Suche nach der Adresse, die mir Steff genannt hat. Kein Haus weit und breit. Nur Wiesen und Felder, ein paar Kühe, sonst nichts. Hoffentlich habe ich Steffs Wegbeschreibung richtig verstanden. Irgendwas von einer Mühle hat sie gesagt. Und dass man die schon von Weitem sehen kann.

Schwitzend strample ich eine Anhöhe hinauf. Von hier aus hat man einen guten Rundumblick. Und da sehe ich es: Unter mir an einem Bach mit angrenzendem Forellenteich erkenne ich eine Art Bauernhof mit Scheune und Stallungen. Ziemlich heruntergekommen. Beim Haupthaus ist ein Teil des Dachs eingestürzt. Ein Dude macht sich daran zu schaffen. Ich höre das Hämmern bis zu mir herauf.

Als ich kurz darauf auf dem Hof ankomme, ist außer dem Typen auf dem Dach keiner zu sehen. Es dauert eine Weile, bis er mein Winken bemerkt. Doch dann gibt er mir ein Zeichen und verschwindet zwischen den Dachsparren. Kurze Zeit später taucht er in der Haustür wieder auf. Er dürfte ungefähr Ende dreißig sein. So genau kann ich das aber nicht einschätzen, weil sein Gesicht beinah vollständig zugewuchert ist. Er trägt einen verfilzten Norwegerpulli und zerfetzte Jeans und bedient damit absolut das Klischee, das ich von Mitgliedern einer Kommune habe. »Hey!«, begrüßt er mich. »Willst du zu mir?«

Auch dass er mich ohne zu zögern duzt, war klar. Nicht dass mich das stört oder so. Aber war klar. »Eigentlich suche ich Sina und Steff«, erwidere ich.

»Sind bestimmt in ihrer Jurte.« Der Mann zeigt vage in Richtung der Obstwiesen hinter der Mühle. »Einfach dem Trampelpfad nach. Ist nicht zu verfehlen.«

Was zum Geier ist eine Jurte?

Ich bedanke mich und schwinge mich wieder auf mein Bike. Ein paar Hühner nehmen gackernd Reißaus, als ich schwungvoll durch die Wiese brettere, vorbei an drei bunt bemalten Zirkuswagen und einer Feuerstelle, in der es noch leicht raucht.

Zunächst sehe ich nur verwilderte Beete, ein paar Sonnenblumen und ein Gehege mit Schafen. Doch dann wird mir klar, was der Typ gemeint hat. Etwas abseits der Zirkuswagen, gut getarnt hinter einem struppigen Zaun aus Weidengeflecht, entdecke ich eine Art Nomadenzelt, aufgebockt auf Holzpaletten und mit einem grauen Tuch bespannt. Fenster gibt es keine, nur ein durchsichtiges Kuppeldach und eine bunt bemalte Haustür, vor der ein Hund mit drahtigem Fell liegt. Als er mich bemerkt, hebt er erst den Kopf, dann sein Hinterteil in die Luft, wobei er die langen Vorderbeine weit nach vorne wegstreckt. Es sieht aus wie bei einer dieser Yogaübungen. Megakomisch. Doch dann reißt er plötzlich sein Maul zu einem Gähnen auf, und ich denke: Ach, du Scheiße!

»Der macht nix!« Die Frau, die gerade in der Tür auftaucht, trägt ihr dunkles Rapunzelhaar zu winzigen Zöpfen geflochten und als riesigen Knoten auf dem Kopf. »Alles gut, Söder«, sagt sie und krault dem Tier die Ohren. »Bist du Joel?«, fragt sie und scannt mich kurz, aber nicht unfreundlich. In ihrem rechten Nasenflügel steckt ein kleiner Silberring. Ich nicke und werde mir bewusst, dass ich immer noch wie ein Idiot auf das merkwürdige Ensemble starre: ein Nomadenzelt irgendwo im Nirgendwo und eine Schamanenfrau mit Wolf. Absolut strange.

»Sina«, stellt sie sich vor. »Komm rein.«

Ich lehne mein Rad an den Weidenzaun und warte vorsichtshalber, bis der Hund im Inneren des Zelts verschwindet. Dann folge ich Sina in einen großzügigen Wohnraum ohne Ecken und Kanten und mit einem bulligen Kaminofen in der Mitte. Darüber spannt sich das gigantische Kuppeldach, das von rot lackierten und mit Mustern bemalten Dachlatten gestützt wird. Mitten im Dach befindet sich eine runde Kunststoffscheibe, durch die ich den Himmel sehen kann. Es riecht nach Holzfeuer und Schafen und ein bisschen auch nach Hund.

»Steff ist noch Holz holen. Aber sie kommt sicher gleich. Willst du einen Kaffee?«

Ich nicke geistesabwesend und betrachte staunend die winzige Küchenzeile mit nichts als einem Campingkocher und einer Propangasflasche, daneben ein Regal mit Töpfen und Küchenutensilien und einer Ablage, auf der eine verbeulte Zinkwanne für den Abwasch steht. Etwas weiter links eine alte Werkbank als Esstisch, vier verschiedene Stühle, ein Regal als Raumteiler, dahinter ein zerwühltes Bett aus Europaletten mit einem Baldachin aus bunten Stoffen. Neben dem Ofen eine Ansammlung aus Schaffellen, Kissen, Teppichen und einem Couchtisch aus Weinkisten. Alles irgendwie improvisiert, aber dabei auch irgendwie perfekt. »Wie kommt man denn an so ein Zelt?«, will ich wissen.

Sina wirft mir einen kämpferischen Blick zu, während sie aus einer Flasche Wasser in einen Espressokocher füllt. Sie gibt Kaffeepulver in den Siebeinsatz, schraubt die Kanne zu und stellt sie auf den Campingkocher. Es faucht kurz, als sie die Flamme entfacht, und ich verdränge den Gedanken an offenes Feuer in einem Raum, der nur aus Holz und Stoff besteht.

»An so was kommt man nicht mal eben«, sagt sie schließlich, als habe sie erst über meine Frage nachdenken müssen. »Der Gedanke an eine Jurte muss erst in dir reifen, verstehst du? Sie ist die logische Konsequenz aus einer langen Reihe von Überlegungen. Sobald du begreifst, dass du nicht mehr fremdbestimmt und einsam und getrieben sein willst und dass du zurück zur Erde, zur Natur und zu dir selbst kommen willst, erst dann bist du auch bereit für eine Jurte.«

»Okay, warte«, unterbreche ich sie. »Hast du ein Problem damit, wenn ich das aufzeichne?«

»Nee, klar. Mach nur!«

Während ich mein Handy herausziehe und das Aufnahmeprogramm aufrufe, beginnt die Espressokanne zu gurgeln. Sina dreht eilig die Flamme zurück. »Steff und ich haben uns bei einem Jurtebau-Kurs kennengelernt. Danach war die Sache für uns klar.«

»Ihr habt das wirklich alles selbst gebaut?«

»Die Plane ist das Einzige, was wir gekauft haben«, sagt Sina und macht eine weit ausholende Handbewegung. »Die Dachlatten und die Plexiglasscheibe stammen von einem Messebauer, der zu Beginn der Pandemie pleitegegangen ist. Wir haben sie zugeschnitten und bemalt. Das Holz für die Scherengitter haben wir im Wald geschlagen und danach selbst zusammengebunden. Die Dämmung kommt von unseren Schafen.«

»Und die Möbel?«

»Sperrmüll. Oder selbst gemacht. Ich hab bei einem Schreiner gelernt.«

»Und wie steht es mit Strom oder fließendem Wasser?«

Sina lächelt siegessicher. Sie scheint diese Frage erwartet zu haben. »Weder noch«, sagt sie fast ein wenig trotzig. »Wir kommen mit zwanzig Litern Wasser am Tag aus. Wir haben zwei Zehnliterkanister, die füllen wir bei Bedarf in der Mühle auf. Dort gibt's auch einen Kühlschrank für die Lebensmittel, die wir hier nicht kühlen können. Und Strom natürlich. Wir besitzen beide ein Handy und einen Laptop, die können wir drüben aufladen. Steinzeitmenschen sind wir also keine.«

»Was ist mit einer Toilette? Verschwindet ihr jedes Mal mit dem Klappspaten im Wald oder was? Und was ist mit Duschen oder Wäschewaschen?«

»Wir haben ein Kompostklo hinter dem Gemüsegarten. Mit dem Inhalt düngen wir unsere Gurken«, erklärt Sina. »Und in der Mühle gibt es ein Bad inklusive Waschmaschine. Das dürfen wir mitbenutzen. Du siehst: Alles gut durchdacht.«

Ich will mich nicht mit ihr streiten, doch ich frage mich, wie back to nature diese Lebensweise tatsächlich ist, wenn ich immer wieder ins Bauernhaus nebenan gehe, um auf die Errungenschaften der Technik zurückzugreifen. »Und was macht ihr im Winter, wenn es richtig kalt ist? Wohnt ihr dann auch noch hier oder zieht ihr dann rüber in die Mühle?«

»Auf keinen Fall! Wir lieben unsere Jurte!«

Ich fahre zusammen, weil der Wolf plötzlich aufspringt.

Schwanzwedelnd begrüßt er eine Frau, die gerade einen Korb mit Brennholz hereinwuchtet und ihn neben dem Ofen fallen lässt. Dann wuschelt sie Söder durch den Pelz. Sie hat pinkfarbenes, raspelkurz geschnittenes Haar und ein Tattoo unter dem rechten Ohr. Einen Traumfänger mit drei Federn. »Hi! Ich bin Steff«, sagt sie und begrüßt mich mit einer kurzen Umarmung. Danach gibt sie Sina einen Kuss auf den Mund. »Habe mit Olaf gesprochen. Wir können das Holz haben. Zum Tausch gegen deinen Ziegenkäse.« Sie schnuppert und späht in den Espressokocher. »Hey, wir haben ja doch noch Kaffee!«

»Einen kleinen Rest. Aber jetzt ist er leer.«

»Dann ist wohl wieder mal ein Tauchgang fällig.« Steff grinst gut gelaunt und lässt sich auf die bunten Kissen neben dem Ofen plumpsen. »Und du bist also Merles Hulk?«

Alter! Hat hier jeder Merles Blog abonniert? Was muss ich tun, um das Hulk-Stigma loszuwerden? »Ich bin der Typ, der für Merle herausfinden soll, wie ihr so lebt. Als Konsumverweigerer«, sage ich und lasse mich Steff gegenüber in die Kissen fallen. Sofort bekomme ich Gesellschaft von Söder, der sich ungefragt neben mich legt. Ich streichle seinen Riesenschädel und überlege, was ich als Nächstes fragen könnte. Währenddessen strömt der Duft nach frischem Espresso in meine Nase, und ich merke, wie ich mich entspanne. Irgendwie entschleunigt so ein runder Raum.

Sina kommt mit einer Tasse zu mir rüber und hält sie mir unter die Nase. »Milch ist aus. Aber du kannst Hafersahne haben.«

»Nee, schwarz ist okay«, sage ich und greife nach der Tasse. Bloß keine Hafersahne! Und nach Zucker frage ich erst gar nicht. Vermutlich bekomme ich dann Honig. Selbst geschleudert, versteht sich. Alles ökologisch korrekt hier.

»Also. Was willst du wissen?«, kommt Steff mir zuvor.

Tja, was will ich wissen? Um Zeit zu gewinnen, nippe ich an meinem Kaffee. Dabei verbrühe ich mir die Zunge. »Woher kennt ihr Merle eigentlich?«, frage ich schließlich. »Ich meine, ihr lebt hier draußen, in einem Zelt –«

»Jurte«, wirft Sina ein.

»… einer Jurte, zusammen mit Schafen und Hühnern. Merle dagegen ist ja eher so der Stadtmensch?«

»Ja, das stimmt!« Steff kichert. »Merle und Landleben – das passt nicht zusammen. Dass wir uns kennen, klingt auf den ersten Blick sicher merkwürdig. Aber Merle war in meinem Jahrgang. Wir haben zusammen Abi gemacht. Sogar eine Weile zusammen studiert. Aber dann …« Steff zögert und wirft Sina einen Blick zu. »Also sagen wir so: Wir haben uns aus den Augen verloren, als ich Sina und das alles hier kennengelernt habe.«

»Und dann?«

»Na, ich hatte schon immer so meine Zweifel an unserer Gesellschaft. Also genauer gesagt, am bestehenden Kapital- und Wirtschaftssystem. An seiner Sinnhaftigkeit. An der Tatsache, dass eine Menge Menschen, gerade auch in ärmeren Ländern, für unsern Wohlstand hier schuften müssen. Aber auch an der Vorstellung, vierzig Jahre malochen zu müssen, bloß damit ich einen Kredit für ein Haus abbezahlen kann, das ich auch jetzt schon haben könnte. Ohne Burnout und Geldsorgen.«

»Na ja, kann man das denn vergleichen? Ich meine, diese Jurte hier, die ist ja schon ein bisschen primitiv …« Uuuups! Voll ins Fettnäpfchen getreten! Sinas beleidigtes Gesicht spricht Bände. »Also, zumindest – äh – einfacher gestrickt als ein Haus«, rudere ich zurück. »Ich meine, es ist cool hier, keine Frage. Aber ihr habt nicht mal fließendes Wasser und auch keinen Strom. Ihr müsst Holz sammeln, damit ihr nicht friert, und wenn ihr euer Essen nicht selbst anbaut …«

»Wir mögen es eben möglichst einfach«, pampt Sina. »Und wir lieben es, mit und in der Natur zu atmen.«

Oh Gott, hat sie das wirklich gesagt? Ich spüre, wie meine Kopfhaut zu kribbeln beginnt. Ich glaube, ich bin allergisch gegen esoterisches Gelaber. Trotzdem reiße ich mich zusammen und versuche, meine persönliche Meinung so gut wie möglich auszublenden. »Okay«, wende ich mich an Steff, die irgendwie mehr in der Realität verhaftet scheint als Sina. »Dann erzähl doch mal: Was hat dich so gereizt am Aussteigen?«

Steff hält ihre Tasse in beiden Händen und nippt nachdenklich an ihrem Kaffe. »Ich fand die Idee einfach faszinierend, dass man auch glücklich leben kann, wenn man komplett auf Geld verzichtet. Hier in unserer Hofgemeinschaft klappt das ziemlich gut. Wir teilen alles. Unsere Fähigkeiten, unsere Talente. Jeder bringt sich ein, so gut er kann.« Steff pustet erneut in ihre Tasse. »Das hat mich überzeugt. Also hab ich die Uni geschmissen, meine Bude gekündigt und bin hierhergezogen.«

»Einfach so?«, staune ich.

»Nee, natürlich nicht. So einfach war das dann auch wieder nicht.«

»Das Schlimmste waren deine Eltern.« Die Erinnerung ist in Sina anscheinend immer noch sehr lebendig. Sie zieht die rechte Augenbraue hoch und wirft Steff einen gequälten Blick zu. »Die hätten dich am liebsten an den Haaren zurück in die Uni geschleift.«

»Das wäre schwierig geworden.« Steff fährt sich lachend durch ihr kurzes Haar. »Aber du hast recht. Mit denen gab's den meisten Stress. Zum Glück haben sie es mittlerweile akzeptiert.«

»Und wovon lebt ihr hier?«

»Von allem, was die Natur uns schenkt«, antwortet Sina geheimnisvoll.

»Als ob!«, Steff stößt Sina den Ellenbogen in die Seite. »Geschenkt kriegen wir hier gar nichts. Im Gegenteil: Das Pflanzen und Ernten von Obst und Gemüse ist ganz schön viel Arbeit. Außerdem gibt es Schafe, Bienen und Hühner, die versorgt werden müssen.«

»Heißt das, dass ihr hier vollkommen autark lebt? Was ist mit Strom und Wasser? Das bekommt ihr doch nicht umsonst?«

»Nein, natürlich nicht«, gibt Steff zu. »Die Kosten für Strom und Wasser in der Mühle werden auf uns alle verteilt. Und ein bisschen was zahlen wir auch für die Pacht. Außerdem haben wir beide eine Krankenversicherung.«

»Wir verdienen uns gerade mal so viel dazu, dass es reicht«, erklärt Sina. »Dafür engagieren wir uns bei zahlreichen Projekten. Im Sommer veranstalte ich Jurtebau-Kurse und im Winter erledige ich ein paar Auftragsarbeiten als Schreinerin. Steff ist in der Hausaufgabenhilfe und in der Ferienbetreuung aktiv. Samstags haben wir einen Stand auf dem Markt, wo wir Honig und Seifen verkaufen. Außerdem setzen wir uns für die Leute aus dem Lerchenring ein. Aber das ist ehrenamtlich.«

»Oha!« Der Lerchenring zählt zu den sozialen Brennpunkten in unserer Gegend. Das komplette Viertel besteht aus heruntergekommenen Wohnblöcken aus den Fünfzigern, in denen die Leute dicht an dicht hausen. Angeblich gibt es in den winzigen Buden keine Bäder, sondern nur Etagenklos und Sammelduschen. Die Stadt bringt dort Leute unter, die zwangsgeräumt wurden oder auf der Straße leben. Dafür müssen die keine Miete zahlen, sondern mehr so einen symbolischen Betrag für die Nutzung. Wann immer Wahlen anstehen, ziehen die Politiker in dieses Viertel, halten Reden, lassen sich mit den Bewohnern ablichten und machen Versprechungen. Nach den Wahlen versinkt das Ganze dann wieder im Dornröschenschlaf und nichts ändert sich. Bislang habe ich um die Gegend einen Bogen gemacht. Vor allem nachts. »Und was ist mit den Lebensmitteln, die ihr nicht selber herstellen könnt? Was weiß ich – Kaffee, Mehl, Klopapier, Nudeln, Reis, Schokolade? Ihr könnt mir doch nicht erzählen, dass ihr auf all das verzichtet.«

»Tun wir auch nicht«, räumt Steff ein und betrachtet mich prüfend über den Rand ihrer Tasse.

»Wusstest du, dass ein Drittel der weltweit produzierten Lebensmittel im Müll landet?«

Ich zucke bloß mit den Schultern. Keine Ahnung, was das jetzt mit meiner Frage zu tun hat. »Und?«

»Vieles wird sogar schon aussortiert, bevor es im Supermarkt ankommt. Kartoffeln, die nicht eiförmig sind, knotige Karotten, krumme Gurken. Und im Laden geht's dann weiter: Orangen mit Druckstellen, angeschimmelte Zitronen – schon fliegt das komplette Netz auf den Müll! Da macht sich keiner die Mühe, das Zeug auszusortieren.«

»Nudeln, Reis, Gewürze, Tee«, wirft Sina ein. »Ein Tag über dem Ablaufdatum und schon wird entsorgt. Obwohl das Zeug eigentlich ewig hält. Das ist doch Wahnsinn!«

»Hat vermutlich was mit Haftung zu tun«, überlege ich.

»Bullshit!«, fährt Steff auf. »Viele Supermärkte werfen sogar

Lebensmittel weg, die noch gar nicht abgelaufen sind! Weil sie Platz für die neue Ware schaffen müssen.«

»Allein in der EU werden jährlich neunzig Millionen Tonnen Lebensmittel entsorgt. Das entspricht einer Lkw-Kette einmal um den Äquator.« Sina ist vor Aufregung laut geworden. »Überleg mal, wie viele Menschen auf unserem Planeten hungern oder unter schlechten Arbeitsbedingungen leiden, bloß damit die Regale bis Ladenschluss vollgestopft sind. Und dann schmeißt der Handel das Zeug einfach weg!«

»Von den Auswirkungen auf das Klima gar nicht zu reden«, pflichtet Steff ihr bei. »Hast du gewusst, dass laut einer Studie des WWF zehn Prozent der Treibhausgasemissionen auf das Konto von Lebensmittelverschwendung gehen?« Ich schüttle den Kopf.

»Siehst du!« Sina betrachtet mich triumphierend. »Und deshalb ist Konsumverweigerung die logische Konsequenz.«

»Heißt das jetzt, dass ihr gar nicht mehr einkaufen geht?«

»Zumindest haben wir beschlossen, dass wir das nicht länger unterstützen«, bestätigt Sina.

»Das bedeutet?«

»Wir sind Freeganerinnen.«

»Ihr seid – was?«

»Freeganer machen auf den Überfluss in der Gesellschaft aufmerksam. Und auf den damit verbundenen Foodwaste. Indem sie keine Lebensmittel mehr kaufen.«

»Sondern klauen oder was?«

»Sondern retten.«

»Ihr *rettet* Lebensmittel?« Das klingt so absurd, dass ich lachen muss. »Seit ihr der DLRG für Essen oder was?«

Steff verdreht genervt die Augen. »Alter! Schon mal was von

Containern gehört? Dumpster Diving sagt man auch auf Neudeutsch dazu. Oder Tonnentauchen.«

Okay, gehört habe ich schon davon. Aber ernsthaft vorstellen kann ich mir das nicht. »Du meinst, ihr grabt im Müll nach Essbarem und definiert das als Rettung?«

»Du musst gar nicht graben«, entgegnet Steff. »Meist liegt das Zeug obenauf. Vieles ist sogar noch originalverpackt.«

»Aber legal ist das nicht, oder?«

»Wir nehmen uns nur, was keiner mehr möchte«, beschwichtigt Steff. »Die Supermärkte kalkulieren ohnehin damit, dass sie einen Teil der Lebensmittel wegwerfen. Die können das sogar von der Steuer absetzen.«

»Was ist mit Lebensmittelvergiftung? Habt ihr keine Angst davor?«

»Ach was!« Steff winkt ab. »Das Zeug ist absolut in Ordnung. Oder schmeckt der Kaffee etwa nicht?«

Ich starre entsetzt in meine Tasse. »Ist der etwa auch aus dem Müll?«

»Sicher! Sogar Bioqualität. Und fair gehandelt.« Steff grinst breit, als ich misstrauisch an meinem Kaffee schnuppere. »Als Freeganerinnen müssten wir streng genommen auf tierische Produkte verzichten. Von wegen free und vegan, verstehst du?« Ich nicke. »Aber es fliegen so viele Milchprodukte, Käse, Wurst und Fleisch in den Müll, dass ich für mich beschlossen habe, dass mir das generelle Retten von Lebensmitteln wichtiger ist. Ich nehme, was ich finde. Sina ist da konsequenter. Sie isst nur Veganes.«

»Aber Fleisch und Fisch? Ich meine, wenn das nicht gekühlt wird, das kann doch voll ins Auge gehen?«

»Meist sind die Sachen sogar noch gekühlt, wenn wir kommen«, entgegnet Steff. »Ansonsten verlässt du dich auf deine Nase. Jetzt um diese Jahreszeit, wo es nachts schon kalt wird, ist das ohnehin kein Problem.«

»Was, wenn ihr erwischt werdet?«

»Ist noch kein einziges Mal passiert. Außerdem: Was sollen die schon sagen? Ist doch bloß Müll. Will doch keiner mehr.«

»Wir geben jetzt sogar Tauchkurse für Einsteiger«, verkündet Sina stolz. »Und die sind gar nicht schlecht besucht! Am Anfang ist es ohnehin ganz gut, wenn man nicht alleine geht. Wir kennen die besten Spots und geben eine Menge Insidertipps.«

»Genau! Wie wäre es, wenn du bei unserem nächsten Tauchgang mitkommst?«, schlägt Steff vor. »Dann kannst du dir ein eigenes Bild machen.«

»Nee, danke«, wehre ich ab. »Ich steige ganz bestimmt nicht in irgendeinen versifften Müllcontainer.«

»Musst du doch gar nicht«, beruhigt mich Sina. »Machen wir ja auch nicht. Das Zeug weiter unten kannst du sowieso meist vergessen.«

»Außerdem genügt es vollkommen, wenn du das Ganze einfach bloß dokumentierst«, schlägt Steff vor. »Ein paar coole Fotos schießt. Fertig.«

Merle würde das sicher gefallen, denke ich. Und es wäre ein weiteres gemeinsames Projekt, über das wir uns näherkommen könnten. »Und wie läuft so ein Tauchgang ab?« Das Wort »Tauchgang« begleite ich mit in die Luft gestreckten Fingern, mit denen ich Gänsefüßchen andeute. »Mit Neoprenanzug und Nasenklammer oder wie?« Absurd! Ob die beiden dafür Geld verlangen?

Meine Frage scheint Steff zu amüsieren. »Nasenklammer ist

gar nicht so verkehrt. Zumindest manchmal. Aber einen Neoprenanzug brauchst du nicht. Gummihandschuhe reichen völlig. Und bequeme Sneakers, mit denen du auch mal klettern kannst.«

»Oder rennen«, ergänzt Sina und schmunzelt über meinen entsetzten Gesichtsausdruck. »Na ja, falls doch mal eine Streife aufkreuzt.«

»Vielleicht ein paar dunkle Klamotten«, schlägt Steff vor. »Da fällt man weniger auf.«

»Eine Stirnlampe wäre auch nicht schlecht. Und Plastiktüten, falls doch mal was ausläuft«, zählt Sina auf. »Außerdem einen Rucksack oder Fahrradtaschen. Hast du doch, oder?«

»Fahrradtaschen?«

»Na, für das ganze Zeug, das du rausholst.«

»Alter, ich hol da ganz bestimmt nichts raus!«, fahre ich auf.

»Hey, immer mit der Ruhe«, beschwichtigt mich Steff. »Keiner zwingt dich, Lebensmittel zu retten. Aber dass du da was drüber schreiben willst, finden wir super.«

Sina nickt. »Höchste Zeit, dass die Öffentlichkeit davon erfährt«, pflichtet sie Steff bei.

Im Grunde hat sie recht, ich muss ja nichts mitnehmen. Aber dass so viele Lebensmittel im Müll landen, wie die beiden behaupten, kann ich mir gar nicht vorstellen. Wenn das so wäre, wieso ist das Dumpstern dann nicht schon zum Nationalsport ernannt worden? Oder wissen die Leute gar nichts davon? Ein bisschen reizt es mich schon, darüber hautnah zu berichten. Immerhin wäre das eine würdige Mutprobe auf dem Weg zum Journalisten. Und wenn ich damit auch noch Merle beeindrucken könnte …

»Wann ist denn euer nächstes Mal?«

Steff und Sina sehen sich an. »Wie wär's mit Samstag? Da lohnt es sich eigentlich immer, weil sonntags geschlossen ist und am Montag die neue Ware kommt.«

»Wir gehen meist eine Stunde nach Ladenschluss los«, erklärt Sina. »Da sind die Mitarbeitenden in der Regel schon weg und wir kommen ungestört an die Tonnen.«

»Ich besprech das noch mal mit Merle, okay? Ich weiß ja gar nicht, ob die so was in ihrem Blog haben will. Bisher war ja nur die Rede von Konsumverweigerung.«

Sina und Steff werfen sich vielsagende Blicke zu. »In Ordnung«, sagt Sina schließlich. »Dann melde dich doch einfach, falls du mitkommen willst.«

Ich verspreche es. »Darf ich jetzt noch ein paar Aufnahmen von euch machen?«, versuche ich, vom Thema abzulenken. »Und von eurer Jurte natürlich?«

Sina und Steff sind einverstanden, und so verbringe ich den Rest des Nachmittags damit, den Alltag der beiden zu fotografieren. Als ich gegen Abend nach Hause zurückkehre, habe ich genug Material, um Merle einen ausführlichen Artikel zum Thema Konsumverweigerung abliefern zu können. Ich bin sicher, dass ich damit meine Feuertaufe als Mann vor Ort bestehe.

4

Ich stehe neben der Bushaltestelle am Rathausplatz und warte. Die Sonne ist schon lange untergegangen, und es ist scheißkalt, zumindest für Ende September. Zu allem Überfluss hat es nun auch noch zu nieseln begonnen, was mir etwas die Lust an der bevorstehenden Aktion raubt. Ich lehne mein Rad an einen Baum und ziehe die Kapuze über den Kopf. Als der Regen stärker wird, flüchte ich unter das Dach der Haltestelle. Ein Blick auf mein Handy verrät mir, dass ich immer noch über zehn Minuten zu früh bin. Ich verdränge den Gedanken an durchgeweichte Lebensmittel in stinkenden Mülltonnen und rufe mir die Begegnung mit Merle ins Gedächtnis. Sie war total begeistert, als ich ihr von meinem Besuch bei Sina und Steff erzählt habe. Meine Fotos und den Bericht über die beiden in ihrer Jurte hat sie, noch während wir darüber gequatscht haben, auf ihren Blog gestellt.

Als ich ihr die Sache mit dem Containern schilderte, war sie total angefixt. »Oh mein Gott, kannst du da bitte mitgehen und Fotos schießen? Darüber eine Story auf meinem Blog, das wäre echt der Knaller, Joel!«

Ich weiß nicht, ob ich darüber länger nachgedacht hätte, wenn ich gewusst hätte, dass es so ein ungemütlicher Abend werden würde. Doch als ich kurz darauf bei Sina und Steff anrief und nachhakte, ob sie mich bei ihrem nächsten Tauchgang mitnehmen könnten, waren die beiden nicht im Mindesten überrascht.

Steff nannte mir den Treffpunkt und beteuerte mehrmals, dass sie sich über jeden neuen Lebensmittelretter freue. »Du wirst sehen, es macht sogar richtig Spaß.«

Momentan bin ich davon nicht ganz so überzeugt. Fröstelnd lasse ich mich auf die schmale Plastikbank im Wartehäuschen fallen und scanne die Umgebung. Es ist zwanzig nach zehn und auf den Straßen ist nichts mehr los. Selbst Fußgänger sind kaum noch unterwegs.

Bis auf eine schmale Gestalt, die sich meiner Bushaltestelle nähert. Sie trägt einen Rucksack, der in sich zusammensinkt, als sie sich wortlos neben mich auf die Plastikbank setzt. Gebannt starrt sie auf ihr Handy, ohne mich eines Blickes zu würdigen. Was mir sofort an ihr auffällt, sind ihre Haare. Auf der mir zugewandten Seite hat sie sie bogenförmig abrasiert, auf der anderen trägt sie eine metallic blaue Strähne, was zu dem dunklen Braun ziemlich cool aussieht.

Unsere Blicke treffen sich, als ein Bus an unserer Haltestelle stoppt und sich die Türen zischend öffnen. Wie auf Kommando geben wir dem Fahrer ein Zeichen. Die Türen schließen sich wieder und der Bus fährt weiter.

Kurz darauf hält ein Kombi am Straßenrand. Rentnerbeige und ziemlich verdreckt. Die Beifahrertür öffnet sich und Sinas Kopf mit den vielen kleinen Zöpfen schiebt sich aus dem Wagen. Ich frage mich, ob es politisch und ökologisch korrekt ist, dass man Lebensmittel mit einer Dieselschleuder rettet, doch Sina lächelt meine Bedenken weg, als ich mich dem Auto nähere.

»Hi, Joel! Schön, dich so schnell wiederzusehen!«

»Voll cool, dass ihr mitkommt!«, bemerkt Steff, nachdem sie ebenfalls ausgestiegen ist. Irritiert sehe ich mich nach einer weiteren Person um und stelle fest, dass mir das Mädchen mit dem Rucksack gefolgt ist.

»Kira, richtig?«, begrüßt Steff das Mädchen, das ein knappes »Ja genau. Hallo!« von sich gibt.

Ich tippe auf Nervosität und nicke ihr aufmunternd zu. »Ich bin Joel.«

»Hi.« Immerhin. Jetzt lächelt sie sogar.

Vielleicht würde ein wenig Konversation das Eis brechen? »Ich hab mich schon gefragt, ob du auch dazugehörst. Vorhin. Als du nicht in den Bus eingestiegen bist. Bist du zum ersten Mal dabei?« Vielleicht kann ich das Mädchen in meinen nächsten Beitrag einbauen? Natürlich nur, wenn sie eine interessante Geschichte zu erzählen hat. Das ist nämlich mein Plan: Ich möchte Menschen aus unterschiedlichen Gesellschaftsschichten porträtieren und deren Gründe schildern, weshalb sie nachts Lebensmittel aus Supermarktcontainern holen.

»Ja.«

Okay, besonders gesprächig ist sie wirklich nicht.

Steff schließt die Fahrerseite ab und holt zwei Rucksäcke aus dem Kofferraum. »Wichtig für euch: Wir machen nichts kaputt, und wir hinterlassen alles so, wie wir es vorgefunden haben. Kein Chaos, kein Müll«, erklärt sie, während sie vier Stirnlampen und einen Packen Einmalhandschuhe aus einem der Rucksäcke kramt. »Hier, die werdet ihr brauchen«, sagt sie und hält uns Handschuhe und Lampen hin.

»Aber ich wollte doch erst mal bloß filmen!«, werfe ich ein.

Steff winkt ab. »Du musst die Hände freihaben. Vielleicht müssen wir klettern.«

»Was? Aber …«

»Jetzt mach dir nicht gleich ins Hemd«, unterbricht sie mich ungeduldig und nötigt mir die Stirnlampe auf. »Wir checken zunächst den Supermarkt hier um die Ecke. Da kommen wir problemlos an alles ran. Wenn der nichts hat, ziehen wir weiter. Der nächste Laden ist gerade mal zwei Blöcke entfernt.« Mit diesen Worten marschiert sie los, ohne sich noch einmal umzudrehen.

Wir lassen eine Kneipe und einen Küchenausstatter hinter uns, bevor wir bei einem Blumenladen links abbiegen. »Hier entlang!«, zischt Steff und führt uns am Eingang des Supermarkts vorbei. Wir huschen an der grauen Fassade entlang bis zu einer Zufahrt für Lkw-Anlieferungen. Es geht in einen Hinterhof, wo wir die Rückseite des Supermarkts mit der Ladezone erreichen. Sie ist so weit erhöht, dass ein Lkw rückwärts heranfahren und bequem ausladen kann. Direkt daneben befindet sich eine Art Käfig, in dessen Inneren sechs grüne Tonnen stehen.

Atemlos sehe ich zu, wie Sina und Steff die Rampe erklimmen. Hoffentlich geht jetzt nicht gleich ein Alarm los! Oder ein Bewegungsmelder, der alles in gleißendes Licht taucht. Ich werfe Kira einen nervösen Blick zu. Auch sie wirkt angespannt. Ihre Augen scannen die Umgebung. Doch es bleibt still und dunkel.

»Was ist los, ihr beiden?«, will Sina wissen. »Kriegt ihr jetzt kalte Füße?«

Zögernd nähere ich mich der Rampe. Gegenüber des Käfigs führt eine Tür in das Warenlager des Supermarkts. »Kein Zutritt« steht darauf. »Und jetzt?«, frage ich und drehe versuchsweise am Knauf der Gittertür. Er bewegt sich nicht. Dafür entdecke ich eine Kamera in einer der Käfigecken. Mein Bauch beginnt zu kribbeln.

»Mach mal Platz«, befiehlt Steff und schiebt mich beiseite. Sie stemmt ihren rechten Fuß gegen das Gitter und zieht sich geschickt nach oben. Unter der niedrigen Decke windet sie sich durch einen Spalt über dem Käfig und landet nahezu lautlos auf der anderen Seite. Breit grinsend dreht sie den Knauf und öffnet uns die Tür. »Hereinspaziert!«

»Du weißt schon, dass hier eine Kamera hängt?«, raune ich ihr zu und zeige in die besagte Ecke.

»So what?« Steff dreht sich nach der Kamera um und winkt mit beiden Armen. »Huhu, Chef vom Supermarkt. Wir sind's mal wieder. Deine besten Freunde, die Lebensmittelretter!«

Während ich sie noch entsetzt anstarre, klopft Sina mir beruhigend auf die Schulter. »Wir sind hier öfter, Joel. Bislang hat sich noch keiner bei uns gemeldet. Wahrscheinlich ist die Kamera ein Fake.« In aller Seelenruhe öffnet sie den Deckel der ersten Tonne. Ich rechne mit dem Schlimmsten, als sie »Uuuh, lecker!« ruft und etwas Schmales, Glitzerndes aus dem Müll zieht. »Müsliriegel aus Insekteneiweiß. Will die jemand?«

»Zeig mal!« Kira überrascht mich. Ohne Scheu greift sie nach dem Riegel, den Sina ihr hinhält, und reißt die Verpackung auf. Etwas Braunes, Krümeliges kommt zum Vorschein. Kira schnuppert daran. Schließlich beißt sie ein Stück davon ab und kaut nachdenklich. »Schmeckt wie ein alter Sesamriegel, der zu lange in der Sonne lag«, bemerkt sie und hält mir den Riegel hin. »Auch mal?«

Ich will kein Feigling sein, also beiße ich ein Stück davon ab. Es schmeckt widerlich, und als ich feststelle, dass die vermeintlichen Sesamkörner auf der Oberseite gepresste Maden sind, spucke ich das Zeug in hohem Bogen von der Rampe. »Kein Wunder, dass das keiner kauft! Das schmeckt ja ekelhaft!«

Kira steckt sich den restlichen Riegel in den Mund, während sie meinen vollkommen entsetzten Blick erwidert. Ihre Augen schimmern dunkel, und ich schwöre, dass mein Herz in diesem Moment einen Schlag aussetzt. »Ja, vielleicht hast du recht. Ein Schokoüberzug hätte hier tatsächlich Wunder bewirkt«, lenkt sie ein und lächelt.

Sie sieht … gut aus, wenn sie lächelt.

»Irgendwer wird sie schon mitnehmen. Früher oder später.« Sina legt die übrigen Riegel fein säuberlich neben die Tonne in einen Pappkarton. Für sie ist das business as usual.

Steff hat sich eine andere Tonne vorgenommen. Der Geruch nach Fäulnis und Gammel steigt mir in die Nase, und ich kann mir beim besten Willen nicht vorstellen, hier etwas Essbares zu finden. Trotzdem wage ich mich ein paar Schritte in den Käfig. Nur so weit, dass ich den Inhalt von Sinas Tonne filmen kann. Der Lichtkegel ihrer Stirnlampe streift verdorbenes Obst und Gemüse, zum Teil noch in Plastik eingeschweißt. Irgendwie habe ich mehr erwartet.

»Die Ausbeute ist mau«, bestätigt Steff meinen Verdacht, nachdem sie die anderen fünf Tonnen gecheckt und nichts Brauchbares gefunden hat. »Lasst uns abhauen. Das bringt hier nichts.«

Der nächste Supermarkt ist nur ein paar Querstraßen weiter. Wir huschen über einen menschenleeren Parkplatz, vorbei an einer Reihe Einkaufswagen, die ordentlich hintereinander in ihrer Parkbox stehen. Der Laden ist dunkel, nur von den Kassen geht ein geisterhaftes grünes Licht aus. Ich halte nach Mülltonnen Ausschau, kann jedoch keine entdecken.

»Die Tonnen sind auf der anderen Seite«, informiert uns Steff und läuft voran. Wir biegen um eine Ecke und erreichen die

Rückseite des Discounters. Diesmal sind die Tonnen frei zugänglich. Ich zücke mein Handy und filme das Ganze beim Näherkommen. Dabei fällt mir auf, dass wir nicht allein sind. Eine dunkle Gestalt macht sich gerade an einer der grünen Tonnen zu schaffen. Ich filme Beine und Rücken. Dann schwenke ich zur Seite. Meine Handykamera erfasst fünf Netze Kartoffeln, ein paar Salatköpfe, mehrere Köpfe Blumenkohl, Tomaten, eine Stiege Litschis, drei Mangos und zwei Töpfe Petersilie, einige Avocados, eine Ananas und jede Menge Bananen, fein säuberlich aufgereiht und sozusagen ready to go.

»Moin, Paps!«, höre ich Steff. »Auch wieder unterwegs?«

Es rumpelt, dann schraubt sich ein Oberkörper aus der Tonne. Das Licht einer Grubenlampe trifft mich mitten ins Gesicht. Ich stoppe das Video und wende mich ab. »Oh, sorry.« Das Licht verschwindet, als der Mann die Lampe ausknipst. »Ach, ihr seid's! Lange nicht gesehen!« Noch mehr braun gesprenkelte Bananen. Er legt sie zu den anderen auf den Boden und taucht erneut ab. »Der Wahnsinn, was heute hier drin ist!«, tönt es dumpf aus der Tonne.

»Das ist Paps«, erklärt Steff, als sie meinen fragenden Blick auffängt. »Den treffen wir öfter hier. Früher ist noch seine Freundin mitgekommen. Aber seit sie den Kleinen haben, kommt er meist allein.« Sie wendet sich wieder an den Mann, der gerade einen Chinakohl beäugt. »Paps, wie lange containerst du jetzt schon?«

Paps reibt sich das bärtige Kinn. »Hm, weiß nicht so genau. Drei, vier Jahre vielleicht. Wieso?«

Steff zeigt auf mich. »Das ist Joel. Er will einen Bericht übers Containern schreiben.«

»Ach, echt? Cool!« Paps mustert mich interessiert. »Für welche Zeitung?«

»Für eine Bloggerin«, antworte ich. »Kann ich ein paar Fotos von dir und dem Essen hier machen?«

»Klar! Mach nur!« Paps taucht erneut ab und fördert mehrere Päckchen mit bunten Fischrollen zutage. »Schaut mal hier: Sushi! Und Gemüsestäbchen. Wollt ihr die?«

»Lass mal sehen!« Steff nimmt die Päckchen entgegen und mustert sie. »Das sind vegane Fischstäbchen! Sina, hast du Bock auf so was? Sind sogar noch gefroren.«

»Immer her damit!« Sina steckt die Packungen in ihren Rucksack. »Wollt ihr auch welche?«, fragt sie, während sie eines der Päckchen an ihrer Hose abwischt.

»Nee, lass mal«, lehne ich ab. Doch Kira greift beherzt zu. Sie scheint nicht besonders wählerisch zu sein. Nicht einmal die braunen Bananen schocken sie.

»Die Sushirollen sind von heute«, sagt Steff, nachdem sie einen Blick auf die Packung geworfen hat. »Könnt ihr bedenkenlos essen.«

»Sicher? Roher Fisch?« Misstrauisch beäuge ich eines der Päckchen. Es sieht noch gut aus und der Lachs glänzt appetitlich im Licht meiner Kopflampe.

Ob Merle auf Sushi steht?

»Komm, nicht lang nachdenken! Pack ein!«, drängt Steff und nötigt mir noch vier weitere Pakete auf.

»Hier sind auch noch rote und gelbe Paprika«, bemerkt Sina, die sich eine andere Tonne vorgeknöpft hat. »Und jede Menge Kartoffeln! Die sehen alle noch gut aus.« Sie reicht die Netze an Steff und Kira weiter, die sie zunächst neben Paps' Lebensmittel auf den Boden legen. »Wir teilen das später unter uns auf«, erklärt sie, während ich die Ausbeute filme. »Damit das für alle fair bleibt.«

So langsam bekomme ich Lust, auch mal zu schauen, ob ich etwas Brauchbares finde. Vorsichtig hebe ich den Deckel einer weiteren Tonne an. Säuerlicher Geruch schlägt mir entgegen und ich unterdrücke den Impuls, die Tonne gleich wieder zuzuschlagen. Doch im Schein meiner Taschenlampe sehe ich es plötzlich glitzern. Eine Art Goldgräberstimmung erfasst mich, als ich in die Tonne leuchte. »Leute! Hier sind total viele Ü-Eier!«, rufe ich und angle nach einem Schoko-Ei. Es ist nicht angeknackst und das Stanniolpapier ist auch noch in Ordnung. Wieso schmeißen die Ü-Eier weg? Schokolade hält doch ewig!

»Vielleicht eine Rückholaktion?«, wundert sich Sina.

»Ich nehm gerne welche!«, meldet Kira sich sofort. »Oh Mann!«, schwärmt sie und betrachtet beinah andächtig meinen Fund. »Das ist ja wie Weihnachten!«

»Ich denke, du stehst nur auf gesundes Insekteneiweiß?«

Kira streckt mir die Zunge heraus, was ich mit einem breiten Grinsen quittiere. Danach ist das Eis zwischen uns gebrochen. Sie hält mir ihren Rucksack hin und ich schaufle Ü-Eier hinein. »Wer ist denn der Glückliche?«

»Meine kleine Schwester.«

»Wie alt?«

»Neun. Und sie steht total auf das Zeug. Sie sammelt alles. Jedes blöde Plastikspielzeug. Und wehe, ich schmeiß was weg. Das merkt die sofort.«

Unter der Schokolade kommt der Inhalt eines kompletten Kühlregals zum Vorschein: Joghurt, Butter, laktosefreie Milch, jede Menge Scheibenkäse, Wurst und sogar ein Paket Käsefondue. Außerdem mehrere Päckchen Frischkäse und einige Becher Bio-Sahne, deren Mindesthaltbarkeitsdatum in zwei Tagen abläuft. Wir legen alles auf den Stapel für die Allgemeinheit und ich halte das Ganze in einem kurzen Video fest.

»Und das alles haben wir gerettet!« Steff grinst mich an, während sie ihren Rucksack einräumt. »Geiles Gefühl, oder?«

Ich nicke nachdenklich, weil mir gerade durch den Kopf geht, dass vermutlich an den sechs anderen Wochentagen ähnliche Mengen nicht gerettet werden und hier einfach vergammeln. Oder in Biogasanlagen verbrannt werden. Wahnsinn.

»Und? Kommst du jetzt öfter mit?«, unterbricht Steff mein Gegrübel. Ich zucke mit den Schultern.

»Mal sehen«, antworte ich. Eigentlich habe ich keinen Bock auf regelmäßiges Containern. Ich weiß so schon nicht, wohin mit dem ganzen Zeug. Hoffentlich ist Merle noch wach! Ich habe keine Lust, mir von meiner Familie blöde Fragen anzuhören, bloß weil der Kühlschrank plötzlich voller laktosefreier Joghurts ist.

Wir verabschieden uns von Paps und laufen zurück zum Kombi. Unterwegs erzählt Steff uns die Geschichte von Paps: »In Wirklichkeit heißt er Timo. Vor drei Jahren ist er einmal um die Welt gereist – komplett ohne Kohle. Er war wohl eine Weile unterwegs, aber irgendwie hat er es geschafft. Irgendwer hat ihn immer mitgenommen oder bei sich pennen lassen.«

»Und dann?«

»Hat er beschlossen, dass es auch ohne Geld weitergehen kann. Mittlerweile sogar mit Frau und Baby.«

»Er ernährt eine komplette Familie aus dem Müll?«, frage ich überrascht. »Ich dachte, das mit dem Konsumverweigern sei mehr so eine Phase?« Sina und Steff werfen mir einen säuerlichen Blick zu und ich rudere zurück. »Aber so ganz ohne Kohle, wie funktioniert das denn auf Dauer? Vor allem mit Familie?«

»Soweit wir gehört haben, leben sie bei einer alten Frau in so einer heruntergekommenen Stadtvilla«, antwortet Sina. »Er und seine Freundin helfen im Haushalt und bei der Pflege des Gartens. Oder beim Renovieren, was weiß ich. Dafür dürfen sie dort umsonst wohnen. Und die alte Frau hat Gesellschaft.«

»Und einen Leihenkel«, ergänzt Steff und klimpert mit dem Autoschlüssel. »Win-win, würde ich sagen.«

Am Kombi angekommen, laden Sina und Steff ihre Beute in den Kofferraum, während Kira und ich unsere Taschen auf den Fahrrädern festzurren. »Ich hoffe, es hat euch Spaß gemacht«, sagt Steff zum Abschied. »Vielleicht sieht man sich mal wieder?«

»Ganz bestimmt!« Kurz überlege ich, ob ich Kira nach ihrer Handynummer fragen soll. Kontakte sind immer gut und eigentlich ist sie ja auch echt nett. Wäre schön, sie wiederzusehen. Andererseits habe ich genug Stoff für Merles Bericht und so geil ist das Wühlen im Müll nun auch wieder nicht. »Also dann«, sage ich und schwinge mich auf mein Rad.

5

»Sorry, ist ein bisschen spät geworden«, entschuldige ich mich, als Merle mir nach dem zweiten Klingeln die Tür öffnet.

»Alles gut, Joel. Ich hab doch gesagt, dass du zu jeder Zeit bei mir klingeln darfst. Komm rein!« Auf Socken läuft sie vor mir Richtung Küche.

Sie trägt einen bunten Seiden-Kimono, der knapp oberhalb der Kniekehlen endet. »Leute, unser Mann vor Ort ist da!«, ruft sie, und ich spüre einen Stich der Enttäuschung. Wie dumm von mir zu glauben, dass Merle und ich gleich ein romantisches Abendessen zu zweit haben würden. Ich reiße mich vom Anblick ihrer nackten Beine los und nehme das große Hallo entgegen, das mich empfängt, als ich in die Küche komme. Kim und Linus lümmeln auf dem grünen Oversize-Sofa und prosten mir mit ihren Bierflaschen zu.

»Yo, Alter, was geht?«, begrüßt mich Linus ausgelassen, während ich meine Fahrradtaschen auf der Kücheninsel abstelle und mit dem Auspacken beginne. Als ich das Sushi hervorhole, reißt Merle die Augen auf. »Boah, mega!«, staunt sie und beäugt die bunten Fischröllchen. »Die hast du aber nicht ernsthaft aus dem Müll gezogen!«

»Doch, natürlich!«, beteuere ich und reihe die Packungen vor den anderen auf.

»Krass! Meinst du, die kann man noch essen?«

»Steff sagt, die sind okay.«

»Na, wenn Steff das sagt …« Merle öffnet eine Sushi-Packung und hält sie ihren Mitbewohnern unter die Nase.

»Riecht nach Fisch«, stellt Kim sachlich fest, während Linus sich schüttelt.

»Ich halte mich lieber an die da«, sagt er und schnappt sich eine der Chipstüten.

»Die sind aber abgelaufen«, warne ich.

Doch Linus stört das nicht weiter. Er reißt die Packung auf und stopft sich Chips in den Mund. »Hm, ja … Ganz okay …«

Merle greift zu den Essstäbchen und pickt eines der Röllchen heraus. Sie wartet, bis sie unsere Aufmerksamkeit hat, dann steckt sie es in den Mund und verdreht theatralisch die Augen. »Müll ist so geil!«

»Das meiste von dem Zeug ist wirklich noch voll in Ordnung.« Ich ziehe mein Handy raus und starte das Video, das ich von unserer Beute gemacht habe. »Hier, schaut mal!«

»Alter, so viele Bananen?«, staunt Linus.

»Hammer, oder?« Ich stoppe den Film und zoome das Standbild heran. Bestimmt dreißig Bananen sind darauf zu sehen.

»Wundert's dich?« Kims Blick wandert von meinem Display zu Linus. »Ich würd die auch nicht mehr essen. Die sind doch schon total braun.«

»Der Kunde will's halt perfekt.« Mit gerunzelter Stirn nimmt Merle den eingelegten Ingwer in Augenschein, bevor sie ihn genüsslich verspeist. »Ich kauf auch lieber da, wo's lecker aussieht.« Wie selbstverständlich schnappt sie sich mein iPhone und wischt sich durch meine Fotos und Videos. »Hast du auch ein paar Filme von dir und den anderen gemacht?«, fragt sie mit einem Anflug von Ungeduld. »Ich meine, wie ihr über die Zäune auf das

Gelände klettert oder wie ihr im Müll wühlt, oder so was? Ein bisschen mehr Action, verstehst du?«

Daran habe ich in der Aufregung gar nicht gedacht. »Nee, sorry. Dazu hatte ich keine Zeit.«

»Schade!« Merle gibt mir das Handy zurück und reißt ein Päckchen Sojasoße auf, das sie beim Sushi entdeckt hat. Sie gießt es über die Röllchen und greift erneut zu ihren Stäbchen. »Hätte mich nämlich echt interessiert, wie das Ganze so abläuft. Auch, wer so alles bei euch mitmacht. Außer Sina und Steff meine ich.«

»Einer war noch dabei, der hat für seine Familie gedumpstert«, berichte ich. »Der macht das schon seit Jahren.«

»Wie spannend!« Merle betrachtet mich interessiert. »Mülltaucher sind also offenbar nicht nur Studis, die das System scheiße finden oder – keine Ahnung – das Klima schützen wollen, sondern auch Leute, die es wirklich nötig haben.«

Ich weiß nicht, ob das stimmt. Bei Paps hatte ich zumindest den Eindruck, dass er auch eher aus Protest containert. Bei Kira bin ich mir noch nicht sicher. »Also richtig bedürftig hat keiner gewirkt«, wende ich ein. »Aber außer dem Typen mit Familie habe ich auch nur eine weitere Person kennengelernt. Und die war so etwa in meinem Alter.«

»Okay, also das wüsste ich jetzt aber gerne genauer.« Merle klappert aufgeregt mit ihren Essstäbchen. »Ist Dumpstern nun eine breite Bewegung, die sich durch alle Alters- und Gesellschaftsschichten zieht, oder machen das bloß ein paar Freaks?«

»Ja, genau! Wie ist das eigentlich?«, hakt Linus nach. »Und was mich auch noch interessieren würde: Ist es überhaupt erlaubt, Essen aus Containern zu fischen?«

»Darauf hat mir Steff keine klare Antwort gegeben«, räume ich ein. »Sie hat nur gesagt, dass die Supermärkte einen gewissen Ausschuss einkalkulieren und dass die Mülltaucher nur nehmen, was ohnehin keiner mehr will.«

»Das macht es aber nicht legal«, wendet Merle ein.

»Auch wieder wahr.« Wieso bin ich der Frage eigentlich nicht selbst nachgegangen? Toller Journalist!

»Meinst du, du könntest das für mich rausfinden? Bei deiner nächsten Tour?«

»Ich … na ja, eigentlich wollte ich jetzt nicht regelmäßig …«

»Komm, gib's zu!« Merle zwinkert vielsagend. »Es interessiert dich doch auch!«

Das stimmt. Vor allem wüsste ich gerne, aus welchen Gründen Kira dumpstert. Von ihr kam nämlich überhaupt nichts. Keine politischen Statements und auch sonst nichts. Außer dass sie eine Schwester hat, für die sie Ü-Eier mitbringt.

»Also, was ist, Herr Investigativjournalist? Machst du einen zweiten Tauchgang?«

»Ich überleg's mir, okay?«, eiere ich noch ein wenig herum. Doch im Grunde habe ich mich bereits entschieden. »Das Gemüse solltet ihr vielleicht erst mal ordentlich abwaschen, bevor ihr es in den Kühlschrank räumt«, wende ich mich an Linus und Kim, während ich die restlichen Sachen aus meinen Fahrradtaschen räume.

»Quatsch, Kühlschrank!«, ruft Kim und zieht eine große Pfanne aus dem Regal. »Los, wir starten jetzt 'ne Kochorgie! Ich hab Hunger!«

»Was? Jetzt?«, frage ich und schaue auf mein Handy. Es ist halb zwei. »Mitten in der Nacht?«

»Wieso denn nicht?« Kim nötigt mir ein Schneidebrett und ein Küchenmesser auf. »Let's go!«

Eine Dreiviertelstunde später sitzen wir auf dem Sofa und futtern Reis und Wokgemüse, das wir unter Kims Anleitung und mit zahlreichen koreanischen Gewürzpasten aus seinem streng gehüteten Fundus zubereitet haben. »Das nächste Mal hältst du die Augen offen nach Chinakohl. Und am besten bringst du auch noch Tofu mit. Dann mache ich uns ein anständiges Dubu Kimchi.«

»Ich werde sehen, was ich tun kann«, verspreche ich und stoße mit Kim an. »Auf die koreanische Küche!«

»Auf deinen nächsten Tauchgang!« Merle prostet mir mit ihrer Bierflasche zu. Dann scheint ihr plötzlich eine Idee zu kommen. »Leute, was haltet ihr davon, wenn wir daraus eine richtige Serie für meinen Blog machen?!« Mit ihren Essstäbchen deutet sie eine Headline an: »›Sorglos entsorgtes Essen essen‹ oder ›Menüs aus dem Müll‹. Oder so ähnlich. Wir stellen deine Fotos ins Netz und schreiben ein paar Sätze dazu. Oder wir erfinden sie meinetwegen. Und dann kochen wir irgendwas Abgefahrenes aus dem Zeug, das du mitbringst, und Linus filmt uns dabei. Ich schneide das Ganze zusammen und lege gute Musik drunter. Und danach kommt alles auf meinen Blog, inklusive Rezept. Dazu ein paar Tipps, wo man die kostenlosen Zutaten findet, bei welchem Supermarkt die geilsten Tonnen stehen und wie man da rankommt und so.« Sie sieht mich erwartungsvoll an. »Was ist? Bist du dabei?«

Ich zögere nur pro forma. Die Sache reizt mich. Und sie bringt eine Menge Abwechslung in meinen langweiligen Schulalltag. »Okay. Ich bin ich dabei!«

Happy, dass ich Merle mit meinem ersten Tauchgang so angefixt habe, kehre ich zurück in meine Bude. Ich will gerade in meinem Zimmer verschwinden, als das Flurlicht angeht. Meine Mum steht in der Schlafzimmertür. Mit winzigen Augen blinzelt sie ins Licht. »Joel, es ist mitten in der Nacht! Wo warst du?«

»Ich … äh«, stammle ich, verzweifelt um eine Ausrede bemüht. »Ich war noch oben in der WG bei den Studis.«

»So spät noch?« Ihre Frage klingt eher überrascht als besorgt. Sie vertraut mir. Nie im Leben würde sie vermuten, dass ich nachts abhauen und schräge Sachen unternehmen könnte.

»Wir haben noch zusammen gekocht«, sage ich so harmlos wie möglich. Immerhin ist das die halbe Wahrheit. Und da morgen Sonntag ist, kann sie mir auch nicht mit Schule kommen.

»Okay, aber jetzt mach, dass du ins Bett kommst. Und schlaf gut.«

»Ja, danke, du auch. Und sorry, dass ich euch geweckt habe.«

6

Exakt eine Woche später ist es wieder so weit: Mein nächster Tauchgang mit Sina, Steff und Kira steht bevor. Ich bin total nervös, obwohl ich ja eigentlich weiß, was mich erwartet. Seit einer Stunde tigere ich in meinem Zimmer auf und ab und laure darauf, dass meine Eltern endlich ins Bett gehen. Ein Blick durch mein Fenster bestätigt mir, dass mein Bike noch da steht, wo ich es heute abgestellt habe: Auf der anderen Straßenseite unter einer Laterne, damit ich es nicht erst noch aus dem Fahrradkeller holen muss. Das würde nur unnötigen Lärm verursachen. Als ich das Fenster öffne, stelle ich fest, dass es regnet. Mist! Schon wieder ein nasser Tauchgang.

Es ist 22:47 Uhr, als ich höre, wie die Tür zum Schlafzimmer meiner Eltern zugezogen wird. Zur Sicherheit warte ich noch zehn Minuten, dann greife ich nach meinem Rucksack und den Fahrradtaschen und schleiche durchs Treppenhaus nach unten. Draußen ziehe ich mir die Kapuze tief ins Gesicht und husche zu meinem Rad. Die schwere Kette rasselt leise, als ich das Schloss öffne. Ich schwinge mich auf den Sattel und trete energisch in die Pedale.

Der Supermarkt, an dem wir uns diesmal verabredet haben, liegt ganz in der Nähe.

Als ich wenige Minuten später auf den leeren Parkplatz einbiege, bin ich schon leicht durchnässt. Zum Glück ist es die letzten Tage noch einmal richtig warm geworden, sodass ich mir nicht auch noch den Arsch abfriere. Und es muss ja heute nicht so lange gehen wie beim letzten Mal.

Als ich in die Zufahrt einbiege, die zur Rückseite des Discounters führt, ist außer mir kein Mensch zu sehen. Trotzdem scanne ich sorgfältig die Umgebung, bevor ich mein Rad in der Nähe der Tonnen abstelle, damit es nicht weiter auffällt, wenn ich es gleich belade.

Diesmal habe ich vorgesorgt: Bei unseren Campingsachen im Keller habe ich eine Stirnlampe gefunden und mit frischen Batterien ausgerüstet. Ich hole sie heraus und streife das Gummiband über meine nassen Haare. Das Licht der kleinen LEDs ist ziemlich hell, ich werde es also erst anknipsen, wenn ich das Gefühl habe, dass es sich lohnt. Handschuhe habe ich von Merle bekommen. Sie sind quietschrosa und zu meinem Ärger viel zu klein. Ich hätte sie vorher anprobieren sollen! Vergeblich versuche ich, meine vom Regen feuchten Pranken in die engen Dinger zu würgen. Aber das Material will einfach nicht über die Haut rutschen. Als schließlich einer der Handschuhe am Handballen aufreißt, muss ich einsehen, dass es keinen Zweck hat. Ich will die Dinger gerade in die nächstbeste Tonne pfeffern, als ich dadrin eine Bewegung wahrnehme. Kleine weiße Punkte flimmern zwischen gammeligem Zeugs, das – by the way – ekelerregend stinkt! Nun knipse ich doch meine Kopflampe an. Im tanzenden Lichtkegel erkenne ich jetzt, was es mit dem Geflimmer auf sich hat: In der Tonne wimmelt es von Maden! Ich denke an Merle, die gesagt hat, sie wolle mehr Action. Also ziehe ich mein Handy aus der Tasche und filme die Szene, die ich direkt an sie weiterleite. Ihre Antwort lässt nicht lange auf sich warten: »OMG! Sind das Maden?« Ich sende ihr einen Smiley und sie mir ein

Daumen hoch, und ich genieße das Gefühl, sie irgendwie bei mir zu haben.

Bei der nächsten Tonne ergeht es mir ähnlich und die übernächste ist leer. »Scheiße«, fluche ich und will gerade die vierte Tonne inspizieren, als mir jemand von hinten auf die Schulter tippt. Zu Tode erschrocken fahre ich herum.

»Wow, alles gut.« Steff lacht mir ins Gesicht. Im Schein meiner Lampe sind ihre Augen beinah schwarz, was richtig gruselig aussieht. »Ich bin's nur. Hab ich dich erschreckt?«

»Was denkst du denn?«, brause ich auf. »Ich dachte schon, das wäre einer vom Supermarkt!« Mein Herz hämmert bis zum Hals, doch im Grunde bin ich froh, dass sie endlich da ist. »Wo ist Sina?«

»Die wartet noch auf Kira. Schon was gefunden?«

»Kann man so sagen.« Ich öffne den Deckel, damit Steff einen Blick in das Gewusel werfen kann. »Guck mal!«

Steff schiebt mich beiseite. Als sie die Maden erblickt, lacht sie nur. »Tja, Joel, willkommen auf der Tonnenseite des Lebens!«

»Ganz toll«, knurre ich und trete einen Schritt zurück, damit sie auch die anderen Tonnen inspizieren kann. Doch außer einer Tüte Trockenpflaumen und drei grenzwertigen Bananen kann auch sie nichts Brauchbares finden.

In diesem Augenblick taucht Sina in der Zufahrt auf. Sie hat Kira im Schlepptau, die eine grellblaue IKEA-Tüte schwenkt. »Hi, Joel!«

Irgendwie freue ich mich, sie wiederzusehen. »Hi, Kira! Auch mal wieder mit von der Partie?«

Kira grinst. »Na klar!«, gibt sie gut gelaunt zurück. »Die Ü-Eier sind leer!«

Ich öffne die Tonne mit den Maden und präsentiere ihr das Gewusel. »Wie wär's denn damit?«

Kira wirkt nicht im Mindesten geschockt. »Tja. Schätze, wir sind zu spät«, bemerkt sie trocken. »Die Maden-Mafia war schneller.«

»Im Gegenteil!«, widerspreche ich. »Jetzt könntest du dir deine eigenen Insektenriegel backen. Schau mal, die sind ganz frisch! Los, gib mir mal deine Tüte!«

»Du Spinner!«, ruft Kira lachend und verpasst mir einen Stoß.

»Los, lasst uns woandershin gehen!«, schlägt Steff vor und schultert ihren Rucksack. »Wie wär's mit dem Großmarkt? Da waren wir schon lange nicht mehr.«

Eine Viertelstunde später entern wir das Gelände des einzigen Großmarkts, den es in unserer Stadt gibt. Es ist gespickt mit LED-Flutern. In ihren Lichtkegeln sehe ich den immer stärker werdenden Regen, der nun auf den verwaisten Parkplatz rauscht. Auf der Hinterseite des würfelförmigen Gebäudes liegt der Bereich für die Warenanlieferung und genau hier verläuft ein hoher Maschendrahtzaun. Dahinter kann ich mehrere große Container ausmachen, die in einer ordentlichen Reihe direkt an der Rückwand des Supermarkts aufgereiht stehen. Für mich sieht das Ganze ziemlich unbezwingbar aus.

»Und wie kommen wir da rein?« Kira scheint ähnlich zu denken. »Ihr habt nicht zufällig einen Seitenschneider dabei?«

»Brauchen wir nicht«, bemerkt Sina geheimnisvoll.

Steff, die mein ratloses Gesicht bemerkt, klopft mir auf die Schulter. »Wir sind nicht zum ersten Mal hier, Joel.«

Davon bin ich überzeugt. Ich lasse meinen Blick am Zaun entlangwandern, während ich hinter den beiden herlaufe. Zum

Überklettern ist das Ding zu hoch und außerdem zu engmaschig. Selbst wenn ich mich auf mein Bike stellen würde, ich käme nicht rüber.

In diesem Augenblick bleibt Sina stehen. »Tataaaaa«, ruft sie und zeigt auf ein Loch im Zaun. Ich frage nicht weiter nach, sondern beobachte, wie Sina ihren Rucksack durch die Öffnung schiebt und dann hineinklettert. Steff folgt ihr.

Ich lege mein Bike ins Gras und greife nach meiner Fahrradtasche. »Bereit?«

Kira, die ihr Rad ebenfalls ins hohe Gras gelegt hat, nickt. Dann steigt sie durch das Loch im Zaun. Bevor ich ihr folge, ziehe ich mein Handy aus der Tasche und mache ein paar Aufnahmen von dem durchlöcherten Zaun und dem angestrahlten Großmarkt im Hintergrund. Man kann das Ganze nur schemenhaft erkennen, doch für Merles Blogeintrag ist es perfekt.

»Wo bleibst du denn?« Kira wird ungeduldig. Also stecke ich das Handy weg und zwänge mich ebenfalls durch das Loch. Dabei verhakt sich meine Kapuze im Zaun. »Kira!«, zische ich, weil ich weder vor- noch zurückkomme. »Ich stecke fest!«

Sie kehrt noch einmal um und befreit mich aus dem Maschendraht. »Wieso bist du auch so riesig?«, zischt sie, und ich frage mich, ob sie jetzt auch mit dem dämlichen Hulk-Vergleich kommt. Doch sie zupft nur meine Kapuze zurecht, während sie mich mit ihren schwarz umrahmten Augen mustert. Sie hat unverschämt lange Wimpern. Aber nicht diese künstlichen wie Merle. Bei Kira sind sie echt. »Alles klar?«

»Alles gut!«, stammle ich und rapple mich auf. Und dann beginnt es plötzlich zu hageln. »Los, komm!« Fluchend werfe ich mir die Fahrradtaschen über die Schulter und wir sprinten los.

Eiskristalle, groß wie Erbsen, prasseln auf uns herab. Blitze zucken über den schwarzen Himmel.

Als wir die Hinterseite des Supermarkts erreichen, bedeckt eine dünne Eisschicht den Asphalt. »Hier hoch! Schnell«, ruft Steff und klettert auf die Rampe für Lkw-Anlieferungen. »Hier ist es noch trocken.«

Ich hechte ebenfalls auf die Rampe und ziehe Kira hinter mir her. In ihrem Haar glitzern Eiskristalle. Es sieht hübsch aus. Wie winzige Sterne.

»Was ist?«

»Du bist total nass!«, weiche ich aus. »Hast du nichts Wärmeres dabei?«

»Passt schon.«

»Warten wir, bis das Gröbste vorbei ist«, schreit Sina gegen das Geknatter der Hagelkörner auf den Containern an.

Angespannt starren wir in das Unwetter. Irgendwann lässt Kira sich auf einer leeren Obstkiste nieder. Ich setze mich neben sie und überlege, ob ich die Gelegenheit nutzen und ihr ein paar Fragen zum Thema Mülltauchen stellen sollte. Für meinen Blogeintrag. Doch irgendwie finde ich keinen Einstieg ins Gespräch.

Schließlich lässt das Gewitter nach. Das Prasseln um uns wird schwächer und allmählich kehrt Stille ein. Und da höre ich es. Eine Art Kratzen oder Scharren. »Leute! Da ist was!«, wispere ich und stehe auf.

»Das kommt aus einem der Container«, flüstert Kira.

»Vielleicht Ratten?« Ich ziehe mein Handy raus. Ein paar coole Aufnahmen von Ratten wären für Merle genau das Richtige.

»Kann schon sein«, bestätigt Sina. »Ratten treffen wir öfter.«

Wieder dieses schabende Geräusch. Es hört sich an, als würde jemand mit den Fingernägeln am Deckel des mittleren Containers kratzen. Das Geräusch treibt mir eine Gänsehaut über den Rücken.

»Hallo?« Steff ist schon beim Container und zerrt an dem Griff. Doch der Deckel bewegt sich nicht.

»Hallo?«, echot es dumpf aus dem Behälter.

Ich fange Steffs wilden Blick auf. »Hör endlich auf zu filmen, Joel! Hilf mir lieber!«

Zögernd stecke ich das Handy weg und greife nach dem Griff. Er hat sich verkantet, daher packe ich mit beiden Händen zu, rüttle ein paarmal und schiebe das Ganze schließlich mit Getöse nach hinten.

Die Stille, die auf den Lärm folgt, ist ohrenbetäubend. Einen Augenblick lauschen wir angespannt. Schließlich gebe ich mir einen Ruck und spähe über die Kante des Behälters. »Alter!«, entfährt es mir. Im Schein meiner Kopflampe blicke ich in einen nahezu leeren Container.

Nahezu.

Denn neben einem einzigen blauen Müllsack kauert ein Typ und starrt mich an. Er hat eine Platzwunde überm rechten Auge, das gerade zuschwillt. Auch sonst sieht er ziemlich ramponiert aus. Seine Jeans sind an den Knien zerrissen, als wäre er übel gestürzt.

»Mücke?!«

Offenbar kennt Steff den Typen, der jetzt schnieft, sich aufrappelt und nach der Kante des Containers greift. Seine Hände sind zerkratzt, die Fingernägel abgekaut. »Kann mir mal einer helfen?« Er ist kurz vorm Heulen.

Kira holt die Obstkiste, auf der sie gerade noch gesessen hat und schiebt sie über den Rand des Containers. Doch Mücke schafft es immer noch nicht allein. Seufzend packe ich seine Arme und hieve ihn schließlich heraus. Er ist nicht besonders schwer und ich schätze ihn etwa auf mein Alter. Dass er erbärmlich friert, sehe ich nicht nur, ich kann es sogar hören. Er klappert mit den Zähnen.

»Der hat einen Schock«, murmelt Kira und zieht ein Päckchen Taschentücher aus ihrer Jacke. Als sie Mücke die Packung hinhält, schaut der sie nur verständnislos an. »Du musst das sauber machen«, erklärt sie und zeigt auf die Wunde an seinem Kopf.

Mücke tastet nach der Stelle, betrachtet kurz seine Finger mit dem Blut und beginnt zu würgen. Ich kann gerade noch beiseite springen, bevor er mir direkt vor die Füße kotzt.

»Sorry«, murmelt er und wischt sich mit einer fahrigen Bewegung die schnoddrige Nase an seinem Ärmel ab. »Kann kein Blut sehen.« Dann geht er neben den Containern in die Knie. »Mann, ist mir schlecht.«

»Sieht verdammt nach einer Gehirnerschütterung aus«, vermutet Kira.

»Meinst du echt?« Steff betrachtet Mücke besorgt. »Hey, Mücke …«

»Wir sollten einen Krankenwagen holen.« Wieder Kira.

Mücke fährt hoch. »Was? Nein!«

»Hier, iss mal was«, schlägt Steff vor und zieht die Tüte mit dem Trockenobst hervor. »Dann geht’s dir gleich besser. Wir schauen mal, ob wir noch was anderes finden.«

Während Mücke gierig über die Pflaumen herfällt, machen Sina und Steff sich an einem der anderen Container zu schaffen.

»Mücke ist einer unserer Sofa-Hopper«, raunt Steff uns zu, als sie mit zwei braunen Bananen zurückkehrt. »Seit Monaten versuche ich, ihm was in einer Wohngruppe zu organisieren. Aber bis jetzt ist nirgends was frei.«

Das Wort »Sofa-Hopper« höre ich zum ersten Mal, aber es ist klar, was Steff damit meint: Leute, die kein eigenes Zuhause haben und dafür bei Freunden oder Bekannten crashen. Für Merles Blog könnte das eine interessante Geschichte abgeben.

»Verrätst du uns, wer das war?« Sina, die bis jetzt noch gar nichts gesagt hat, geht vor dem Jungen in die Hocke und hält ihm die beiden Bananen hin.

Mücke schüttelt den Kopf. Auf Bananen hat er keinen Bock. »Weiß nicht,« murmelt er, ohne Sina anzusehen.

»War es jemand von dem Laden hier?«, bohrt Sina weiter.

»Alter, woher soll ich das wissen?!«

»Komm schon! Was ist passiert?«, fragt Steff nun ebenfalls.

Mücke stöhnt genervt. »Boah, echt ey! Ihr nervt! Jemand hat mich erwischt, okay?«

»Erwischt? Bei was?«

Mücke windet sich. »Mann, das ging alles so schnell. Ich hab überhaupt nicht gepeilt, dass da einer ist. Als ich in den Container gucken wollte, hat mir einer die Beine weggerissen. Und als ich rauswollte, ging das irgendwie nicht mehr auf.«

»Eigentlich sollten wir den Supermarkt anzeigen«, sage ich und ernte einen mitleidigen Blick von Steff. »Wieso? Ich meine – hey, Mücke hätte ersticken können! Soll ich ein paar Beweisfotos …?«

»Polizei am Arsch, Digger!«, rastet Mücke aus. »Und der macht keine Fotos von mir, klar?!«

»Alles gut, Mücke.« Steff legt ihm beruhigend einen Arm um

die Schulter. »Niemand macht hier Fotos von dir. Wir bringen dich erst mal zur Notschlafstelle, okay?«

»Nee, echt jetzt. Ich kann wirklich … also ich brauche …«, wehrt Mücke ab.

Doch Steff lässt nicht mit sich diskutieren. »Ich will, dass sich das mal jemand ansieht«, sagt sie mit Blick auf die Platzwunde. »Außerdem brauchst du einen trockenen Schlafplatz.« Ohne auf Mückes Protest weiter einzugehen, hakt Steff den Jungen einfach unter. »Sina? Wie sieht's aus?«

»Willst du die anderen Tonnen nicht mehr checken?«

Steff schüttelt den Kopf. »Nee, lass mal. Wir kümmern uns erst mal um Mücke. Wie ist es mit euch?«

Kira sieht mich fragend an. »Also ich würde mich hier schon gerne noch mal umschauen. Und du?«

»Okay«, antworte ich zögernd. »Meinetwegen.«

»Hier. Nur für den Fall, dass eine der Tonnen abgeschlossen ist.« Steff hält mir ein Werkzeug hin, das aussieht, wie ein Sechskantschlüssel. »Kannst du erst mal behalten. Ich hab noch einen.«

»Cool, danke!« Ich stecke den Schlüssel in meinen Rucksack. »Dann vielleicht bis nächste Woche.«

»Ja, macht's gut, ihr beiden.«

Während Sina und Steff mit Mücke Richtung Zaun abziehen, bleiben Kira und ich allein zurück. »Na dann«, brumme ich und aktiviere meine Stirnlampe. Ohne Ende blaue Säcke. »Wow! Hier könnte was für uns dabei sein.« Ich taste die oberen Säcke ab und reiße schließlich einen von ihnen auf. Sofort steigt mir der Geruch von Brot in die Nase.

»Und?«, will Kira wissen. »Wieder Maden?«

»Brot. Und haufenweise Brötchen«, gebe ich weiter. »Ich vermute, das ist alles von heute. Und hier sind noch ein paar Laugenstangen und Croissants.«

»Die sind sogar noch richtig knusprig«, freut Kira sich, als ich ihr die Blätterteighörnchen und ein Vollkornbrot reiche. Nach und nach verschwindet alles in einem Stoffbeutel, den sie aus ihrem Rucksack gezogen hat. Danach klettert sie auf die Obstkiste, damit sie ebenfalls einen Blick in den Container werfen kann. »Guck mal, was ist denn in dem da?« Sie leuchtet mit ihrer Stirnlampe in den Container. Ich greife nach dem angezeigten Sack und reiße ihn auf. Obst und Gemüse kommen zum Vorschein, vor allem Zwiebeln, Lauch und Kartoffeln. Alles in astreinem Zustand und vieles davon sogar mit Bio-Siegel.

»Magst du Ananas?«

»Total! Her damit!«

»Da ist noch mehr.«

Nach knapp zehn Minuten sind unsere Taschen so voll, dass wir sie kaum noch zukriegen. Ich verstaue die blauen Müllsäcke wieder ordentlich im Container und ziehe den Deckel zu. »Fette Beute, würde ich sagen.«

Kira stellt die Obstkiste zurück auf die Rampe und nickt zufrieden. »Das reicht für eine knappe Woche. Zur Not friere ich einfach einen Teil ein. Und aus dem Obst koche ich Marmelade.«

Ich werfe ihr einen schiefen Blick zu. Vielleicht wäre das jetzt die Gelegenheit, etwas mehr über sie zu erfahren? »Wie viele seid ihr denn in eurer WG?«

Ein Schatten huscht über Kiras Gesicht. Sie wuchtet sich den Rucksack auf den Rücken und zieht die Riemen stramm. »Wieso glaubst du, dass ich in einer WG wohne?«

»Äh, keine Ahnung. Wegen Sina und Steff, nehme ich an. Ich dachte, ihr kennt euch aus der Uni.«

Kira schüttelt den Kopf. »Ich hab noch ein halbes Jahr Schule vor mir.«

»Ach, echt? Und ich dachte, du studierst längst. Politik oder Soziologie oder so.«

»Häh, nein!«, ruft Kira überrascht. »Mit Politik hab ich überhaupt nichts am Hut. Wieso?«

»Weil ich mich gerade frage, aus welcher Motivation du hierherkommst. Wenn dich Politik nicht interessiert und du kein Zeichen setzen möchtest gegen die *üblen Auswüchse unserer Konsumgesellschaft* – du weißt schon, so wie Sina und Steff. Was ist dann der Grund?«

Kira betrachtet mich einen kurzen Moment, und ich spüre, wie die Stimmung plötzlich kippt. Schließlich wendet sie sich ab und läuft los. »Wieso ich dumpstere, geht niemanden was an«, wirft sie mir über ihre Schulter zu. »Das ist ganz allein meine Sache. Okay?«

Verwirrt über die Heftigkeit, mit der sie meine Frage abwürgt, haste ich hinter ihr her. »Warte doch mal! Wo genau liegt denn jetzt dein Problem?«

Kira ist schon ein ganzes Stück vorausgelaufen. Nun dreht sie sich nach mir um und wartet, bis ich sie eingeholt habe. »Mein Problem?!«, wiederholt sie und sieht mir dabei direkt in die Augen. »Ich habe mitbekommen, dass du für eine Bloggerin schreibst. Und ehrlich gesagt: Ich finde das total schräg.«

»Wieso?«

»Na, weil das offenbar der einzige Grund ist, weshalb du hier auftauchst. Damit du dieser Frau etwas über den besonderen

Vibe am Container berichten kannst. Und ich frage mich, was du dir davon versprichst. Bezahlt sie dich dafür? Oder stehst du ganz einfach nur auf sie?«

»Ich … äh …« Ihre Frage erwischt mich auf dem falschen Fuß. Eigentlich habe ich ja etwas von ihr erfahren wollen. Jetzt ist es plötzlich umgekehrt. »Na ja, für mich ist das so eine Art Schreibworkshop. Für meine Zukunft sozusagen. Ich überlege, ob ich nach dem Abi in Richtung Journalismus gehen möchte.«

Kira mustert mich mit gerunzelten Brauen. »Und dafür schießt du reißerische Fotos von Typen mit Platzwunden«, bemerkt sie trocken.

»Ich interviewe Leute, weil es mich interessiert, weshalb sie containern. Und ja, ich halte Szenen am Container fest, um das Ganze zu veranschaulichen«, erkläre ich, wobei ich versuche, dem Ganzen etwas Würde zu verleihen.

»Wenn dir etwas an dem Thema liegt, wieso hast du dann keinen eigenen Blog? Wieso schreibst du für jemand anderen?«

»Weil Merle mit ihrem Blog bereits jede Menge Follower hat. Und weil es ihre Idee war, etwas über Mülltaucher zu schreiben.«

»Und warum kommt sie dann nicht selbst?«

»Sie hat keine Zeit.«

Kira gibt ein Geräusch von sich, das irgendwo zwischen Seufzen und Stöhnen liegt. »Keine Zeit«, brummt sie. »Als ob.«

»Und gerade über die Sache mit Mücke könnte man eine super Reportage schreiben«, versuche ich, meine Position zu verteidigen. »Weshalb er im Container gesteckt hat und wieso er auf der Straße lebt, zum Beispiel. Und wie man Menschen wie ihm vielleicht helfen könnte.«

»Ja, vielleicht«, gibt Kira zu. »Aber hast du ihn gefragt? Soweit ich mitbekommen habe, ist er von zu Hause abgehauen. Da will er ganz bestimmt nicht, dass jemand über ihn schreibt.«

»Man kann das Ganze ja unter einem Pseudonym veröffentlichen!«

»Wenn du eine seriöse Reportage über Mücke schreiben willst, muss der sein Okay dazugeben. Auch wenn du ein Pseudonym verwendest!«

»Weiß ich doch! Ich hatte einfach noch nicht die Gelegenheit, ihn zu fragen!«, verteidige ich mich, während Kira sich erneut abwendet und losstiefelt. »Aber das kann ich ja noch machen!«, rufe ich hinter ihr her und ärgere mich, dass sie mir gerade zu verstehen gibt, dass ein seriöser Journalist ganz sicher anders vorgehen würde.

»Tu das!«, entgegnet sie schnippisch und ohne sich umzudrehen. »Aber rechne mit einem Nein.«

»Und was ist mit dir?«, versuche ich es auf dem direkten Weg. »Wirst du mir irgendwann erzählen, warum du tauchen gehst?«

»Nicht wenn du es an deine Influencerin weitergibst.«

»Und wenn ich es für mich behalte?«

Kira hält inne und betrachtet mich nachdenklich. »Vielleicht«, sagt sie zögernd. »Mal sehen. Aber dazu müsste ich dich erst noch besser kennenlernen.«

Ich ergreife die Chance beim Schopf. »Dann sollten wir uns wiedersehen. Wie wär's mit nächster Woche? Oder sobald du das ganze Zeug hier eingekocht hast?«

Ein Lächeln huscht über ihr Gesicht. »Ich überleg's mir, okay?«

Ich ziehe einen Kuli aus meiner Tasche und kritzle meine Handynummer auf einen alten Kassenzettel, den ich in meiner Hosentasche finde. »Wenn du es dir überlegt hast, kannst du mich ja anrufen«, sage ich und halte ihr den Zettel hin. »Oder du schickst mir eine WhatsApp.«

Nach kurzem Zögern nimmt sie meinen Zettel und lässt ihn in ihrer Jacke verschwinden. Dann schwingt sie sich auf ihr Rad. »Dann mach's mal gut, Paparazzi!«, wirft sie mir über die Schulter zu und tritt in die Pedale. Kurz darauf ist sie mit ihren gedumpsterten Lebensmitteln in der Nacht verschwunden.

7

»Im Container eingesperrt? Ohne Scheiß?« Merle sitzt mit übereinandergeschlagenen Beinen an der Küchentheke und lackiert sich die Nägel, während Linus und Kim darauf warten, dass es mit dem Dreh endlich losgeht. Nachdem ich ihr die Geschichte von Mücke erzählt habe, blitzen ihre Augen vor Aufregung. »Hast du das fotografiert? Oder vielleicht sogar gefilmt?«

Für einen kurzen Moment habe ich ein schlechtes Gewissen. Das Gespräch mit Kira geht mir durch den Kopf und die Tatsache, dass Mücke etwas dagegen haben könnte, wenn wir über ihn schreiben. Andererseits: Wie soll ich sein Okay einholen, wenn ich keine Ahnung habe, wo sich der Typ tagsüber aufhält. »Ich hab ein paar Aufnahmen geschossen, bevor Steff mich daran gehindert hat«, sage ich und ziehe mein Handy raus.

»Ach, Steff wieder!« Merle pustet auf ihre frisch lackierten Nägel und zwinkert mir dabei zu. »Die soll sich bloß nicht so aufspielen!« Sie schraubt das Fläschchen zu und stellt es mit Nachdruck auf die Küchentheke. Dann scrollt sie sich durch meine Fotos. »Mann, Joel! Viel zu dunkel!«, stellt sie enttäuscht fest. »Da kann man ja überhaupt nichts erkennen.«

»Ein Video hast du nicht zufällig gemacht?«, will Linus wissen, nachdem er auch einen Blick auf die Bilder geworfen hat.

Ich schüttle bedauernd den Kopf. »Nee, sorry. Der Typ war total fertig. Wir mussten den erst mal da rausholen und Erste Hilfe leisten.«

»Ja, klar«, lenkt Merle ein. »Aber ein kurzes Video wäre trotzdem cool gewesen. Wir hätten das unter der Headline ›So springen Supermärkte mit Mülltauchern um!‹ gepostet.« Sie sieht Kim und Linus fragend an. »Oder? Wäre doch cool gewesen! Und dann hätte man etwas über die Skrupellosigkeit der Mitarbeiter in Supermärkten schreiben können.«

Linus wiegt nachdenklich den Kopf. »Haben wir denn Beweise, dass es wirklich einer vom Supermarkt war?«

»Das kann Joel ja für uns rausfinden!« Merle sieht mich auffordernd an. »Na, was meinst du? Neuer Stoff für den Mann vor Ort?«

»Ich würde lieber was über den Jungen selbst schreiben. Wieso der auf der Straße lebt, zum Beispiel.«

»Ja, wieso nicht.« Merle wiegt nachdenklich den Kopf. Dann kommt ihr ein neuer Gedanke. »Oder, Leute! Vielleicht war es ja auch einer aus den Reihen der Mülltaucher! Der hat den Kleinen da reingesteckt, damit er ihm nicht das gute Dumpster-Futter wegschnappt!« Sie breitet die Arme aus und schmettert los: *»Der harte Kampf ums Überleben am Container! Jetzt exklusiv bei ›Mit Fairgnügen‹«.*

»Haha!«, sage ich und muss an Sina und Steff denken, die sich sofort um Mücke gekümmert haben. »Das würden die nie machen.«

»Hey, Joel!« Merle legt einen Arm um mich und zieht mich an sich. »Das war doch bloß Spaß!«

Zum ersten Mal ist mir ihre Berührung unangenehm. »Ja, trotzdem«, murre ich.

Merle lässt mich los und verdreht die Augen. »Schon gut! Hab's ja kapiert, Joel! Am Container haben sich alle lieb.«

»Leute! Können wir jetzt endlich anfangen?«, beendet Kim das Ganze. »Lasst uns später darüber diskutieren, ob Mülltaucher nun Heilige sind oder nicht!«

Grummelnd lasse ich mich auf das grüne Plüschsofa fallen. Von hier aus kann ich dem Dreh zusehen, ohne den anderen im Weg zu stehen. Noch einmal läuft die Szene mit Mücke vor meinem inneren Auge ab. Ich würde wirklich zu gerne wissen, wer ihn in den Container gesteckt hat. Und vor allem, wieso.

»Von mir aus gerne«, flötet Merle, deren gute Laune offenbar durch nichts zu erschüttern ist. »Ich bin bereit!« Sie gesellt sich zu Kim hinter die Kücheninsel. »Linus? Bist du auch so weit?«

Linus steht hinter seiner Kamera, den Blick fest auf das Display gerichtet. Er gibt den beiden ein Daumen-hoch. »Ihr könnt anfangen!« Kim und Merle gehen in Position. »Und bitte!«, kommandiert Linus, als stünde er an einem professionellen Filmset und nicht in einer Studi-Küche.

Merle knipst ihr Lächeln an und legt los: »Hallo, meine Lieben! Hier bin ich wieder, eure Merle, mit einem neuen Beitrag auf ›Mit Fairgnügen‹. Und hier ist auch wieder mein zauberhafter Mitbewohner Kim! Heute wollen wir für euch etwas kochen. Und zwar etwas ganz Besonderes. Denn unsere Zutaten stammen allesamt … Na?« Sie macht eine kleine Kunstpause, um die Spannung zu erhöhen und strahlt dann in die Kamera: »… AUS DEM MÜLL!!!«

Kim reagiert prompt auf das Stichwort und reißt in gespieltem Entsetzen die Augen auf. »Aus dem Müll? Oh mein Gott, Merle! Das geht gar nicht!«

»Und ob das geht, lieber Kim! Mein Freund Hulk war heute Nacht nämlich für uns containern!«

Unruhig rutsche ich auf meinem Platz hin und her. Ich bin mir nicht sicher, ob ich das gut finde, dass Merle mich hier erwähnt. Eigentlich möchte ich lieber im Hintergrund bleiben.

»Containern bedeutet, dass man zum Supermarkt geht und Lebensmittel aus dem Müll holt, die der Laden einfach so entsorgt, obwohl sie noch richtig yummy sind«, höre ich Merles Definition vom Mülltauchen. Sie zieht einen Korb unter der Küchentheke hervor und beginnt, ihn auszuräumen. »Zum Beispiel dieser Lauch hier!« Triumphierend präsentiert sie zwei Stangen Lauch. »Der ist tatsächlich noch einwandfrei. Und dann haben wir noch diese beiden Tomaten …«

»… und ein paar wunderschöne Zucchini«, ergänzt Kim und hält nun ebenfalls Gemüse in die Kamera. »Außerdem Knofi, Zwiebeln und Paprika. Die hier ist ein bisschen schrumpelig, aber das macht nichts, weil wir sie ohnehin gleich kochen werden. Außerdem Hafer-Kochcreme, natürlich Bio, Grünkern, Dinkelbrötchen und noch so einiges mehr.«

Linus hat ganze Arbeit geleistet. Paprika und Tomaten glänzen im Licht eines Strahlers, den er geschickt über der Theke montiert hat. Das Ganze sieht wirklich knackfrisch und lecker aus. Dass nur ein Teil der Lebensmittel tatsächlich aus dem Müll stammt, fällt natürlich nur mir auf.

Während Kim das Messer schwingt und alles in atemberaubendem Tempo klein häckselt, führt Merle Monologe zum Thema Mülltauchen, gibt Einsteigertipps und empfiehlt, Supermärkte tagsüber auszuspähen. »Manchmal müsst ihr über Zäune klettern, um an das gute Futter zu kommen. Aber was tut man nicht alles für den sagenhaften Adrenalinkick?«

Ich höre mit wachsendem Staunen zu. War es wirklich um den

Adrenalinkick gegangen? Ich meine, klar, es hat Spaß gemacht. Und spannend ist es auch gewesen. Aber in erster Linie ging es doch ums Lebensmittelretten. Davon sagt Merle allerdings kein Wort, und ich nehme mir vor, sie später noch mal darauf anzusprechen.

Nach dem Dreh sitzen wir alle um die Kücheninsel herum und lassen uns die Burger und einen großen Salat schmecken. Selbst Linus lässt sich dazu herab, das »Dumpsterfutter«, wie er es nennt, zu probieren. Nur den Salat lehnt er ab, weil der nicht gekocht ist und man nie wissen kann.

Zum Nachtisch serviert Kim uns seine selbst gebackenen Space-Brownies. Ich bin etwas skeptisch. Ich hab's nicht so mit Weed und Co. Doch Merle beruhigt mich. »Kim hat das Zeug von einem Kumpel. Der zieht es selbst. In seinem Dachgarten.«

»Echt jetzt? Das fällt keinem auf?«

»Keine Spur!« Kim winkt ab. »Der Typ hat diese Bonsai-Pflanzen. Die werfen ordentlich was ab, aber sie bleiben winzig. Daneben setzt er Lavendel oder Rosen. Oder diese Spießer-Geranien. Da fällt das Weed überhaupt nicht auf. Und riechen tut man auch nichts, weil da ganz viel anderes Duftzeugs drum herumsprießt.«

Ich hab keine Ahnung, wie frische Cannabisblüten riechen. Aber die Brownies sind echt lecker, auch wenn ich überhaupt keine Wirkung spüre.

»Und? Wie sieht es aus, Joel? Gehst du weiter für mich Lebensmittel retten?«

»Na logisch!«, antworte ich prompt und freue mich schon auf das nächste Mal, wenn ich wieder mit den Mülltauchern losgehe. Auf diesen Wahnsinns-Adrenalinkick …

Und Sina und Steff sind ja auch total nett.

Und Kira. Die geheimnisvolle Mülltaucherin mit den dunklen Augen. Auf die freue ich mich schon ganz besonders …

Alter, wieso kichern Kim und Linus die ganze Zeit?

Kichern die über mich?

Nein, ich glaub nicht.

Vermutlich haben sie bloß zu viele Space-Cakes gefuttert.

8

Es ist Mittwochabend, kurz nach elf. Ich bin bereit für meinen nächsten Tauchgang. Mittlerweile fühlt es sich fast schon normal an, einmal in der Woche zu dumpstern. Seit Kurzem haben wir eine WhatsApp-Gruppe, in der wir uns regelmäßig verabreden, über gute Spots sprechen oder Bilder von unseren Schätzen posten. Als ich wegen heute Abend angefragt habe, hat Kira sofort zugesagt. Ich freue mich, dass sie mitkommt. Mit ihr macht es einfach mehr Spaß. Nicht dass es mit Sina und Steff nicht auch lustig wäre. Doch mit Kira ist es noch mal anders. Irgendwie ist sie der Typ, mit dem man Pferde stehlen möchte.

Zwanzig Minuten später kreuze ich vor dem geschlossenen Supermarkt auf. Kira wartet bereits auf mich. In der Dunkelheit höre ich ihre leise Stimme. Sie telefoniert. Ich bekomme mit, wie sie »In zwei Stunden bin ich wieder da« sagt und »Na klar! Du kannst heute Nacht bei mir schlafen«. Ihre Stimme klingt leicht genervt. Ob das ihr Freund ist, mit dem sie da telefoniert? Schade eigentlich. Und ich dachte, sie sei solo …

Ich stelle mein Bike ab und warte in einigem Abstand. Schließlich steckt sie ihr Handy weg und kommt zu mir. »Hi«, begrüßt sie mich. »Na, du?«

»Selber na!? Wie geht's dir?«

»Geht so.«

»Stress mit deinem Freund?«

»Was? Nein! Wie kommst du darauf?«

»Ach, nur so«, weiche ich aus und ärgere mich, weil ich so indiskret nachgehakt habe.

Kira will noch etwas sagen, doch in diesem Augenblick tauchen Sina und Steff mit ihren großen Rucksäcken auf. »Hallo, ihr beiden!« Sina ist wie immer bester Laune.

»Seid ihr bereit?«, fragt Steff und zwinkert uns zu.

»Immer!«, gebe ich zurück, während Kira bloß nickt.

Bei diesem Supermarkt sind alle Container frei zugänglich. Man muss über keine Zäune klettern und in keinen Käfig. Die Male zuvor haben wir hier immer fette Beute gemacht. Auch diesmal sieht es gut aus. Als Sina den Deckel nach hinten schiebt, kommen blaue Plastiksäcke zum Vorschein.

»Hier ist Gemüse drin«, verkündet sie, nachdem sie den obersten Sack abgetastet hat. »Das fühlt sich nach Salat an. Und das könnten Tomaten sein.« Sie reißt ein Loch in den Sack und späht hinein. »Uuh, das ist alles schon ziemlich fertig«, presst sie hervor, und ich kann hören, dass sie die Luft anhält. Sie zerrt die Tüte beiseite und nimmt sich die nächste vor. »Hier, nimm. Könnte Brot sein.« Sie reicht mir den Sack, der ziemlich leicht ist.

Beim Herunterheben tropft mir etwas auf die Füße. Ich reiße den Sack auf und stelle fest, dass die Brote und Brötchen mit irgendeiner Flüssigkeit getränkt sind. »Ich glaub, das ist nichts«, sage ich und lasse Kira einen Blick in den Sack werfen. »Da ist etwas ausgelaufen.«

»Riecht nach Spülmittel«, stellt Kira fest und greift nach einem Brötchen. Im Schein ihrer Lampe glitzert es feucht.

»Echt jetzt?« Steff nimmt uns die Tüte aus der Hand und checkt deren Inhalt. »Das ist so pervers!«, schimpft sie schließlich. »Bloß, damit wir hier nichts mitnehmen.«

»Du meinst, da hat jemand absichtlich Spüli draufgekippt?«, frage ich entgeistert.

»Spüli oder Schlimmeres«, überlegt Kira. »Ich finde, es riecht wie im Schwimmbad.«

»Du meinst, das ist Chlor?« Erschrocken mustere ich den Inhalt der Tüte. »Wollen die uns umbringen?!«

»Nee, aber abschrecken«, bemerkt Steff trocken.

»Komm, gib her«, fordert Sina mich auf. Ich reiche ihr die Tüte und fange ihren verärgerten Blick auf. »Ja, guck nicht so! Es gibt Supermärkte, die ihre Lebensmittel absichtlich ungenießbar machen. Hier, seht ihr?« Sie zeigt uns eine andere Tüte. Ich erkenne Nudeln in allen Formen. Die Päckchen sind aufgerissen. Dazwischen glibbert es weiß und rosa. »Joghurt«, erklärt Steff und verknotet die Tüte wieder, bevor sie sie zurück in den Container stopft.

»Aber Joghurt ist ja noch harmlos!«, wende ich ein. »Das mit dem Bleichmittel ist kriminell!«

Mit Nachdruck schiebt Steff den Deckel des Containers zu. Dann sieht sie mich ernst an. »Joel! Kriminell ist das, was wir hier machen. Zumindest laut Gesetz. Wenn uns einer blöd kommt, sind wir dran.«

»Ist das so? Ich dachte … Aber du hast doch gesagt …«

»Dass das keiner mehr will? Stimmt. Aber das heißt noch lange nicht, dass es keinem mehr gehört. Verstehst du?«

Enttäuscht machen wir uns auf die Socken zur nächsten Location. Zum Glück ist der Laden nur ein paar Straßen weiter. Auch hier sind die Tonnen wieder frei zugänglich. Als wir uns der Hinterseite nähern, stelle ich fest, dass noch jemand da ist. Ein älterer

Dude mit dünnem Zöpfchen und Schiebermütze inspiziert eine der grünen Tonnen, während er auf einer alten Plastikkiste balanciert. Er trägt einen orangefarbenen Parka, der um seine knochige Gestalt schlackert und dessen Ärmel ihm bis über die Fingerspitzen reichen. Seine Hosenbeine sind unten ausgefranst und die Schuhe an den Fersen heruntergelatscht. Als wir die Tonnen erreichen, beäugt er gerade misstrauisch eine Packung Hering in Sahnesoße. Dann murmelt er etwas Unverständliches, bevor die Packung neben den Sachen landet, die er sich bereits zurechtgelegt hat.

»Hi«, sage ich, während ich meine Stirnlampe aus der Jacke ziehe. Der Alte fährt erschrocken herum.

»Alles gut, Schorsch! Der gehört zu uns.«Steff hebt beschwichtigend die Hände. »Das ist Joel. Der ist auch bloß zum Tauchen hier.« Seelenruhig macht sie sich auf den Weg zu ihrer ersten Tonne und hebt den Deckel an.

»Geht's dir gut?«, beginnt sie beiläufig ein Gespräch, während sie ein Päckchen Kochschinken begutachtet und es schließlich in ihre Tasche packt.

»Muss ja«, brummt der Alte. Offensichtlich hat er keine Lust auf Small Talk, denn sein Oberkörper verschwindet schon wieder in der Tonne.

»Der Olle Schorsch ist Alkoholiker«, raunt Steff mir zu. »Seine Rente versäuft er meist vollständig. Na ja, viel ist es ohnehin nicht. Sina und ich schauen ab und zu nach ihm und bringen ihm etwas zu futtern vorbei. Seitdem geht's ihm etwas besser.«

Ich beäuge den Dude unauffällig. »Wie alt ist der denn?«

Steff folgt meinem Blick. »Schwer zu sagen«, flüstert sie. »So um die sechzig, schätze ich. Vielleicht etwas älter. Er hat mal eine

Weile auf der Straße gelebt. Bis die Stadt ihm eine Wohnung im Lerchenring angeboten hat.«

Ich beuge mich ebenfalls über eine der Tonnen. Ohne Ende Eisbergsalat. Fest in Plastik verpackt. Außerdem Unmengen an Bananen. Ich greife mir ein paar und lege sie neben die Tonne. Unter den Bananen finde ich Möhren, Lauch, Radieschen und Kartoffeln. »Willst du die?«, frage ich den Ollen und halte ein Netz hoch. »Pellkartoffeln. Würde gut zu deinem Fisch passen.« Irgendwie tut er mir leid, wie er da so im Müll kramt. Mit seinen ausgetretenen Schuhen und der zu großen Jacke. Ich habe das Gefühl, dass ich besser ihm helfen sollte, als für Merle den *Mann vor Ort* zu spielen.

Der Olle sieht auf und grinst mich an. Im Unterkiefer fehlt ihm ein Schneidezahn. »Nee, lass mal«, sagt er und schüttelt den Kopf. »Hab gerade keinen Strom.«

Ich lasse das Kartoffelnetz sinken und werfe Steff einen fragenden Blick zu. Die zieht eine Braue hoch, sagt aber nichts. »Wie, du hast keinen Strom?«, hake ich nach.

»Kannste dir nicht vorstellen, was?« Der Olle stößt ein freudloses Lachen aus.

»Joel schreibt Geschichten über Leute wie dich«, erklärt Steff und blinzelt mir zu. »Erzähl ihm doch mal, wieso du zu Hause keinen Strom hast, Schorsch.«

Der Olle mustert mich mit neuem Interesse. »Bist du von der Presse?«

»Na ja, nicht ganz«, gebe ich zu. »Ich schreibe für einen Blog. Also fürs Internet. So eine Art Online-Journal.« Ich ziehe mein Handy heraus und zeige dem Ollen ein Foto von Sina und Steff, als sie mit Mücke sprechen.

»Den kenn ich«, brummt der Alte. »Gehört der auch zu euch?«

Ich schüttle den Kopf. »Nee, nicht direkt. Sina und Steff kümmern sich ab und zu um den.«

Der Olle nickt. »Die beiden Mädels sind in Ordnung«, brummt er. Dann grinst er verschmitzt. »Hey, willste von mir auch 'n Foto machen? Ich bin zwar nicht so hübsch, wie die da«, er zeigt auf Kira, die zum Glück nicht zuhört. »Aber wenn du willst? Und schreib dazu, dass ich endlich Strom in meiner Bude will.«

Ich kann mein Glück kaum fassen. »Ja, klar! Total gerne!«

Der Olle geht neben dem Container in Stellung. »So? Oder lieber ohne Tonne?«

»Nein, ist prima so! Mach einfach, was du sonst auch tun würdest.« Während ich Fotos schieße und schließlich auf Video umsteige, dumpstert der Olle weiter. Dabei berichtet er von seiner Bude im Lerchenring. »Ich hab auch kein warmes Wasser. Im Sommer ist mir das egal. Aber jetzt gerade ist es eiskalt.« Er fördert drei Päckchen Waffeln und einen Viererpack Joghurt zutage. Ich filme alles mit.

»Gas haben sie mir auch abgestellt. Schon vor sechs Monaten.« Jetzt hat er ein Päckchen Kaffeepulver gefunden. Mit gerunzelter Stirn versucht er, die winzige Schrift zu entziffern. »Kannst du das lesen?«, fragt er und hält mir das Paket hin. »Hab meine Brille vergessen.«

Ich stecke mein Handy ein und richte meine Stirnlampe auf die Packung. »Instant-Cappuccino, vegan«, lese ich vor. »Der ist zum Anrühren. Aber dafür brauchst du kochendes Wasser.«

»Vegan«, brummt der Dude abschätzig. »So was gab's früher nicht.« Er steckt das Päckchen in seinen Stoffbeutel und zwinkert mir zu. »Egal! Hauptsache, da ist Koffein drin.«

»Aber wenn du kein Gas und keinen Strom hast?«, wende ich ein. »Ich glaub nicht, dass der sich in kaltem Wasser löst.«

»Ich hab doch den Campingkocher.« Die Augen des Alten blitzen schelmisch. Aber dann fällt sein Grinsen in sich zusammen. »Bloß für richtig Kochen taugt der nicht. Leider.«

Ich stelle mir vor, wie er in seiner Bude mit dem Campingkocher hantiert, weil man ihm Strom und Gas abgestellt hat. Dann muss ich an Sina und Steff in ihrer Jurte denken. Die beiden haben auch keinen Strom. Aber das ist etwas anderes.

In diesem Augenblick nähert sich eine weitere Gestalt. Sie zerrt einen Hackenporsche und einen asthmatisch keuchenden Hund hinter sich her. Als sie uns bemerkt, wird sie sofort misstrauisch. »Ei, der Schorsch! Wen hast du denn da alles angeschleppt?«

»Hallo, Frieda! «, begrüßt der Olle sie. »Ich hab die nicht angeschleppt. Die sind von ganz allein hier aufgetaucht.«

Frieda schnalzt missbilligend mit der Zunge, während sie ihren Hackenporsche öffnet und ein paar Stoffbeutel hervorzieht. »Wie sieht's aus?«, will sie wissen, während sie die Beute des Ollen beäugt.

»Hier gibt's ganz viel frisches Gemüse!« Ich klappe den Deckel meiner Tonne auf, damit die Frau einen Blick darauf werfen kann. An dem Eisbergsalat ist sie nicht interessiert, aber Lauch und Kartoffeln verschwinden in ihren Stofftaschen.

»Kohlrabi?«, frage ich und greife nach einer der Knollen.

»Nö, mag ich nicht«, brummt die Frau. »Was für den Hund ist nicht zufällig drin, oder?«

Ich will gerade verneinen, als Kira eine Packung Hähnchenbrust aus der Versenkung zieht. »Wie wär's damit? Sogar Bio!« Freudestrahlend hält sie Frieda die Packung unter die Nase. »Das

Datum ist von gestern. Aber bestimmt kann man es noch essen. Bei der Kälte hält sich das Hühnchen sicher eine Weile.«

»Na, das ist doch schon mal was!« Friedas Blick wird freundlicher. Sie greift zu und wendet sich dann an ihren Hund, der sie schwanzwedelnd ansieht. »Aber das wird geteilt, Luna!«

»Hallo? Was ist hier los?« Eine herrische Stimme lässt uns herumfahren. »Was machen Sie denn hier?« Wie aus dem Nichts ist ein Mann hinter uns aufgetaucht. Ein gewaltiger Bierbauch spannt sich über dem Bund seiner Jogginghose. Sein spärliches Haar klebt an seinem fettigen Schädel und sein aufgedunsenes Gesicht läuft gerade rot an. »Sie können doch nicht einfach …!«, keucht er und zeigt auf das Hühnchen, das Frieda gerade verstauen möchte.

»Das ist Diebstahl, was Sie hier machen! Und Hausfriedensbruch!« Er zieht sein Handy aus der Hose und beginnt, etwas einzutippen. »Ich rufe jetzt die Polizei.«

»Hören Sie!« Steff erwacht als Erste aus ihrer Schockstarre. »Wir nehmen doch nur Sachen, die schon im Müll lagen.«

»Außerdem kann von ›Hausfriedensbruch‹ keine Rede sein«, ergänzt Sina. »Das Gelände ist ja nicht mal eingezäunt. Alles frei zugänglich.«

Der Typ mustert Sina und Steff feindselig. Doch immerhin lässt er das Handy sinken. Steff nutzt ihre Chance. Sie nimmt Frieda das Fleisch wieder ab und hält es dem Typen hin. »Der Laden kann das nicht mehr verkaufen, weil es abgelaufen ist. Aber wir denken, dass es noch essbar ist. Also nehmen wir es mit. Wäre doch schade, wenn es im Abfall landet.«

Weil der Typ zögert, schaltet sich nun auch Sina ein. »Immerhin musste ein Tier dafür sterben. Wussten Sie, dass kaum ein

Lebensmittel bei seiner Herstellung so viele natürliche Ressourcen verbraucht wie Fleisch? Da sollte man es sich doch zweimal überlegen, bevor man das wegwirft.«

Der Bierbauch zögert. »Trotzdem«, sagt er bockig und hebt das Handy erneut. »Sie können nicht einfach hier den Müll ausräumen! Wenn das jeder machen würde!«

»Wir werden alles so sauber hinterlassen, wie wir es vorgefunden haben. Versprochen«, beschwöre ich den Mann. »Und wir sind auch schon fast wieder weg.«

»Ja, aber bevor wir gehen: Möchten Sie nicht auch ein paar von den Sachen hier retten?« Kira hält dem Mann ein Päckchen Bauchspeck hin und ich muss beinah lachen. Wenn jemand keinen Bauchspeck nötig hat, dann der.

Der Mann starrt auf die Packung, und ich sehe, wie es in ihm arbeitet. »Also eigentlich wollte ich …«, stammelt er und weicht einen Schritt zurück. »Nein, wirklich …«

»Oder Sie bringen Ihrer Frau mal wieder Blumen mit!« Wie eine Magierin zieht Sina einen Blumenstrauß hinter ihrem Rücken hervor. Er ist etwas zerdrückt, aber eigentlich sieht er noch ganz passabel aus. Auf den Mann macht er zumindest Eindruck, denn der reißt erstaunt die Augen auf. »Nein, also. Vielen Dank, das ist nett. Aber ich denke, ich will das lieber nicht.«

»Aber vielleicht Ihre Frau!«, mischt Frieda sich ein. »Bringen Sie der doch mal was mit!«

»Ja, machen Sie das«, insistiert Sina und nötigt dem Mann die Blumen auf, während Kira den Bauchspeck diskret in Schorschs Tasche fallen lässt. Der Olle blinzelt ihr verschmitzt zu. Kira zwinkert zurück.

»Tut uns leid, wenn wir Sie beunruhigt haben«, lenkt Steff

nochmals ein. »Aber wie Sie sehen, randalieren wir nicht, und wir hinterlassen auch kein Chaos.«

Der Mann starrt abwechselnd auf den Blumenstrauß und auf uns. »Schon okay«, brummt er schließlich. »Ist ja eigentlich auch nicht in Ordnung, dass so viel weggeschmissen wird. Find ich ja auch doof …«

Nachdem der Typ verschwunden ist, atmen wir erleichtert auf. Auch die beiden Alten entspannen sich allmählich. »Mein lieber Scholli«, stöhnt Schorsch. »Wenn der die Polizei geholt hätte, dann gute Nacht!«

»Ist ja nichts passiert«, beruhigt ihn Steff. »Habt ihr denn genug zu essen?« Sie hält das Netz mit den Kartoffeln hoch, das ich vorhin vor meiner Tonne abgelegt habe. »Hier, was ist mit denen, Schorsch? Willst du die jetzt?«

Der Olle wirft ihr einen genervten Blick zu. »Ich sag doch, ich hab keinen Strom!«, knurrt er.

»Ja, gib mir die.« Frieda streckt die Hand nach dem Netz aus. Dann wendet sie sich an den Ollen. »Und du kommst morgen Mittag bei mir vorbei. Ich koch uns was. Geht ja gar nicht, das mit dem Strom!« Damit packt sie ihren Trolley und den Hund und sieht den Ollen fragend an. »Kommst du mit oder willst du noch mit dem jungen Gemüse um die Häuser ziehen?«

Der Olle wirft uns einen sehnsüchtigen Blick zu. »Früher hätte mir das gefallen«, brummt er und grinst zum Abschied in die Runde. »Macht's gut, ihr! Und danke noch mal.«

»Tschüss, ihr beiden.« Steff wirkt erleichtert, als sie sich zu uns umwendet. »Und wie sieht's mit uns aus? Haben wir genug oder wollen wir noch zu einem anderen Spot?«

»Also mir reicht das hier«, sagt Kira und packt ihren Rucksack mit Gemüse und Bananen voll. In diesem Augenblick brummt ihr Handy. Gehetzt blickt sie auf das Display und geht schließlich ran. Was sie sagt, kann ich nicht verstehen, doch als sie kurz darauf zurückkommt, ist sie total genervt. »Ich muss los«, sagt sie ohne eine weitere Erklärung.

»Kira hat noch ein Date«, frotzle ich.

»Mann, was laberst du?« Sie sieht mich verständnislos an. Dann holt sie Luft, um etwas zu erwidern, doch Steff ist schneller. »Scheißegal, mit wem sie telefoniert hat. Kommst du noch mit oder machst du dich auch auf die Socken, Joel?«

»Nee, ich fahre auch heim«, antworte ich. Für heute hatte ich genug Aufregung. »Bis dann, ihr beiden.«

Nachdem Sina und Steff verschwunden sind, bleibe ich mit Kira allein zurück. Stumm laufen wir nebeneinander zu unseren Fahrrädern. Kira hält den Blick gesenkt und kaut an einem ihrer schwarz lackierten Nägel. Ist sie jetzt sauer wegen meiner dämlichen Bemerkung?

»Tut mir leid«, versuche ich, die Mauer aus Schweigen zu durchbrechen. »Ich wollte dich nur ein bisschen foppen.«

Kira bleibt stehen, in ihren Augen ein wütendes Funkeln. »Weißt du, was?«, fährt sie mich an. »Ich wollte, es wäre so! Ich wollte, mein Freund wäre zu Hause und würde auf mich warten. Aber wenn du es genau wissen willst: Ich hab gar keinen Freund. Das eben war meine kleine Schwester. Sie hat Angst allein. Und jetzt hat sie auch noch ins Bett gemacht. In *mein* Bett. Verstehst du?«

Oh shit! Da habe ich ja mal wieder einen Volltreffer gelandet. »Das ist natürlich … äh … nicht so schön«, stammle ich und versinke buchstäblich im Boden. »Und jetzt?«

»Wie ›und jetzt‹!?«, faucht sie. »Jetzt muss ich nach Hause und mein Bett frisch beziehen. Und eine Waschmaschine anschmeißen. Und mir obendrein Leonies Geheule anhören.«

Mann, wie peinlich! Andererseits auch irgendwie schön zu wissen, dass eben kein Kerl zu Hause auf sie wartet. »Hey, tut mir wirklich leid! Wie alt ist deine Schwester noch mal?«

»Neun.«

Ich habe keine Erfahrung mit jüngeren Geschwistern. Aber dass jemand mit neun noch ins Bett macht, kommt mir etwas merkwürdig vor. »Was ist mit deinen Eltern? Sind die nicht zu Hause?«

»Nein.« Kira zögert. »Also, doch. Aber nur meine Mum.«

»Kann die nicht …? Ich meine …?«

»Nein, kann sie nicht!«

Wir haben unsere Räder erreicht. Energisch stopft Kira ihre Stofftasche mit dem Gemüse in die Weinkiste auf dem Gepäckträger. Danach schultert sie ihren Rucksack und zurrt die Gurte fester. Noch immer weicht sie meinem Blick aus. Ganz offensichtlich will sie nicht, dass ich noch weiterfrage. Endlich, als ich das Gefühl habe, dass die Stille zwischen uns unerträglich wird, sieht sie mich an. »Sorry, Joel. Kannst du ja nicht wissen«, murmelt sie und wird rot. »Es ist alles gerade nicht so einfach bei mir zu Hause.« Ihre Finger krallen sich um die Griffe ihres Lenkers, während sie weiterspricht. »Meine Mum … Sie … Es geht ihr nicht besonders gut.«

Ich warte, ob da noch was kommt. Doch Kira schweigt. »Kann ich dir irgendwie helfen?«, frage ich schließlich.

»Nee, lass mal«, sagt sie und schüttelt resigniert den Kopf, bevor sie sich auf ihr Rad schwingt. »Ich muss jetzt los.«

»Kira?« Ich greife nach ihrem Lenker. Irgendwie will ich nicht, dass sie schon geht. Jetzt, wo ich ein bisschen was über sie erfahre. »Sehen wir uns nächste Woche?«

Kira zögert. Ich fange ihren nachdenklichen Blick auf. Dann gibt sie sich schließlich einen Ruck und lächelt mich an. »Klar, warum nicht? Ich melde mich.«

»Okay. Cool!«

»Bis dann.«

»Tschüss, Kira!« Eine Weile starre ich noch nachdenklich in die Dunkelheit. Dann mache auch ich mich auf den Heimweg.

9

Es ist Punkt sechs Uhr abends, als ich auf Merles Klingel drücke. Hinter der Glastür höre ich Musik und Lachen. Die Stimmung in Merles WG ist mal wieder super, und ich bin gespannt, was die drei diesmal vorhaben.

Nach meinem letzten Tauchgang war es so spät geworden, dass ich nicht mehr bei der WG klingeln wollte. Also habe ich meine Fahrradtaschen einfach vor die Tür gestellt. Merles Reaktion kam heute Morgen via WhatsApp: »OMG! So viele Bananen! Mega! Komm gegen sechs vorbei. Wir drehen!«

Diesmal ist es Kim, der mir die Tür öffnet. Er trägt ein knallgelbes Poloshirt und Hosenträger. Sein schwarzes Haar ist in der Mitte gescheitelt und auf seiner Nase sitzt eine runde Hornbrille. »Alter! Du siehst aus wie einer von den Minions!«, rufe ich entsetzt.

»Gut erkannt, Sherlock!«, erwidert er ausgelassen und grinst breit. »Jetzt komm rein. Die anderen warten schon.« In gelben Socken tänzelt er vor mir her in die Küche.

Linus und Merle sehen kaum auf, als ich eintrete. Beide beugen sich über das Display von Linus' Kamera, wobei Merle einen Arm um Linus gelegt hat. Es sieht sehr vertraut aus und irgendwie versetzt es mir einen Stich. Hat Merle etwa was mit diesem Nerd?

Beim Näherkommen mustere ich die beiden. Merle trägt heute ebenfalls Gelb: ein kurzes Kleid mit tiefem Ausschnitt. In ihrem aufgesteckten Haar klemmt eine Steampunk-Brille. Wie immer ist sie perfekt gestylt und sogar ihre Nägel passen zum Outfit. Sie fängt meinen irritierten Blick auf und grinst. »Tja, Joel, du hast uns die Sache mit den Bananen eingebrockt. Jetzt machen wir das Beste draus. Ich habe mir gedacht, dass wir diesmal unter dem Motto ›Bananas!‹ eine ganze Serie starten. Was meinst du? Cool oder?« Sie wartet meine Antwort gar nicht erst ab, sondern wendet sich an Linus. »Du kriegst das bestimmt hin«, sagt sie, während sie ihm den Nacken krault.

Linus verdreht die Augen und stöhnt genüsslich. »Kleinigkeit«, raunt er und hält Merles Hand fest, damit sie weitermacht.

Ich fange einen amüsierten Blick von Kim auf, der lässig an der Theke lehnt und betont langsam, geradezu lasziv, eine Banane isst.

»Was ist?«, will ich wissen.

Kim lächelt spöttisch. »Finde den Fehler!«

Mein Blick fällt zunächst auf Merle und Linus. Doch Kim bezieht seine Bemerkung auf die Obstschale, die hinter ihm auf der Küchentheke steht. Sie ist randvoll mit sonnengelben, makellosen Bananen. »Habt ihr die etwa gekauft?«

Merle stöckelt hinter die Kücheninsel. »Deine Bananen waren leider schon etwas überreif«, erklärt sie. »No offense, Joel, aber wir müssen den Ekelfaktor in meinen Videos so klein wie möglich halten.«

»Das ist Betrug«, wende ich ein. »Das checken deine Follower doch, dass die niemals im Müll lagen.«

Merle wirft mir einen nachsichtigen Blick zu. »Lass mich nur machen.« Sie platziert die Schale mittig auf dem Tresen, drapiert ein paar Bananen anders und winkt mich neben sich. »So. Du sagst vorab einfach ein paar Worte in die Kamera. Von wegen, ›Hallo, Leute, diese Bananen hier habe ich gestern für euch …‹«

»Was, ich? Keine Chance!«

»Natürlich du! Du bist doch der Mann vor Ort.« Spielerisch kneift sie mir in die Wange. »Keine Sorge, ich bin ja bei dir!« Sie geht in Position und zieht mich dicht neben sich.

Linus richtet die Kamera aus und reckt den Daumen als Zeichen zum Start. Mein Herz rast. Ich hab keine Ahnung, was ich sagen soll.

»Sei einfach du selbst«, raunt Merle mir zu. »Wir machen auf jeden Fall danach einen Cut. Du kannst dich dann wieder zu Linus setzen und zuschauen, während Kim und ich mit dem ersten Rezept starten. Am Schluss machen wir noch die Schönheitsmaske. Kim, das ist dann dein großer Auftritt.«

Kim guckt irritiert. »Davon weiß ich ja noch gar nichts.«

»Keine Sorge.« Merle grinst spitzbübisch. »Ich brauche nur dein hübsches Gesicht. Alles, was du tun musst, ist stillhalten.«

»Seid ihr fertig?« Linus' Stimme klingt genervt. Wir nehmen unsere Positionen ein. Linus zählt rückwärts, und schon ertönt sein Kommando: »Und bitte!«

Merle setzt ihr Social-Media-Lächeln auf und legt mit zuckersüßer Stimme los. »Hallo, meine Lieben, hier ist mal wieder Merle mit einer neuen Folge von ›Mit Fairgnügen!‹ Heute habe ich euch meinen Mülltaucher Hulk mitgebracht. Hulk, wie war die letzte Nacht am Container? Was hast du gefunden?«

»B-Bananen?«, stammle ich und fühle Ärger in mir aufflammen. Sie hat mich schon wieder ›Hulk‹ genannt! Außerdem will ich nicht, dass ihre Follower denken, dass ich diese Bananen gedumpstert hätte.

»Bananen!«, ruft Merle begeistert und klatscht in die Hände. »Leute, ihr könnt euch gar nicht vorstellen, wie viele Bananen täglich in der Tonne landen! Hulky, wie viele sind es denn im Schnitt? Kannst du uns das verraten?«

Ich räuspere mich. »Knapp dreihundert Kilo pro Minute«, antworte ich. »Hab ich mal irgendwo gelesen.«

Merle reißt in gespieltem Entsetzen die Augen auf. »Leute, war euch das klar? Knapp dreihundert Kilo Bananen werden pro Minute entsorgt! PRO MINUTE!«

Jetzt beugt sie sich vor und fixiert die Kamera mit ihrem Blick. »Ich hab das mal recherchiert: Die Bananenpflanze benötigt Wahnsinnsmengen an Wasser. Das fehlt dann den Leuten vor Ort oder es ist durch megagiftige Düngemittel und Pestizide verseucht. Die Bedingungen, unter denen die Bauern auf den Plantagen arbeiten, sind so abartig, dass sie kaum ihre Familien ernähren können. Darüber hinaus werden die Stauden in Plastikfolie verpackt, die am Ende die Umwelt verschmutzt. Ganz zu schweigen davon, dass die Bananen einmal um die halbe Welt geflogen werden. Dass der Transport große Mengen an Energie frisst und unser Klima belastet, muss ich euch wohl nicht erzählen. Und das am Ende für die Tonne?« Merle wendet sich wieder mir zu. »Was denkst du, Hulk: Sollte man überhaupt noch Bananen essen?«

Fieberhaft überlege ich, was ich jetzt sagen soll. Mein Gehirn ist vollkommen blockiert, sobald eine Kamera auf mich gerichtet ist. »Also, äh, das wäre sicher eine Möglichkeit. Aber wenn sie schon mal da sind … ich meine im Supermarkt … Also da könnte man doch hinter der Kasse eine Kiste aufstellen und dann kann sich jeder bedienen. Dann würden auch keine einzelnen

Bananen mehr zurückbleiben. Die werden nämlich als Erstes weggeschmissen.«

»Eine Bananen-Single-Börse!«, zwitschert Merle und klatscht in die Hände. »Wie originell!«

»Man könnte das auch mit anderen Lebensmitteln machen!« Ich bin stolz auf meine Idee. Immerhin haut sie mein Gestammel vom Anfang wieder raus. »Einfach verbieten, dass die Supermärkte was wegwerfen, und dann alles, was abgelaufen ist, hinter der Kasse zum Mitnehmen bereitstellen. Umsonst, natürlich.«

»Ist er nicht süß, unser Hulky?«, wendet Merle sich an ihre Follower. »Ein Lebensmittelwegwerfverbot – na, was da wohl der Handel dazu sagt? Ja, Leute, was haltet ihr davon? Schreibt uns einen Kommentar, gebt uns ein Like und vor allem: Bleibt dran!«

»Cut!«, ruft Linus. »Super, Merle. Das war gut!«

Merle verbeugt sich leicht in Richtung eines imaginären Publikums. »Danke, danke. Autogramme gibt es in der großen Pause.« Mit einer Handbewegung, als würde sie eine Fliege verscheuchen, schickt sie mich auf das grüne Sofa. Hätte schlimmer kommen können, denke ich, und lasse mich in die Kissen sinken.

»Kim? Bist du startklar?«

Für die nächsten zwei Stunden verarbeiten Merle und Kim die Bananen zu diversen Köstlichkeiten, während Linus das Ganze filmt und ich zuschaue. Neben einem Cashew-Bananen-Smoothie gibt es ein total abgefahrenes vegetarisches Curry mit Basmatireis, das wir uns im Anschluss an den Dreh schmecken lassen. Dabei sind Merle leider ein wenig die Chiliflocken ausgerutscht.

»Hot damn!«, stöhnt Kim und fächelt sich mit beiden Händen Luft ins Gesicht. Doch die flambierten Bananen auf Pancakes und das Bananen-Sorbet machen das Ganze wieder wett.

Beim Bananenbrot und den obligatorischen Bananen-Chips mit koreanischer Chilipaste streike ich schließlich. »Alter, ich bekomme nichts mehr runter«, stöhne ich und halte mir den Bauch. »Ich fürchte, in nächster Zeit kann ich das Wort ›Banane‹ nicht mehr hören!«

»Wir sind noch nicht fertig«, verkündet Merle gnadenlos, während sie eine Banane zu Mus verarbeitet und einen veganen Joghurt daruntermischt. »Das Beste kommt wie immer zum Schluss.«

Unter großem Hallo muss Kim nun gute Miene zum bösen Spiel machen und sich vor laufender Kamera das Gesicht mit Bananenmus zukleistern lassen. Linus und ich platzen fast vor Lachen, während Merle pokerfacemäßig bei der Sache ist.

Als Kim schließlich im Bad verschwindet, um sich den Bananenmatsch aus dem Gesicht zu waschen, und Linus für das Schneiden der Videos in sein Zimmer abtaucht, sehe ich meine Chance. »Du warst toll!«, sage ich und setze mich zu Merle an die Bar.

»Klar, war ich toll«, antwortet sie und prostet mir mit ihrem Bananen-Smoothie zu. Dann beugt sie sich wieder über ihr Handy und kichert. »Unser kleines Interview ist gerade online gegangen.« Sie hält mir ihr Smartphone vor die Nase und mich trifft fast der Schlag. Linus hat das Video im Nachhinein bearbeitet und mir einen knallgelben Minion-Kopf mit dämlicher Brille verpasst. Meine Stimme klingt total verzerrt, und die Sätze, die ich sage, hören sich so naiv und lächerlich an, dass ich verärgert nach Luft schnappe. »Ey, was soll das?«, fahre ich auf.

»Geil, oder?« Merle boxt mir lachend gegen die Schulter. »Ich find's mega. Hulky, unser Mülltaucher-Minion. Köstlich!«

»Das war so nicht abgesprochen!«

»Ach was!« Merle winkt ab. »Wir müssen doch deine Identität schützen. Du sollst weiterhin ungestört für uns Dumpstern können.«

»Aber mit deinem Minion-Scheiß machst du mich total lächerlich!«

»Psssssst!« Merles Finger legt sich auf meine Lippen. Ihre Augen mit den falschen Wimpern blitzen amüsiert. »Mein Blog. Meine Regeln. And by the way: Ich mache dich nicht lächerlich.«

»Doch! Deine Follower kriegen ein komplett falsches Bild von der Sache!«

»Jetzt komm mal wieder runter, Joel Pieper!« Merles Hand senkt sich auf meinen Oberschenkel. Ihre Stimme ist sanft. So als würde sie zu einem zornigen Fünfjährigen sprechen. »Meine Follower wissen sehr wohl, worum es hier geht. Da! Schau mal in den Kommentaren.« Sie rückt noch etwas näher an mich heran und hält mir ihr Handy hin. Ich sehe klatschende Emojis, Herzchen und Daumen-hoch. Außerdem Kommentare wie ›Nicht zu fassen! Da schuften die Leute ein Leben lang auf 'ner Plantage, um die scheiß Bananen zu ernten, und ham selbst nix, und die Läden schmeißen das Zeug weg!‹.

»Siehst du?« Merle steckt das Handy wieder ein und betrachtet mich nachsichtig. »Ich zieh die Sache nicht in den Dreck. Ich mache aufmerksam. Und das funktioniert am besten mit Humor.« Lautstark saugt sie den Rest ihres Smoothies durch den Trinkhalm. »Aber du gehst ja zum Lachen in den Keller!«

»Jetzt komm! Das ist gar nicht wahr!«, protestiere ich.

»Doch, das ist wahr«, sagt sie und wuschelt mir lächelnd

durchs Haar. »Aber ich mag dich trotzdem. Du willst die Welt besser machen. Finde ich großartig.«

Ich stoße ihre Hand weg und stehe auf. Ich bin sauer. Merle nimmt mich überhaupt nicht ernst. Und die Sache mit der Lebensmittelverschwendung auch nicht. »In deinen Augen sind wir doch bloß Freaks.«

»Nein, seid ihr nicht!«, Merle schenkt mir einen ihrer unwiderstehlichen Augenaufschläge. »Ich finde euch toll! Und das, was ihr macht, finde ich auch toll. Ehrlich!« Ich bin nicht überzeugt. Doch da greift Merle nach meiner Hand. »Hey, weißt du, was? Ich habe mir überlegt, dass ich bei deinem nächsten Tauchgang mitkomme!«

»Was?!«

»Na, ich will mir das Ganze mal ansehen, die Leute kennenlernen und so. Persönlich mit denen reden. Sag mir doch einfach Bescheid, wenn du das nächste Mal losgehst. Dann komme ich mit.«

10

»Hi, Joel! Samstag wie immer?«

Als mich Kiras WhatsApp erreicht, habe ich Merle bereits zugesagt. Sie ließ sich einfach nicht abwimmeln. Aber jetzt frage ich mich erst recht, wie das werden soll. Ob ich Kira vorwarnen sollte? Andererseits: Wieso eigentlich? Fragt mich doch auch keiner, ob ich einverstanden bin, wenn Paps seine Frau mitbringt oder Mücke einen seiner Kumpels.

Merle, Sina und Steff könnte passen. Immerhin kennen die sich. Zumindest Merle und Steff. Aber Kira? Ich fürchte, das passt überhaupt nicht. Merle ist viel zu extrovertiert, und Kira hat mir ja neulich schon ihre Meinung gegeigt, als es um meine Zusammenarbeit mit Merle ging.

»Immer noch wild entschlossen?«, texte ich Merle, in der Hoffnung, dass sie im letzten Moment noch kneift. Doch sie sendet mir umgehend einen hochgereckten Daumen zurück. Na, ich bin gespannt, wie lange sie durchhält. Wenn ich meiner App trauen kann, wird die Temperatur heute Nacht unter den Gefrierpunkt fallen.

Als ich in meine Jacke schlüpfe, brummt mein Handy.

»Wo bleibst du?«, will Merle wissen und sendet ein Selfie mit Kussmund. Sie ist tatsächlich schon vor der Haustür! Ich packe meine Sachen zusammen und nehme vorsorglich noch eine Stirnlampe und ein paar Handschuhe für Merle mit – falls sie doch auf den Geschmack kommt und mitdumpstert.

»Na endlich!«, begrüßt sie mich, als ich aus der Haustür trete. Zum Containern könnte sie nicht unpassender gekleidet sein: kurze schwarze Lederjacke mit Pelzkragen, hautenge Jeans und schwarze Stiefel mit Absätzen. Auf ihrer blonden Mähne sitzt eine Fliegermütze, ebenfalls mit Fellbesatz. Ihre perfekt geschminkten Lippen verziehen sich zu einem sirenenhaften Lächeln. »Wie findest du mein Outfit?«

»Ziemlich heiß«, gebe ich zu. »Wenn man mal davon absieht, dass du dir bei diesen Temperaturen den Arsch abfrierst.«

Merle zieht einen Schmollmund. »Ach, so schlimm wird's schon nicht sein. Ich bin schließlich nicht aus Zucker.« Sie schwingt sich auf ihr stylisches Retro-Bike. »Also, was ist? Können wir?« Ohne meine Antwort abzuwarten, tritt sie in die Pedale und düst los.

Sina und Steff sind bereits am vereinbarten Treffpunkt, als wir dort ankommen. Steff steht mit dem Rücken zu uns, doch als Merle schon von Weitem »Steffi-Schatz!« kreischt, fährt sie erschrocken herum. Und erstarrt buchstäblich zur Salzsäule.

Merle springt vom Sattel und drückt mir ihr Rad in die Hand. Dann fällt sie Steff um den Hals. »Oh mein Gott! Ich bin ja so aufgeregt!«, plappert sie, ohne Steffs verzweifelten und Sinas vernichtenden Gesichtsausdruck zu bemerken.

»Merle! Was treibt dich denn hierher?« Steff macht sich los und geht auf Abstand. »Ich denke, Joel übernimmt das mit den Interviews für dich?«

Merle winkt ab. »Stimmt ja auch. Aber ich dachte, ich schau mir das lieber mit eigenen Augen an. Und nutze die Chance, um Hallo zu sagen.«

»Tja dann.« Steff klingt wenig begeistert. »Hallo, Merle.«

Sina zieht mich beiseite. »Sag mal, geht's noch?«, zischt sie mich an. »Kannst du nicht Bescheid sagen, wenn du noch jemanden mitbringst?«

»Sorry!«, verteidige ich mich. »Ich dachte, es ist okay, wenn Merle mal ausnahmsweise mitkommt.«

»Nee, ist es nicht!«, faucht sie und richtet sich an Merle. »Was hast du überhaupt für dämliche Schuhe an?«

»Wieso?« Merle blickt verblüfft auf ihre Stiefel. »Ich kann in denen super laufen!« Wie zum Beweis stolziert sie ein paar Schritte auf und ab. »Siehst du? Null Problemo!«

»Von wegen null Problemo! Damit weckst du die halbe Nachbarschaft!«

»Ach was!«, antwortet Merle und betrachtet Sina mit zusammengekniffenen Augen. »Du bist Sina, oder? Hat Steff dir von uns erzählt?«

»Ja, hat sie«, raunzt Steff, während Sina bleich wird. »Und jetzt lass den Mist, Merle. Die Sache zwischen uns ist schon lange durch. Wenn du mitkommen willst, in Ordnung. Aber es wird nach unseren Regeln gespielt. Okay?«

»Boah, was hab ich das vermisst, Steffi-Schatz!« Merle lässt sich nicht aus der Fassung bringen, während ich mich erst mal neu sortieren muss. Merle und Steff hatten was miteinander? Krass! Und ich habe gedacht, Merle verspeist nur Jungs.

»Hast du Handschuhe und Taschenlampe?« Steff ringt sichtlich um Fassung. »Oder müssen wir dir was leihen?«

»Nicht nötig«, haucht Merle und schmiegt sich wie eine Katze an meine Brust. »Ich hab doch meinen Hulk dabei!«

Ich spüre, wie Steff mich taxiert, und werde rot. Plötzlich ist mir Merles Nähe megaunangenehm. Am liebsten würde ich sie von mir wegschieben. Doch ich halte links und rechts ein Fahrrad und kann mich kaum rühren, als Merle nun auch noch ihren Arm um meine Taille schlingt. »Äh, Merle«, stammle ich. »Kannst du bitte mal dein Fahrrad nehmen? Ich hab hier noch irgendwo eine Lampe für dich.« Ich drücke Merle das Bike in die Hand und krame in meiner Fahrradtasche, um Sinas und Steffs Blick nicht begegnen zu müssen.

Merle nimmt die Lampe entgegen. Dann haucht sie demonstrativ in ihre Hände. »Was ist? Können wir endlich los?«

»Wir warten noch auf jemanden«, wendet Sina ein.

In diesem Augenblick biegt Kira um die Ecke. Sie trägt eine dicke Jacke und bunte Fäustlinge. Die Beanie tief ins Gesicht gezogen, bremst sie unmittelbar vor mir ab, und ich ertappe mich dabei, wie ich sie anstarre – ihre wunderschönen Augen, die unternehmungslustig schimmern, und das vor Kälte gerötete Gesicht. Sie sieht toll aus. So ganz anders als Merle in ihrem gestylten Outfit.

»Sorry! Wartet ihr schon lange? Tut mir leid!«, ruft sie, und kleine Atemwölkchen schweben vor ihren Lippen. »Oh, ein neues Gesicht! Hallo!« Sie mustert Merle neugierig und völlig unvoreingenommen.

Doch Merle nimmt kaum Notiz von ihr. »Okay, sind wir jetzt endlich vollzählig?«, fragt sie eine Spur zu ungeduldig.

»Kira, das ist Merle«, stelle ich vor. »Ich hatte dir von ihr erzählt. Die Frau mit dem Blog über Green Living.« Kiras Gesicht verdüstert sich augenblicklich und meine Bedenken werden zur Gewissheit. Definitiv hätte ich sie vorwarnen sollen. »Merle, das ist Kira«, stelle ich vor.

Merle streift Kira mit einem flüchtigen Blick. »Ja, hi«, sagt sie knapp und ohne erkennbares Interesse. »Leute, mir ist schweinekalt. Können wir jetzt endlich?«

Wir folgen Sina und Steff zum Hintereingang des Supermarkts. Mittlerweile hat es sich herumgesprochen, dass hier ein paar frei zugängliche Tonnen stehen, in denen meist etwas für uns drin ist. Paps und Mücke sind schon da und inspizieren gemeinsam eine der Tonnen. Auch den Ollen habe ich bereits entdeckt und Frieda mit ihrem Hund.

Merle ist stehen geblieben. Sie lässt die Atmosphäre einen Augenblick auf sich wirken, bevor sie ihr Handy aus der Jacke zieht, es eine Armlänge von sich weghält und losflötet. »Hallo, meine Lieben! Hier ist mal wieder Merle mit einem neuen Beitrag für ›Mit Fairgnügen‹. Heute begleite ich meinen Freund Hulk zu den Mülltauchern.« Sie schwenkt das Handy und hält mit der Kamera auf mich. »Sag Hallo zu meinen Followern, Hulky!«

»Mensch, Merle!« Genervt halte ich meine Hand vor ihre Kamera. »Das mit Hulk hatten wir doch geklärt!«

Merle ignoriert meinen Einwand. Schwungvoll dreht sie sich um ihre eigene Achse und nimmt nun Sina und Steff ins Visier. »Hallo, ihr beiden! Ich bin Merle von ›Mit Fairgnügen‹. Wollt ihr meinen Followern mal erzählen, was ihr euch von der heutigen Nacht erwartet? Wonach haltet ihr Ausschau?«

Offenbar haben die beiden beschlossen, Merle links liegen zu lassen. Vollkommen synchron drehen sie ihr den Rücken zu und stiefeln zur nächsten Tonne, wo sie mit ihrem ersten Tauchgang beginnen.

»Wie ihr seht, ist hier schon mächtig was los«, erklärt Merle gerade, die sich von Sina und Steff nicht aus dem Konzept bringen lässt. »Wollen doch mal sehen, was die Leute so alles zu erzählen haben.« Zielstrebig steuert sie auf Mücke zu. Ich hefte mich an ihre Fersen. Mücke sichert sich gerade eine Stiege Knoppers. Er sieht nicht auf, als wir neben ihm auftauchen.

»Hi. Ich bin Merle. Und du?«

Mücke gibt vor, uns nicht zu bemerken, doch als Merle filmt, wie er die Schokolade einsteckt, fährt er zu mir herum. »Alter, was will die hier? Wir brauchen keine Gaffer!«

»Hey!« Merle schnippt mit dem Finger vor Mückes Gesicht hin und her. »Ich hab dich was gefragt, Kleiner!«

»Hau ab«, fährt Mücke sie an. »Und steck das Handy weg!«

»Oh, là, là!« Merle lacht und dreht das Handy so, dass sie nun selbst in die Kamera schaut. »Da ist wohl jemand mit dem falschen Bein aus der Tonne gekrochen. Einige von euch erinnern sich bestimmt an ihn. Das ist der Kleine, der neulich in einer dieser Tonnen eingesperrt war. Ich habe von ihm berichtet. Eins von den vielen Straßenkids hier. Tja, schlimm, schlimm.«

»What the fuck!?« Empört starrt Mücke Merle nach, die munter plappernd schon wieder unterwegs zu einem neuen Opfer ist.

»Sorry, Mücke«, entschuldige ich mich. Das geht so nicht! Ich muss Merle aufhalten, bevor sie noch mehr Leute vergrätzt.

»Die soll verschwinden!«, schreit Mücke mir nach.

»Ich kümmere mich darum! Sorry noch mal!« Ich lasse Mücke stehen und renne Merle hinterher.

»Nun, meine Lieben, wir merken, dass Mülltaucher eine spezielle Spezies sind. Sie stehen nicht so gern im Licht der Öffentlichkeit. Versuchen wir es mit diesem Exemplar.« Merle nimmt Paps ins Visier, der gerade ein paar Tetra Paks Sojasahne aus einer Tonne zieht. »Hi! Ich bin Merle. Und du?«

Paps lächelt freundlich. »Hi! Ich bin Timo.«

»Timo! Wie schön. Ist es okay, wenn wir dich bei deiner Arbeit filmen?« Anscheinend hat Merle nun auch gemerkt, dass es nicht so gut kommt, wenn sie ungefragt loslegt.

»Kein Thema!«

»Willst du uns vielleicht erzählen, warum du hier bist und was du so treibst?«

»Was ich hier so treibe? Wonach sieht's denn aus?« Paps lacht. »Ich rette Lebensmittel! Unsere dämliche Regierung ist nämlich nicht in der Lage, den Supermärkten einen Riegel vorzuschieben, wenn es darum geht, genießbares Essen wegzuschmeißen. Schau dir das mal an: Das ganze Zeug hier ist noch voll in Ordnung! Also scheiß auf das Gesetz und her mit dem Zeug!«

»Uuuuh! Ein Rebell! Wie cool!« Merles Gesicht verzieht sich zu einer ironisch-bewundernden Grimasse. »Aber wieso ›Scheiß auf das Gesetz‹? Ist es verboten, Müll mitzunehmen?«

»Aber hallo! Das fällt unter Diebstahl. Und wenn die Tonnen weggeschlossen oder abgesperrt sind, kommen Einbruch, Hausfriedensbruch und Sachbeschädigung hinzu.«

»Das volle Programm also?«

»Das volle Programm«, bestätigt Timo. »Aber ich hab mir deswegen noch nie Ärger eingehandelt. Und ich dumpstere nun schon seit einigen Jahren.«

»Ein Wiederholungstäter, wie spannend!«, heuchelt Merle Begeisterung.

Paps lässt sich nicht aus der Ruhe bringen. Gelassen greift er nach einer leeren Obststiege. »Ich find's halt nicht in Ordnung, wenn Lebensmittel entsorgt werden, die noch gut sind. Das ist nicht nur Ressourcenverschwendung. Damit vergrößern wir den Hunger in der Welt und schaden auch noch dem Klima. Zu so einem Verein will ich nicht gehören. Und deshalb komme ich hierher. Schon seit Jahren.«

»Wow, wow, wow. Ressourcenverschwendung, Hunger in der Welt, Klima. Das sind aber große Worte!«

»Ja, ist doch so! Was glaubst du, wer der Welt mehr schadet? Wir, weil wir Lebensmittel aus dem Müll holen, oder der Handel, der noch Essbares in die Tonne schmeißt?« Selbstzufrieden beginnt Paps, Joghurtbecher und Quark in seine Stiege zu stapeln. Dann hält er Merle eine Milchpackung unter die Nase. »Was glaubst du, wie viele Liter Wasser in so einer Packung Milch stecken?«

Merle betrachtet die Milch. »Ein Liter«, antwortet sie prompt. »Steht drauf.«

»Falsch!«, ruft Paps triumphierend und lässt die Milch in seinen Rucksack wandern. »Hunderte! Allein für die Haltung der Milchkühe. Damit die was zum Saufen haben. Dann für die Produktion des Futters, das die fressen, für die Aufarbeitung der Milch und für die Herstellung der Packung. Hunderte Liter Wasser – voll fürn Arsch!« Eine weitere Milch wandert in Paps Rucksack.

»Verstehe. Umweltaktivist und so.«

»Klimaschützer.«

»Okay. Cool! Und du wirfst demnach nie was weg?«

Paps lächelt immer noch. »Nö. Was meine Familie nicht schafft, bekommen Freunde und Bekannte.«

»Also auch noch so eine Art Robin Hood!« Merle wendet sich wieder an ihre imaginären Follower. »Ist das nicht aufregend, Leute? Vor den Augen des Gesetzes sind sie Kriminelle. Aber moralisch betrachtet, sind sie die Heldinnen und Helden des Jahrhunderts.« Sie schwenkt ihr Handy und fokussiert Kira, die mit Steff und Sina gerade Obst und Gemüse aus einer anderen Tonne aussortiert. »Hi! Fühlst du dich auch berufen, die Welt und das Klima zu retten?«

Kira mustert Merle abschätzig. Dann wandert ihr Blick weiter zu mir. »Kannst du mir bitte deine Bloggerin vom Hals halten? Sie nervt!« Und damit lässt sie mich mit Merle stehen und folgt Sina und Steff, die bereits die nächste Tonne checken.

»Hulky!«, kichert Merle, während sie Kira amüsiert nachschaut. »Deine kleine Freundin ist doch nicht etwa eifersüchtig?«

Es nervt mich kolossal, dass Merle mich mit Kira aufzieht. Kira ist nicht meine ›kleine Freundin‹! Kira ist Kira. Ich mag sie und ich bin gern mit ihr zusammen. Dass sie jetzt sauer auf mich ist, kann ich total verstehen. Ich muss mir was einfallen lassen, bevor das Ganze noch völlig aus dem Ruder läuft. »Okay, Merle. Lass uns gehen. Du hast ja nun einen Eindruck von der ganzen Sache hier. Und außerdem ist dir kalt. Du siehst schon ganz verfroren aus.« Und verhältst dich dabei komplett unverfroren, denke ich. Aber das sage ich natürlich nicht.

Merle ignoriert mich. Sie läuft Kira nach und filmt ungerührt, wie sie eine Ananas aus dem Container holt, wie sie sie begutachtet und dann an Steff weitergibt. Wie Mücke dazukommt und sich einen Apfel aus der Tonne holt. Wie Steff die Ananas einpackt. Wie sie ihren Rucksack abstellt. Und wie sie schließlich drohend auf uns zukommt.

»Es reicht, Merle. Hör auf mit dem Scheiß! Du verschwindest jetzt sofort, verstanden?«

»Uuuuh! Was sagt man dazu?« Merle kommt noch ein Stück näher, damit sie besser in den Container filmen kann.

»Hör auf, verdammt!« Es ist Sina, der nun endgültig der Kragen platzt. Sie verpasst Merle einen heftigen Stoß. Die verliert das Gleichgewicht und prallt gegen mich. Ich bin so überrascht, dass ich nicht schnell genug reagiere. Merle strauchelt, knickt auf ihren hohen Absätzen um und lässt das Handy fallen. Es knallt auf den Boden, wo Mücke es sich blitzschnell schnappt.

»Hau endlich ab, oder …«, schreit er und lässt das Handy ein paar Sekunden über dem Container schweben. Nur so lange, bis Merle registriert, was er vorhat. Dann lässt er los.

Merle rastet aus. »Ey, hast du sie noch alle?!« Empört stöckelt sie zu dem Container, in dem Mücke das Handy versenkt hat. Ihre Absätze knallen auf das Pflaster, während sie Mücke anbrüllt. »Hol das gefälligst wieder da raus!«

Doch Mücke zeigt ihr nur den Finger, bevor er sich umdreht und seelenruhig den Rückzug antritt. Insgeheim freue ich mich, dass er sich getraut hat, was ich längst hätte tun sollen: Merle Paroli bieten.

»Du kleine Ratte!«, wütet Merle hinter ihm her.

»Merle …« Ich greife nach ihrem Ellenbogen, doch sie reißt sich los.

»Lass mich!« Ihre Augen funkeln böse. »Den zeig ich an. Wie heißt der noch mal?«

»Das bringt doch nichts! Los, wir gehen.«

»Auf keinen Fall! Ich will mein iPhone zurück! Sofort!«

Ich stoße einen Seufzer aus. »Okay, pass auf. Ich hol das Handy raus, aber dann gehen wir. In Ordnung?« Ich knipse meine Stirnlampe an und spähe in den Container. Das Handy ist zwischen zwei blauen Mülltüten in einen Spalt gerutscht. Ich kann die goldene Hülle mit dem kleinen Anhänger gerade noch erkennen. Vorsichtig klettere ich auf den Containerrand. Mit einer Hand halte ich mich am Deckel fest, mit der anderen angle ich nach dem Gerät. Beim ersten Versuch rutscht es natürlich noch ein Stück tiefer in die Ritze. Doch dann schaffe ich es. Mit dem Handy in der Hand klettere ich aus dem Container. Als ich es Merle hinhalte, stelle ich fest, dass das Frontglas gesplittert ist.

»FUCK!« Merle platzt beinah vor Wut. Mit angewidertem Gesichtsausdruck reißt sie mir das Handy aus der Hand und wischt es an ihrer Jeans sauber. »Das wird euch noch leidtun!«, schnauzt sie Sina und Steff an, die die Szene mit unverhohlener Genugtuung verfolgen. »Und du solltest dir gut überlegen, auf wessen Seite du stehst!«, fügt sie an mich gewandt hinzu, bevor sie sich abwendet und mit eiligen Schritten zu ihrem Fahrrad stöckelt und davonfährt.

»Alter!« Sina ist fassungslos. »Was für eine Bitch! Dass du die einfach mitbringst! Das war echt das Letzte, Joel!«

»Es tut mir leid! Ehrlich!«, entschuldige ich mich. »Ich konnte doch nicht wissen, dass die hier so eine Show abzieht!«

»Du hättest wenigstens vorher Bescheid sagen können!« Steff greift nach ihrer vollen Tasche und wuchtet sie sich über die Schulter. »Was denkst du dir eigentlich? Wir sind doch hier keine Freakshow, zu der du einfach Zuschauer mitbringen kannst!«

»Nein, natürlich nicht«, verteidige ich mich. »Aber ich dachte, je mehr die Öffentlichkeit über das Dumpstern erfährt, desto besser.«

»Falsch gedacht!«, fährt Steff auf. »So wie die drauf ist, postet die jetzt irgendeinen Scheiß über uns!«

»Steff, es tut mir leid!«, wiederhole ich mich. »Echt jetzt!«

»Sag das mal Mücke! Wir hatten den gerade so weit, dass der

uns vertraut. Jetzt taucht der wieder wochenlang irgendwo unter, und wir haben keine Ahnung, wo er steckt.«

Ich sehe mich nach Mücke um, doch der ist bereits verschwunden. »Soll ich mal mit ihm reden? Ich kann ihm ja sagen, dass das alles auf mein Konto geht und dass er sich bei euch melden soll.«

»Versuchen kannst du es mal.« Steff zuckt resigniert mit den Schultern. »Aber wenn der nicht gefunden werden will, hast du keine Chance.«

»Wo ist eigentlich Kira?«

»Eben war sie noch da.«

Ich scanne den Hinterhof. Kira ist bei unseren Rädern. Ich höre sie leise fluchen. »Steff, ich melde mich, okay?«, sage ich und spurte los.

Als ich um die Ecke biege, rutsche ich beinah auf einer roten Matsche aus. Eine Packung Himbeeren! Sie ist aufgeplatzt und hat ihren Inhalt über den Asphalt verteilt. Es sieht aus wie bei einem Blutbad. Außerdem liegen noch ein paar andere Lebensmittel herum. Beim Losfahren hat Kiras Rucksack den Geist aufgegeben. Offenbar haben es die Nähte einfach nicht mehr geschafft. »Warte! Ich helfe dir!«

Kira kniet am Boden und sammelt den Inhalt ihres Rucksacks ein. »Lass mich bloß in Ruhe, Joel!«

Ich hebe ihr Fahrrad auf und lehne es gegen die Supermarktfassade. Dann werfe ich einen Blick auf den Rucksack. Das Ding ist nicht mehr zu gebrauchen. »Der ist hin«, murmle ich.

»Ach, nee!« Kira reißt mir das kaputte Teil aus der Hand. Ihre Augen sprühen Funken, als sie sich zu mir umdreht. »Wieso gehst du nicht zu deiner blöden Influencerin? Auf die stehst du doch so! Los, hau ab! Geh und versorg sie mit neuen Storys!«

Ich versuche, möglichst ruhig zu bleiben. Zurückfeuern hätte hier überhaupt keinen Sinn. Also öffne ich meine Fahrradtaschen und beginne, die verstreuten Lebensmittel einzusammeln. Das meiste ist noch okay. Nur die Beeren eben nicht. Und ein paar Eier. Die hat es auch gekostet.

»Fuck!«, höre ich Kiras Stimme in meinem Rücken. Sie dreht den kaputten Rucksack in ihren Händen und begutachtet den Schaden.

»Nimm meine Taschen«, sage ich so beiläufig wie möglich. Ein Netz Kartoffeln, ein paar Äpfel, Mandarinen, Brot, Frischkäse und eine Packung Milch. Damit ist die Tasche voll. Ich lehne sie an Kiras Rad und öffne die zweite.

»Mann, ich brauch deine Hilfe nicht!« Ihre Hände krallen sich um den Rucksack, als wolle sie ihn erwürgen.

Ich schiebe sie sanft beiseite und setze meine Sammelaktion fort. Der Rest der am Boden verstreuten Lebensmittel ist schnell verstaut. Auch diese Tasche lehnt nun an Kiras Rad. »Du kannst sie mir beim nächsten Mal wieder mitbringen.«

Kira ignoriert die Taschen. Stattdessen blafft sie mich an. »Nächstes Mal? Bin ich bescheuert oder was? Es gibt kein nächstes Mal! Nimm deine blöden Taschen und hau ab!«

Ohne auf ihren Protest einzugehen, befestige ich die Teile an ihrem Gepäckträger. »Nein, du nimmst die blöden Taschen. Ich brauch nämlich gerade keine Lebensmittel.«

Sie starrt mich wütend an, während sie noch immer ihren Rucksack würgt. »Ich hab mich von der so verarscht gefühlt! Ich mach das hier doch nicht just for fun!«

Ja, ich schon. Zumindest bis gerade war Dumpstern für mich nichts anderes als »just for fun«. Genauer gesagt, »just for Merle«.

Weil mein Hunger nach Freundschaft und Anerkennung nach all dem Social Distancing so groß war, dass ich gar nicht so genau hingeschaut habe. Merle mit ihrer Dumpster-Idee war wie ein Rettungsanker zurück ins Leben gewesen! Doch heute Nacht habe ich kapiert, dass es beim Dumpstern um ganz andere Dinge geht. »Es tut mir leid, Kira. Wirklich! Es war total blöd von mir, Merle mitzubringen.«

Sie sieht mich an, als würde sie mir gerne glauben. »Und was jetzt?«

Ich zucke mit den Achseln. »Na, ich schätze, es ist vorbei. Das mit Merle, meine ich.«

»Heißt das, du kommst nicht mehr?«

Mein Herzschlag beschleunigt sich. »Möchtest du denn, dass ich weiter komme?« Sie weicht meinem Blick aus. Also greife ich vorsichtig nach ihrem Rucksack. »Gib mir den«, sage ich und winde ihn behutsam aus ihren Fingern. »Vielleicht kann ich noch was retten.«

11

Merles unmöglicher Auftritt bei den Mülltauchern geht mir noch tagelang nach. Ihr Verhalten gegenüber Sina und Steff und vor allem gegenüber Kira und Mücke war unterirdisch. Und egal, was sie dazu sagt, für mich steht fest, dass es das war mit ihr und ihrem Blog.

Trotzdem würde ich gerne weitermachen. Gerade jetzt, wo ich ein paar total nette Leute kennengelernt habe. Ich habe nur ein kleines Problem: Wer nimmt meine geretteten Lebensmittel, wenn Merles WG wegfällt? Meine Eltern wären sicher nicht begeistert, wenn sie wüssten, was ich samstagnachts so treibe. Kira muss ich auch nicht fragen. Die ist selbst regelmäßig unterwegs. Und Mücke kommt auch nicht infrage. Also beschließe ich, die Sache mit Steff zu besprechen. Kurz bevor der nächste Tauchgang ansteht, hänge ich mich ans Telefon.

»Ich hab mich ohnehin schon gefragt, wie lange du das noch für Merle machst«, entgegnet Steff, nachdem ich ihr mein Problem geschildert habe. »Wenn du wirklich jemandem was Gutes tun willst, dann bring dem Ollen was mit. Der hat sich den Fuß verstaucht und Sina und ich können ihn diese Woche nicht besuchen. Wir wollen ein paar Tage zum Wandern.«

»Oh, okay! Ich kümmere mich um ihn. Schick mir mal seine Adresse.«

Ein paar Tage später treffe ich mich mit Kira vor einem der Discounter in der Nordstadt. Ich bin froh, dass sie mir das mit Merle verziehen hat. Sie hat sogar meine Fahrradtaschen dabei. Als sie den Fahrradanhänger entdeckt, den ich vor zwei Tagen bei Ebay ersteigert habe, werden ihre Augen rund vor Überraschung. »Hi! Willst du jetzt im großen Stil containern?«

»Hi! Na ja, ich dachte, der Olle könnte vielleicht ein paar Vorräte gebrauchen.«

»Wieso der Olle?«

»Der hat sich den Fuß verknackst. Und Sina und Steff können dieses Wochenende nicht. Also übernehme ich.«

Kira nickt anerkennend. »Finde ich gut, dass du ihm hilfst.«

»Also? Können wir?«

In dieser Nacht leistet uns Steffs Wunderwerkzeug treue Dienste. Die Container, die wir dieses Mal checken, sind alle verschlossen. Doch mit dem Sechskantschlüssel ist das Öffnen ein Kinderspiel. Und die Sache lohnt sich. Auf dem Rückweg ist mein kleiner Anhänger voll bis zum Anschlag und rumpelt geräuschvoll über das Pflaster. Wir müssen uns regelrecht anschreien, um uns zu unterhalten.

Vielleicht bemerken wir deshalb die beiden Polizisten auch erst so spät. Einer von ihnen wedelt mit einer Kelle.

Ich denke: Ernsthaft? Hat er wirklich eine Kelle in der Hand? So wie früher meine Playmobil-Polizisten?

Ich steige in die Eisen und bereue es sofort. Tagsüber hat es ziemlich geregnet und die Pflastersteine sind schlüpfrig. Die Bremsen geben ein ohrenbetäubendes Quietschen von sich. Mein Hinterrad bricht aus und der voll bepackte Hänger mit den beiden Rucksäcken schlingert hinterher. Knapp vor den Polizisten kommt mein Gespann zum Stehen. Kira schafft es etwas eleganter, doch auch sie hat zu kämpfen.

»'n Abend«, grüßt der Typ neben dem Playmobil-Polizisten, ein Schrank in Uniform und Warnweste. »Ihr wisst schon, warum wir euch anhalten?«

»Waren wir zu schnell?«, frage ich mit Unschuldsmiene.

Playmo-Polly hebt die Augenbrauen, während der andere eine Taschenlampe zückt und uns damit ins Gesicht leuchtet.

Ich spüre, wie ich sauer werde.

Was soll das denn? Wir stehen unmittelbar unter einer Straßenlaterne!

Der Strahl wandert weiter über mein Gespann und streift schließlich Kiras Fahrrad. »Wo wolltet ihr denn so spät noch hin?«, will der Schrank mit der Lampe wissen.

»Nach Hause«, antworte ich wahrheitsgetreu.

»So? Und was ist dadrin?« Er zeigt auf meinen Anhänger und Kiras Taschen.

»Einkäufe«, gibt Kira knapp zurück.

»Aber die Läden haben doch schon lange geschlossen?«

»Wir waren noch bei Freunden«, kontere ich schlagfertig. »Da ist es eben ein bisschen später geworden.« Die beiden können uns gar nichts! Schließlich ist es nicht verboten, abends mit Lebensmitteln herumzufahren. Und soweit ich weiß, sind meine Reflektoren vollzählig und das Licht funktioniert ebenfalls. Sogar am Hänger.

»›Ein bisschen später geworden‹«, wiederholt der mit der Kelle. »War da auch Alkohol im Spiel?«

»Nein!« Jetzt bin ich doch einigermaßen überrascht. Bin ich etwa Schlangenlinien gefahren? »Wieso?«

»Weil ihr euch hier in einer Einbahnstraße befindet. Und diese in nicht vorgeschriebener Fahrtrichtung befahren habt!«

»WAS?«

»Radfahrer zahlen in so einem Fall zwanzig Euro.« Playmo-Polly weist auf ein Schild, das uns wohl bei unserem Gequatsche entgangen sein muss. Ich brauche einen Moment, bis ich es kapiere. Es handelt sich tatsächlich um eine temporäre Einbahnstraße: Zwischen 24 und 4 Uhr nachts gilt die andere Richtung. Allein dass es so etwas gibt, habe ich nicht gewusst. »Okay, tut uns leid«, lenke ich ein. »Das haben wir echt nicht gesehen.«

»Ehrlich gesagt, wusste ich gar nicht, dass es das überhaupt gibt«, gibt Kira kleinlaut zu. »Temporäre Einbahnstraßen.«

Der Schrank und Playmo-Polly wechseln einen Blick. »Na schön«, brummt der Schrank schließlich. »Dann wollen wir mal nicht so sein. Ihr könnt weiterfahren. Für diesmal wenigstens.«

»Aber in Zukunft: Aufpassen!« Der Kollege tritt einen Schritt beiseite und lässt uns durch. »Gute Fahrt!«

Wir treten in die Pedale und lassen die beiden hinter uns. Erst an der Kreuzung, an der sich unsere Wege trennen, bleibt Kira stehen. »Mann! Ich hab schon gedacht, die machen uns jetzt Stress wegen der Lebensmittel!«

»Ich auch!«, stöhne ich. »Andererseits können sie uns wohl kaum nachweisen, dass die Sachen aus dem Müll stammen.«

»Auch wieder wahr! Das heißt, wir treffen uns nächste Woche wieder um die gleiche Zeit?«

Eigentlich hätte ich Lust, Kira auch mal außerhalb unserer Container-Touren zu treffen. Nach der Schule zum Beispiel. Auf einen Kaffee oder so. Oder um gemeinsam ins Kino zu gehen. »Bist du eigentlich bloß nachts aktiv oder kann man dich auch tagsüber irgendwo antreffen?«, wage ich einen zaghaften Versuch.

Kiras Gesicht verschließt sich sofort. »Ein andermal«, weicht sie aus. »Ich hab momentan ziemlich viel um die Ohren. Du weißt ja, Abi und so.«

»Ja, klar. Verstehe.« Ich versuche, mir meine Enttäuschung nicht anmerken zu lassen. »Dann also bis nächsten Samstag?«

»Tut mir leid, Joel!«

Sie hat es gemerkt. Immerhin! »Hey, alles gut«, behaupte ich. »Wir sehen uns!«

12

Ich möchte den Ollen nicht mitten in der Nacht mit meinen gedumpsterten Sachen beglücken. Also nehme ich alles erst mal mit nach Hause und deponiere es ganz hinten im Kühlschrank. Wird schon nicht auffallen, denke ich. Doch als ich am nächsten Morgen in die Küche schlurfe, steht meine Mum bereits vor dem offenen Kühlschrank. »Sagt mal, wer von euch hat denn diese komischen Würstchen mitgebracht?« Stirnrunzelnd mustert sie die bunt bedruckten Päckchen, die ich nach meiner Begegnung mit den Bullen gestern noch schnell hier verstaut habe. »Und wieso haben wir gleich fünf Packungen davon? Wer soll denn das alles essen?«

»Also, von mir sind die nicht«, brummt mein Dad, während er meiner Mum über die Schulter lugt. »Joel?«

Mist!

»Hast du das etwa gekauft?«

»Äh, ich …«

»Die sind ja längst abgelaufen!«

Mein Dad beäugt die Packungen nun ebenfalls. »Seit wann stehst du auf Gammelfleisch?«

»Hey, das ist überhaupt nicht gammelig.« Verdammt! Diese blöden Würstchen. Ich habe sie doch bloß hier zwischengelagert, weil der Fahrradkeller zu warm ist. Nach dem Frühstück bringe ich sie dem Ollen, zusammen mit dem Bierschinken, dem Scheibenkäse und dem Brot, das noch in meiner Fahrradtasche steckt. »Ist für einen Freund«, erkläre ich vage.

»Für einen Freund?«, hakt meine Mum nach. »Wen versorgst du denn mit Würstchen und Schinken?«

»Kennt ihr nicht«, weiche ich aus und stelle mir das Gesicht meiner Eltern vor, wenn sie dem Ollen begegnen würden.

»Und dann noch so ein Billigzeugs«, brummt mein Dad und greift nach einer Pfanne. »Ich will gar nicht wissen, was da alles drin ist.«

»Kann sich halt nicht jeder ein Rindersteak vom Biometzger leisten«, kontere ich. Es geht mir voll auf den Keks, dass meine Eltern jetzt einen auf Gutmenschen machen und gleichzeitig lustig Flugobst, argentinisches Rindfleisch und Avocados konsumieren.

»Uuuuh! Sind wir heute auf Krawall gebürstet?« Mein Dad knufft mir in die Rippen.

Ärgerlich schiebe ich seine Hand weg und greife nach einer frischen Brezel. »Ist doch wahr, Mann!«

»Und dann auch noch abgelaufen.« Meine Mum dreht die Packungen ratlos hin und her. »Da hast du dich übers Ohr hauen lassen, Joel.«

»Komm, schmeiß weg.« Mein Vater. Immer schnell, wenn es ums Entsorgen geht.

»Auf keinen Fall!«, funke ich dazwischen. »Bloß weil da ein Datum aufgedruckt ist, sind die noch lange nicht schlecht.« Ich reiße ihr die Packung aus der Hand.

»Joel, was ist denn los mit dir?«, wundert sich meine Mum.

»Nix! Ich find's nur blöd, wie ihr mit Essen umgeht!«

Meine Eltern werfen sich irritierte Blicke zu. »Wie wir mit Essen umgehen? Was machen wir denn falsch?«, will mein Dad wissen.

»Schmeckt's dir nicht? Du kannst gerne Vorschläge machen.« Meine Mum war schon immer gut, wenn es ums Deeskalieren geht. Doch diesmal zieht das bei mir nicht.

»Nein, das ist es nicht!« Ich weiß nicht, wie ich es ausdrücken soll. Es ist ja nicht so, dass ich das Essen zu Hause nicht mag. Aber machen die beiden sich eigentlich Gedanken, wo das Zeug herkommt? »Bei euch muss immer alles vom Feinsten sein«, versuche ich zu erklären. »Also, versteht ihr, was ich meine? Es ist euch völlig egal, ob das Zeug von hier ist oder eingeflogen wurde. Ob die Erdbeeren jetzt aus Marokko stammen, die Avocados aus Brasilien oder das Rindfleisch aus Argentinien ist. Hauptsache, es ist alles da und bitte bis abends um acht, man ist ja schließlich berufstätig! Ach ja und möglichst alles schön in Plastik einschweißen. Wegen der Hygiene und so!«

In unserer Küche ist es plötzlich merkwürdig still. Nur das Ticken der Wanduhr ist zu hören. Endlich räuspert sich mein Dad. »Wenn ich dich richtig verstehe: Du hast also ganz plötzlich und über Nacht ein schlechtes Gewissen bekommen.«

»Besser spät als nie!«

»Liegt das an den Folgen von Corona, dass du auf einmal so viel grübelst?« Der Blick meiner Mum ist mehr besorgt als ärgerlich. »Oder weil du nächstes Jahr Abi machst?«

»Nein, verdammt! Das hat überhaupt nichts mit Corona oder dem Abi zu tun! Mit geht's darum, dass hier völlig hirnlos Essen im Müll landet. Und das ist scheiße.«

»Hirnlos Essen im Müll?! Aber das stimmt doch gar nicht!«

»Ach, nein?« Mit Schwung ziehe ich die Müllschublade heraus. Ein halber Salatkopf, ein Pfirsich mit grünem Pelz, ein paar schrumpelige Radieschen, eine faulige Zwiebel, ein angebrochener Becher Crème fraîche und ein komplettes Bund Dill, schon gelb und schlapp, kommen zum Vorschein. »Und was ist das?«

»Willst du das vielleicht noch essen?«

»Vorgestern wäre es noch top gewesen! Ihr habt ein völlig falsches Kaufverhalten! Ihr kauft immer viel zu viel. Und wenn dann mal eine weiche Stelle in der Paprika ist oder Schimmelspuren am Gouda, dann schmeißt ihr es einfach weg. Und am nächsten Tag geht ihr wieder shoppen. Scheiß auf den Rest der Welt.«

Meine Mum verdreht theatralisch die Augen. Mein Dad winkt ab und widmet sich wieder seiner Pfanne, in der mittlerweile heißes Fett für seine Spiegeleier brutzelt. »Wenn's dir nicht passt, dann geh doch selbst einkaufen. Kommst sowieso kaum noch vor die Tür!«, bemerkt er und hantiert mit einem Pfannenwender.

Wenn du wüsstest, denke ich grimmig.

»Aber bitte nicht so ein Billigzeugs wie das da!«, schimpft meine Mum und hält mir Schorschs Bierschinken unter die Nase.

»Ich hab das nicht gekauft! Ich hab es gerettet!«, pampe ich zurück und hätte mich im nächsten Augenblick am liebsten selbst geohrfeigt. Wieso kann ich nicht einfach den Mund halten?

Meine Mum wirft mir einen überraschten Blick zu. »Wie ›gerettet‹? Was meinst du damit?«

»Gerettet, halt«, weiche ich aus. Aber dann denke ich: Was soll's? Fakten auf den Tisch! Ich hole tief Luft. »Vom Supermarkt. Aus der Tonne.«

»Aus dem Müll?« Das Gesicht meiner Mum verzieht sich vor Ekel. »Und das liegt jetzt bei uns im Kühlschrank?!«

»Na und? Ist doch nichts dabei!«

»Spinnst du?!« Meine Mum reißt Würstchen, Schinken und

Käse aus dem Kühlfach und drückt sie mir in die Hand. »Ich will kein Zeug in meinem Kühlschrank, das schon im Abfall lag!«

»Ey, ich hab das vorher abgewaschen!«, protestiere ich.

»Und außerdem will ich nicht, dass mein Sohn im Müll herumwühlt! Geht's noch?!« Meine Mum bekommt rote Flecken im Gesicht. Das hat sie immer, wenn sie sich aufregt. Empört wendet sie sich an meinen Vater. »Sag du doch auch mal was!«

Mein Dad scheint eher amüsiert als verärgert. »Ach, jetzt komm mal wieder runter«, gluckst er vergnügt. »Wir haben früher auch 'ne Menge Blödsinn gemacht. Und nebenbei: Besser Mülltauchen als S-Bahn-Surfen. Oder Koma-Saufen. Stimmt's Joel?«

Blödsinn?! Ich starre die beiden an, als kämen sie von einem anderen Stern. Foodsaving ist kein Blödsinn! Und dass sie es in einem Atemzug mit Koma-Saufen oder S-Bahn-Surfen nennen, beweist, dass sie nichts, aber auch gar nichts kapiert haben! Keinen Schimmer haben sie, worum es hier wirklich geht. Verärgert raffe ich die Lebensmittel für Schorsch zusammen und stürme aus der Küche.

»Joel!«, ruft meine Mum hinter mir her. »Was ist mit Frühstück?«

»Kein Hunger!«, brülle ich zurück, bevor die Haustür hinter mir zukracht.

Als ich kurz darauf mein Fahrrad samt Anhänger auf die Straße schiebe, taucht Merle mit einer Tüte Brötchen auf. »Ach, nee!«, ruft sie und bleibt wie angewurzelt stehen. »Wo willst du denn hin?« Ihr Blick schweift kurz über mich und bleibt dann am Anhänger kleben.

»Wenn du's genau wissen willst: Ich war gestern dumpstern und bringe die Sachen jetzt einem Freund von Sina und Steff.«

»Soso.« Ihre Augen verengen sich zu Schlitzen, während sie mich abfällig mustert. »Hat sich der Herr Investigativjournalist also für die andere Seite entschieden?«

»Das hat er«, sage ich steif. »Und in Zukunft gibt's auch keine Storys mehr von mir für deinen Blog.«

Merles Augen blitzen spöttisch. »Ich denke, du willst die Welt verändern!«

»Ja, aber nicht, indem ich Leute vor den Kopf stoße, über die ich berichten möchte. Dein Verhalten bei den Mülltauchern war unmöglich, Merle! Und auch das mit Mücke neulich ging gar nicht! Filmen statt Erste Hilfe leisten – das ist unterste Schublade.«

»Mit deiner weichgespülten Haltung wirst du es nie zu einem guten Journalisten bringen. Geh doch zum Roten Kreuz, wenn du unbedingt helfen willst!«, faucht sie mich an. »Wer über Missstände in der Gesellschaft berichten möchte, muss provozieren! So läuft das eben.«

Ihre Herablassung macht mich richtig wütend. »Aber nicht die Leute, die es betrifft!«, fahre ich auf. »Und mal abgesehen davon: Dein Blog wird die Welt ganz sicher nicht verändern. Dir geht es doch überhaupt nicht ums Aufdecken irgendwelcher Missstände!«

Merles Augen verengen sich zu Schlitzen. »Willst du damit sagen, dass ›Mit Fairgnügen‹ oberflächlicher Scheiß ist?«

»Genau das will ich sagen! Dir geht's bloß um dich! Und darum, wie du deine Ideen, die – by the way – nicht mal besonders originell sind, möglichst wirkungsvoll in Szene setzen kannst.«

»Wären deine Mülltaucher-Storys besser gewesen, hätte die Serie auch mehr Wumms gehabt. Aber so …«

»Ach, jetzt bin ich schuld, oder was?«, brause ich auf.

»Hast du dich nicht dazu bereit erklärt, den Mann vor Ort zu spielen?«

»Ja, aber das war offenbar ein Fehler«, schleudere ich ihr entgegen. »Und jetzt bin ich raus!«

»Ich hätte dich ohnehin gefeuert!«, blafft Merle zurück. In ihren Augen funkelt es merkwürdig. »Für einen, der nicht weiß, was er will, habe ich nämlich keine Verwendung!«

»Na, dann sind wir uns ja einig«, pampe ich zurück und schwinge mich aufs Rad. »Such dir einen anderen Dummen!«

13

In Schorschs Stadtteil lässt sich der soziale Wohnungsbau in seiner ganzen Hässlichkeit erleben. Triste Wohnsilos aus den Fünfzigern, abbröckelnder Putz, verwilderte Grünanlagen, Sperrmüll, wohin man sieht, überquellende Mülltonnen und alle sieben Meter ein Hundehaufen.

Auf dem leeren Spielplatz, um den sich die Wohnblöcke gruppieren, sitzen ein paar finstere Typen und trinken Bier. Bei näherem Hinsehen erkenne ich Mücke unter ihnen. Vermutlich ist es keine gute Idee, ihn anzusprechen. Also fahre ich erst mal weiter. Doch als ich vor dem Wohnblock des Ollen stoppe, höre ich hinter mir seine auf Gangsta getrimmte Stimme. »Alter, was willst du hier? Verpiss dich, Mann!«

Ich schließe mein Rad ab und nehme die Taschen aus dem Anhänger. Aus dem Augenwinkel sehe ich, wie Mücke und zwei andere Jungs auf mich zukommen.

»Ey, ich rede mit dir!« Seine Stimme klingt nicht mehr im Entferntesten nach dem Typen, den ich aus der Tonne gezogen habe. Vielleicht liegt's am Bier. Ganz sicher aber an der Anwesenheit seiner beiden Kumpels, die mich feindselig mustern.

Ich überschlage meine Chancen. Mückes Jungs dürften in seinem Alter sein. Beide sind gut einen Kopf kleiner als ich und ziemlich angetrunken. Wenn keiner von denen eine Waffe zieht, bin ich klar im Vorteil.

Langsam stelle ich die Taschen auf den Boden und wende

mich dem Trio zu. »Na, Mücke. Heute mit Verstärkung?«, frage ich und richte mich zu meiner vollen Größe auf. Die Wirkung bleibt nicht aus. Die Jungs gehen auf Abstand.

»Was geht's dich an?«, blafft Mücke. Dann mustert er meine Taschen. »Was wird 'n das hier?«

»Was geht's dich an?«, pampe ich genauso zurück.

»Ey, woher kennst 'n den?«, will der eine jetzt wissen, ein Typ mit einer Gliederkette um den Hals und einer Baseballkappe.

Mücke winkt ab. »Ach, der ist neulich halt so aufgetaucht. Mit so 'ner Bitch. Überhaupt – wo is' 'n die?«

»Die kommt nicht mehr.«

Mücke nickt. Er wirkt erleichtert. »Alter, wie die drauf war! Hat blöde Fragen gestellt. Und gefilmt. Voll assi!«

»Hab ich ihr auch gesagt.«

»Echt?« Mücke grinst anerkennend. »Und was willste jetzt wirklich hier?«

»Ich muss zum Schorsch. Dem was zu essen bringen. Der hat sich den Fuß verknackst und Steff kann heut nicht. Also spring ich ein.«

»Ach, du bist einer von den Streetworkern? Sag das doch gleich!«, brummt Mückes anderer Kumpel, ein Typ mit rotem Hoodie unter einer verschlissenen Lederjacke.

»Ja, nee. Nur aushilfsweise«, sage ich. »Will einer mitkommen?« Die Frage ist eher zum Spaß gemeint und Mückes Kumpel winken auch beide ab. Doch zu meiner Überraschung geht Mücke darauf ein.

»Ich kann dir ja beim Tragen helfen.«

»Na, dann mal los!«

Mücke verabschiedet sich mit ein paar Gangster-Handzeichen

von seinen Kumpels, bevor er sich eine der Fahrradtaschen greift. Dann folgt er mir zu Schorschs Wohnblock. Da das Haustürschloss kaputt ist, muss ich mir nicht die Mühe machen, nach seiner Klingel zu suchen. Seinen Nachnamen weiß ich sowieso nicht. Aber immerhin hat Steff gesagt, dass er im sechsten Stock wohnt. Also stoße ich die Tür auf und wir stehen in einem versifften Treppenhaus, in dem es nach Erbsensuppe und Erbrochenem riecht.

»Wohin?«, will Mücke wissen.

»Sechster Stock«, knurre ich und mache mich an den Aufstieg. Während wir die Treppen hochstapfen, überlege ich, wie ich ein Gespräch mit Mücke beginnen könnte. »Stimmt es, was Sina und Steff sagen?«, frage ich schließlich vorsichtig und bleibe stehen. »Dass du auf der Straße lebst?«

Mücke sieht mich an. Sein Blick ist wachsam. »Ab und zu penn ich auch bei einem Freund«, weicht er aus. »Wieso?«

»Was ist mit deinen Eltern?«

»Digga, was soll das?« Jetzt bekommt sein Gesicht etwas Abweisendes.

»Was? Interessiert mich halt.«

»Mann, frag doch Steff, wenn dich das interessiert!«

»Ich frag aber dich.«

»Ey, leck mich! Können wir jetzt weiter? Ich hab Hunger.«

Ach so! Deshalb hat er sich an meine Fersen geheftet. Weil er mitbekommen hat, dass ich dem Alten was zu essen bringe. »Nee, eins noch«, sage ich und überlege, wie ich es formulieren soll. »Was war das eigentlich damals für eine Nummer? In der Nacht, als wir dich aus dem Container gezogen haben. Wieso warst du wirklich dadrin?«

»Alter!«, stöhnt Mücke genervt. »Bist du ’n scheiß Bulle oder was? Wieso fragst ’n du so Sachen, Mann?«

»Immerhin hab ich dir rausgeholfen, oder?« Ich sehe ihm direkt in die Augen. »Waren das wirklich Leute vom Supermarkt?«

Mücke zögert. Eigentlich scheint er mich ganz okay zu finden. Glaube ich zumindest. Und ein wenig habe ich auch das Gefühl, er würde sich mir gerne anvertrauen. Aber dann auch wieder nicht. »Nee, das waren andere«, sagt er schließlich, ohne mich anzusehen. »Ich … hab denen noch Geld geschuldet.«

»Hast du die beschissen oder was?« Es ist nur so eine Idee. »Beim Dealen?«

»Quatsch!« Er sieht mich erneut feindselig an. »So was würd ich nie tun, Mann!«

»Wow! Alles gut. Reg dich ab!« Also doch. Ich dachte mir schon, dass er da irgendeine schräge Sache am Laufen hatte.

»Nee, echt jetzt!« Aus irgendeinem Grund ist es ihm wichtig, dass ich ihm glaube. »Ich deal nicht. Also, nicht mehr.«

Alles klar.

»Können wir jetzt weiter?«

»Von mir aus.«

Wie auf jedem Stockwerk gibt es auch hier mehrere Wohnungen, die man über einen Außenflur erreicht. Wenn ich die Bude mit der Weihnachtsdeko und dem Willkommen-Fußabtreter ausschließe, bleiben noch drei. Vor einer stehen mehrere Paar Schuhe, darunter auch Kinderstiefel. Also kommt auch die nicht infrage. Ich entscheide mich für die nächste Wohnung und klopfe versuchsweise. Nach kurzer Zeit geht die Tür einen Spaltbreit auf und ein unrasiertes Gesicht erscheint.

»Ja?« Der Olle braucht einen Augenblick, um mich wiederzuerkennen. Seine buschigen Brauen ziehen sich zusammen und er mustert mich von oben bis unten. »Du bist der Typ, der Fotos von mir gemacht hat. Fürs Internet.«

»Ja genau! Ich bin Joel. Und das ist Mücke.«

Der Alte streift meinen Begleiter nur mit einem kurzen Blick. »Weiß ich doch.«

»Sina und Steff schicken mich. Sie machen sich Sorgen, weil sie dich schon so lang nicht mehr gesehen haben.«

»Ach, die Mädels …«, brummt er, und sein Blick wird richtig weich.

»Ich soll dir das hier vorbeibringen«, sage ich und zeige auf meine beiden Rucksäcke. »Ich war gestern tauchen.«

Jetzt hellt sich das Gesicht des Ollen vollends auf. »Na, dann kommt mal rein«, brummt er und öffnet die Tür nun ganz. »Wollt ihr 'n Kaffee?«

»Total gerne!«, antworte ich und zwinkere Mücke zu.

Die Bude des Ollen ist düster und es ist kaum wärmer als draußen. Das Fenster im Wohnzimmer, das auch gleichzeitig als Schlafzimmer dient, ist mit einem alten Teppich verhängt, den der Alte jetzt beiseiteschiebt. Das fahle Dezemberlicht sickert durch einen breiten Spalt herein und fällt auf einen wackeligen Tisch. Die gräulich weiße Resopalplatte ist zugemüllt mit Papierkram, Bierflaschen und einem Pizza-Karton, den der Alte jetzt unter seinem Bett verschwinden lässt. Dann rafft er die Briefe zusammen und wirft den Stapel auf die zerschlissene Tagesdecke über seinem Bett.

»So, jetzt ist Platz«, brummt er, und Mücke und ich beginnen mit dem Auspacken. Dabei entgeht dem Ollen nicht, wie sehnsüchtig Mücke Wurst und Käse beäugt. »Na, Junge? Lust auf eine anständige Brotzeit?«, fragt er schließlich und stellt ein paar Teller auf den Tisch. »Für dich auch?«

»Nee, danke. Kaffee reicht«, sage ich und betrachte den Stapel Post, den der Alte gerade achtlos auf sein Bett geworfen hat. Die meisten Briefe sind noch zu. »Geht mich ja nichts an, Schorsch. Aber machst du deine Post nie auf?«

Der Olle folgt meinem Blick. »Ach, das. Das liegt da schon lange«, brummt er und winkt ab. Es klingt, als wolle er damit ausdrücken, dass sich das Öffnen jetzt auch nicht mehr lohnt.

»Sieht aus wie eine Mahnung«, sage ich und zeige auf den obersten Brief. Sein Logo verrät, dass er von den Stadtwerken kommt.

Der Olle zuckt bloß mit den Achseln. »Kann ich sowieso nicht zahlen.«

»Und da ist was Amtliches.«

Schorsch wendet sich ab und kramt in einer Plastiktüte am Boden. Schließlich fördert er eine angebrochene Packung Kaffee zutage. »Wenn's dich interessiert, mach's halt mal auf«, knurrt er und schnuppert am Kaffeepulver. Als er feststellt, dass ich zögere, wedelt er ungeduldig mit der Hand. »Schon okay! Steff guckt auch immer in meine Post. Und du fang schon mal an. Verhungerst ja gleich!«

Mücke lässt sich das nicht zweimal sagen. Während er sich über Graubrot und Schinken hermacht, überfliege ich das erste Schreiben, definitiv eine Mahnung und vermutlich der Grund, weshalb er keinen Strom mehr hat. Der zweite Brief enthält eine Anzeige. Offenbar ist der Olle wiederholt beim Schwarzfahren erwischt worden. »Ersatzfreiheitsstrafe?«, frage ich verblüfft. »Die drohen dir mit Knast, wenn du nicht zahlst?«

»Echt?« Schorsch wirkt kurz überrascht. Doch dann winkt er ab. »Die solln sich nicht so anstellen. Ist halt kalt im Winter! Da fahr ich gern mal mit der Bahn!«

Merkwürdig, die Sache scheint ihn nicht weiter zu interessieren. Selbst jetzt, wo ich die Briefe geöffnet habe, will er keinen Blick darauf werfen. Mich beschleicht eine Ahnung. »Sag mal, kann es sein, dass du nicht lesen kannst?«, frage ich, und als der Olle nicht antwortet: »Soll ich's dir vorlesen?«

Schorsch zuckt nur mit den Achseln. »Wenn's dir Spaß macht.« Er humpelt zu seiner Küchenspüle, die tatsächlich nur einen Kaltwasseranschluss hat, und füllt einen zerbeulten Blechtopf mit Wasser. Danach setzt er seinen Campingkocher in Gang. Es faucht und rußt, doch schließlich brennt die Flamme. Ein wenig unruhig zwar, weil es durch das Fenster zieht, aber immerhin.

Nachdem ich ihm das Schreiben vorgelesen habe, schnaubt er wütend. »Tze! Wie soll ich das denn bezahlen?« Grimmig löffelt er Kaffee in eine Kanne. Dann wirft er mir einen halb verzweifelten Blick zu. »Greif mal 'nem nackten Mann in die Tasche!«

Ich lasse mich auf seiner Bettkante nieder und gehe die restliche Post durch, wobei ich die Kosten überschlage, die sich aus den Mahnungen und der Anzeige fürs Schwarzfahren ergeben. Er hat über tausend Euro an der Backe. Und das schon seit letztem Jahr, weil er auf nichts reagiert hat.

Als ich ihm das mitteile, schüttelt er nur immer wieder den Kopf. »Die spinnen doch«, knurrt er und gießt Kaffee auf. Ich erhalte eine leicht angeschlagene Tasse vom 1. FC Köln mit Ziegenbock, während der Olle sich eine henkellose Glühweintasse vom Weihnachtsmarkt vollgießt und Mücke aus einer Flasche

Eistee einschenkt. Schließlich lässt er sich uns gegenüber auf einen Stuhl fallen. »Milch ist leer«, murmelt er.

Doch ich winke ab. »Schon okay.«

Eine Weile starren wir in unsere Tassen, während ich überlege, wie ich ein Gespräch in Gang bringen könnte. Es würde mich schon interessieren, wie der Olle überhaupt in den ganzen Schlamassel hineingeraten ist. Ob er mal verheiratet war? Vielleicht hat er ja Familie? Aber ich trau mich nicht, ihn danach zu fragen. So gut kenne ich ihn auch wieder nicht. Also ist nur das leise Tropfen des Wasserhahns zu hören.

Bis der Olle schließlich von selbst loslegt. »Ich hab auch mal 'ne Weile auf der Straße gelebt – genau wie du«, bemerkt er, wobei er Mücke zublinzelt. »Damals als ich meinen Job verloren hab. Meine Vermieterin hat mir die Wohnung gekündigt. Und dann ging's nur noch abwärts.« Er seufzt. »Ist schon lange her.«

»Hast du keine Familie, bei der du unterkommen könntest?« Jetzt kann ich ihn das fragen. »Oder – keine Ahnung – eine Ex-Frau?« Die Miene des Ollen verfinstert sich. Grimmig schüttelt er den Kopf.

»Ich hab auch keine Familie«, bemerkt Mücke schließlich. »Zumindest keine, bei der ich bleiben möchte.«

Der Olle betrachtet Mücke nachdenklich. »Du hast noch alles vor dir. Mach was draus. Und wenn ich dir einen Tipp geben darf: Lass die Finger vom Alkohol. Und von den Drogen. Hörst du?«

14

Weihnachten und Silvester sind die Tage im Jahr, an denen die Supermärkte schon mittags zumachen. Danach kommen die Feiertage. Das heißt, dass einiges im Vorfeld rausfliegt, weil es danach nicht mehr gekauft wird. Vor allem der ganze »fancy shit«, wie Steff das Essen rund um die Festtage bezeichnet.

Kira und ich wollen es heut Nacht genauer wissen. Es ist kurz vor Silvester. Während die Lichtkegel unserer Fahrräder durch die Dunkelheit huschen, fantasieren wir uns unseren persönlichen Festschmaus zusammen. »An Silvester gibt's bei uns immer Raclette«, berichte ich. »Da kann man stundenlang essen.«

»Ja, aber dafür braucht man doch so ein Wärmedings mit Pfannen«, wendet Kira ein. »So was haben wir nicht. Bei uns gibt's meist Chili con Carne. Das kann man einfach köcheln lassen. Schmeckt auch noch nach Stunden.«

Heute Nacht sind wir allein unterwegs und ich bin sehr froh darüber. Ich habe mehrmals versucht, mich mit Kira irgendwie anders zu verabreden. Doch sie schenkt mir nur dieses einzige »Date« einmal pro Woche. Na ja, »Date« kann man es kaum nennen. Aber immer wenn wir unterwegs sind, spüre ich dieses Gefühl von *wir*, und wenn ich sie dann ansehe, kriege ich dieses Flattern im Bauch.

Während ich so neben ihr fahre, wird mir bewusst, wie kalt es geworden ist. Ich habe meine Handschuhe vergessen und meine Finger frieren gerade am Lenker fest. Doch mit dem Anhänger hintendran will ich nicht freihändig fahren und mich womöglich vor Kira auf die Schnauze legen.

Als wir den Supermarkt erreichen, ist alles wie immer: Das Gebäude liegt dunkel und verlassen da. Ein paar unverkäufliche Weihnachtsbäume verkümmern in ihrem Gehege. Gezüchtet, um auf dem Müll zu landen. Wie sinnlos!

Wir stellen unsere Räder in der Lkw-Einfahrt ab und huschen an der Hinterseite des Gebäudes entlang. Am Eingang zum Lager stapeln sich Kartons und Plastikmüll. Zwei Container daneben sind voll bis zum Rand. Bei einem geht der Deckel schon gar nicht mehr richtig zu. »Einer für dich und einer für mich«, sage ich und ziehe Stoffbeutel und Stirnlampe aus meinem Rucksack.

»Ohne Ende Mandarinen«, ruft Kira, die sich durch die oberste Schicht ihrer Tonne gräbt. Ein Netz nach dem anderen wandert in ihre blaue IKEA-Tüte.

Und dann höre ich Kira plötzlich fluchen. »Shit! Ah, Mist, verdammter!«

Erschrocken blicke ich von meiner Tonne hoch. »Was? Stimmt was nicht?«

»Doch, aber …« Ihre Stimme klingt merkwürdig gepresst. »Ich glaub, ich hab mich geschnitten. Oh fuck! Hier stecken überall Scherben dazwischen! Ich hab die nicht gesehen!«

»Was? Wo?« Ich lasse den Tonnendeckel zufallen und sprinte zu ihr rüber. »Zeig mal!« Im Schein meiner Kopflampe sehe ich, dass sie beide Hände fest gegen ihren Körper presst. Blut läuft an ihnen runter. Ihre Jacke glänzt bereits feucht. »Welche Hand ist es denn?« So viel Blut! Ich kann nicht erkennen, wo es herkommt. Und Kira sieht mich bloß mit großen Augen an. »Hey!«, blaffe ich und bemerke, wie sie zusammenzuckt. »Welche

Hand?!« Sie hält mir ihre verletzte Hand hin. Zwischen Daumen und Zeigefinger sickert Blut aus einer Schnittwunde. Ob noch was drinsteckt, kann ich nicht erkennen. Ich verdränge den Gedanken an Keime und Blutvergiftung und sehe mich nach etwas um, womit ich die Blutung stoppen kann. Meine Mütze? Nein, die ist aus Wolle. Die würde sich nur vollsaugen.

Währenddessen ist Kiras Blick irgendwo zwischen Supermarktfassade und Nachthimmel unterwegs. »Es tut gar nicht so weh«, behauptet sie.

»Gib mir dein Halstuch«, sage ich. Schnittverletzungen tun anfangs nie besonders weh. Der Schmerz kommt erst mit der Wundheilung. Doch bevor die einsetzen kann, muss ich erst mal die Blutung stoppen. Und zwar schnell. Ich schnappe mir das Tuch, das Kira mir hinhält, und knote es an einer Stelle zusammen. Danach presse ich den Knubbel auf die Wunde.

»Oh Mann, was für eine Sauerei!«, stöhnt Kira und starrt entsetzt auf ihre Jacke. Hoffentlich kippt sie mir jetzt nicht aus den Latschen!

»Nicht so schlimm!«, behaupte ich und versuche, meine Stimme möglichst ruhig klingen zu lassen. Von wegen nicht schlimm! Das hier ist ganz große Scheiße. Wenn ich die Blutung nicht stoppen kann, muss ich einen Notarzt rufen. Aber bis der hier ist … Meine Hände zittern, während ich das Tuch auf die Wunde presse. Die Blutung wird schwächer. Zum Glück! Ich wickle den Rest des Halstuchs so stramm wie möglich um ihre Hand und den Unterarm. Bis zum nächsten Notarzt könnte es halten. »Alles okay?«, frage ich und betrachte sie prüfend. Sie reagiert sofort. Nickt. Schock ist schon mal nicht. Und dass sie so blass ist, könnte auch an dem Kacklicht hier liegen. »Fest drücken«, sage ich. Dann lege ich meinen Arm um ihre Schulter und dirigiere sie zu ihrem Fahrrad. »Los! Verschwinden wir.«

»Moment! Meine Tüte!«

»Kira, verdammt!«, zische ich und greife dann doch nach der Tüte. »Komm jetzt! Du brauchst einen Arzt!«

Sie windet sich aus meinem Griff und bleibt vor ihrem Rad stehen. »Toll! Und wie soll ich das machen? Freihändig oder wie?«

Während ich noch überlege, wie ich sie am besten zum Notarzt bugsiere, geht hinter uns die Tür zum Lager auf. Erschrocken wirble ich herum. Im diffusen Licht, das durch die Öffnung scheint, taucht der Umriss eines Mannes auf. Er geht rückwärts und zieht einen voll beladenen Rollwagen hinter sich her. Einen Augenblick rangiert er noch, bis der Wagen neben den Tonnen steht. Als er sich schließlich umdreht, bemerkt er unsere Stirnlampen, die wir in der Aufregung total vergessen haben.

»Hallo!?«, ruft er, während er seine Augen gegen das Licht abschirmt. »Was macht ihr denn da?« Sein Blick wandert zunächst über mich, dann über Kiras Tüte und bleibt schließlich an ihrem blutigen Halstuch und der versifften Jacke hängen. »Was ist denn mit dir passiert?«

»Nichts!«

Mit einem energischen Tritt fixiert der Typ die Bremsen seines Rollwagens, dann kommt er auf uns zu. Im Schein meiner Lampe stelle ich fest, dass er nur ein paar Jahre älter sein kann als wir. Er trägt Jeans und eine wattierte Jacke, darunter eine dunkle Schürze. »Zeig mal!«, fordert er Kira auf.

»Bist du Arzt oder was?«

Der Typ ignoriert meine Bemerkung. »Wie ist das passiert?«

»Ihr habt euer Altglas im Kompost entsorgt«, entgegne ich vorwurfsvoll und leuchte in besagte Tonne. »Nicht gerade die korrekte Mülltrennung!« Ich bin so sauer, dass es mir in diesem Augenblick vollkommen egal ist, ob der Typ gleich die Bullen holt oder mir womöglich eine reinhaut. Von der Statur her könnte er es. Er ist fast so groß wie ich und er sieht nicht unsportlich aus.

»Jetzt chill mal!«, fährt der Typ mich an. »Wer sich beim Klauen blöd anstellt, ist selbst schuld, wenn er sich verletzt!«

»Wir klauen nicht!«, feuere ich zurück.

»Ach, nein?« Der Typ reißt mir Kiras Tüte aus der Hand. Limetten und Mandarinen kullern über den Boden. »Und als was würdest du das hier bezeichnen?«

»Retten.«

»WAS?!« Der Typ starrt mich entgeistert an.

»Wir kämpfen gegen den Wahnsinn, dass so viel Essbares in der Tonne landet.«

»Alter!« Der Typ stöhnt genervt auf. »Habt ihr keine anderen Probleme?« Er mustert Kira, die unserem Wortwechsel stumm zugehört hat. »Vielleicht solltest du deine Freundin lieber mal zu 'nem richtigen Essen einladen. Statt hier einen auf Aktivisten zu machen!«

Du wirst lachen, du Arsch!, denke ich. Das würde ich nur zu gerne mal tun. Problem ist nur, dass Kira nicht will. »Vielleicht sollte dein Laden nicht so viele Lebensmittel entsorgen. Dann wären wir nämlich gar nicht hier!«, kontere ich. »Und das mit den Scherben ist echt das Letzte!« Ich starre auf Kiras Halstuch, durch das nun doch wieder Blut sickert, und muss schlucken. Das sieht nicht gut aus! Am besten lassen wir ihr Rad stehen und holen es morgen. »Setz dich auf meinen Gepäckträger. Ich fahre.«

»Hey!« Der Typ ist uns ein paar Schritte nachgelaufen. »Mann, jetzt wartet doch mal! Die Idee mit den Scherben stammt von meinem Chef. Der steht nicht so auf Leute wie euch. Ich find's ja auch scheiße. Echt jetzt!«

Das hättest du dir auch mal früher überlegen können, denke ich und nehme Kira den Fahrradschlüssel ab. Mit einer Hand ist sie wirklich ziemlich eingeschränkt, und dass es überhaupt nicht wehtut, glaube ich ihr nicht. »Geht's?«, frage ich. Sie reißt sich zusammen. Nickt.

Der Typ lässt nicht locker. »Leute! Lasst euch wenigstens anständiges Verbandszeug geben. Bis ihr damit beim Arzt seid, ist deine Freundin verblutet.« Er mustert Kira, und ich sehe, dass ihm auch nicht wohl ist bei dem, was er sieht. »Los, kommt rein. Ich schau mir das mal bei Licht an.«

»Ist das okay für dich?«, frage ich. Doch Kira zuckt bloß mit den Achseln.

Wir folgen dem Typen durch das hell erleuchtete Lager, vorbei an Kisten voller Leergut, Kartons und weiteren Rollwägen, bis zu einem Raum, der wohl so eine Art Teeküche sein soll. Es gibt eine winzige Küchenzeile und einen Tisch mit vier Stühlen. »Setzt euch«, brummt der Typ, während er aus seiner Jacke schlüpft und sie über einen Stuhl hängt. An seiner dunkelgrünen Schürze mit dem Logo des Supermarkts entdecke ich ein kleines Schild. »Murat Ylmaz« steht darauf.

»So, jetzt zeig mal.« Während Kira hörbar die Luft einzieht, beginnt Murat, meine tolle Konstruktion abzuwickeln. »Ihr habt das viel zu fest gewickelt«, meckert er. »Das hat sich ja schon gestaut.«

Immerhin hat es aufgehört zu bluten. Aber der Schnitt ist

ziemlich tief. Die Wundränder klaffen weit auseinander und sauber sieht das Ganze auch nicht gerade aus. Jetzt muss ich doch weggucken.

»Das muss genäht werden«, sagt Murat und steht auf. Aus einem der Oberschränke fördert er einen Verbandskasten zutage, dem er eine Flasche Desinfektionsspray, eine Schere, Mullbinden und ein Päckchen mit sterilen Kompressen entnimmt. »Versprecht mir, dass ihr nachher noch bei der Ambulanz vorbeischaut. Okay?«

Kira nickt. »Klar«, murmelt sie, während sie mit sichtlichem Unbehagen beobachtet, wie Murat sich ein paar Einmalhandschuhe überstreift und zu Desinfektionsmittel und Kompressen greift. Dann beginnt er behutsam, die Schnittverletzung zu säubern. Kiras verkniffenem Gesichtsausdruck nach zu urteilen, tut das ziemlich weh. Vielleicht steckt ja doch noch was drin.

»Was macht ihr eigentlich mit dem Zeug, das ihr *rettet*?«, will Murat wissen.

»Aufteilen«, antworte ich an Kiras Stelle. »Was zu viel ist, kriegen Freundinnen von uns. Die haben einen ›*Fairteiler*‹ in ihrem Laden. Da kann sich jeder was nehmen. Gegen eine Spende. Oder auch umsonst.«

»Cool.« Murat nickt anerkennend. »Nee, echt jetzt!«, beharrt er, weil er meinen zweifelnden Blick bemerkt. »Versteht mich nicht falsch. Ich find's voll okay, dass ihr das Zeug aus dem Müll fischt. Mir gefällt's auch nicht, dass ich jeden Tag Essen wegschmeiße.«

»Warum nimmst du dir dann nicht einfach vorher was weg?«, werfe ich ein. »Du sitzt doch quasi an der Quelle?«,

Murat schnaubt verächtlich. »Hast du 'ne Ahnung! Wenn ich

hier was einsacke, bin ich fällig. Und einen Rauswurf kann ich mir nicht leisten. Ich brauch den Job.«

»Ihr dürft wirklich nichts vorher abgreifen?«

»Wir dürfen es zu einem vergünstigten Preis erwerben.« Murat klingt, als habe er gerade seinen Chef zitiert.

»Krass.«

»Und wenn mein Boss erfährt, dass ich ausgerechnet euch hier reingelassen habe, bin ich genauso fällig.«

»Wieso bist du überhaupt um diese Zeit im Supermarkt?«, will Kira wissen.

»Spätschicht«, antwortet er schlicht. »Und um diese Jahreszeit kommen noch ein paar Überstunden dazu. Außerdem …« Murat betrachtet die Wunde nachdenklich.

»Außerdem?«, dränge ich.

Murat sieht kurz hoch. »Außerdem bekomme ich eine Zulage, wenn ich hier den Nachtwächter spiele«, murmelt er.

Ich muss ihn wohl völlig entgeistert angestarrt haben, denn er beginnt zu lachen. »Ja, guck nicht so. Für eine Vierzigstundenwoche ist der Lohn hier nicht gerade üppig. Und mein Chef hat ein Problem mit Mülltouristen. Also haben wir uns geeinigt. Ich halte die Augen offen und werde, wenn nötig, auch gleich noch ein bisschen deutlicher. Dafür gibt's dann was cash auf die Kralle.« Sorgfältig deckt Murat den Schnitt mit einer Kompresse ab und polstert das Ganze mit einer Mullbinde. Zum Abschluss wickelt er einen schneeweißen Verband um Kiras Hand, was tatsächlich professioneller aussieht als mein Gemurkse. »Schmerzmittel hast du, oder?«, fragt er zum Abschluss und quittiert Kiras Nicken mit einem mitfühlenden Lächeln. »Wird 'ne blöde Nacht, fürchte ich.«

»Danke«, murmelt Kira, während Murat das Verbandszeug wieder einpackt und den Kasten zurück in den Schrank räumt. Dann betrachtet er uns nachdenklich. »Wisst ihr, was? Ihr nehmt jetzt einfach ein paar von den Sachen mit, die wir heute ausgemustert haben. Die hätte ich nachher ohnehin noch entsorgt, weil das meiste mit dem Jahreswechsel abgelaufen ist.«

»Ernsthaft?« Jetzt bin ich doch einigermaßen sprachlos.

»Ich habe hier noch Räucherlachs und ziemlich viel Raclette-Käse«, zählt Murat auf. »Außerdem Aufschnitt ohne Ende. Der hält sich nicht lang. Ach ja, Schokolade. Mögt ihr doch? Schokolade? Es gibt sogar noch Adventskalender. Und Lebkuchen.« Murat geht von Rollwagen zu Rollwagen, zieht mal hier, mal dort etwas heraus und lädt alles in eine grüne Obstkiste. »Schaut mal, ich habe noch zwei Weihnachtsgänse, wollt ihr die? Sind noch ganz leicht gefroren.«

Ich starre auf die nackten Vogeltorsos. Hier und da steckt noch ein Federkiel in der pockigen Gänsehaut. Gruselig, denke ich und will gerade ablehnen, als Kira mir zuvorkommt. »Will die wirklich keiner mehr? Die Tafel oder so?«

Murat schüttelt den Kopf. »Die nehmen so was nicht.«

»Ich will die auch nicht«, sage ich und hebe abwehrend die Hände.

»Ich nehme sie.«

»Echt jetzt? Beide?!«

»Dann sind sie wenigstens nicht umsonst gestorben.«

»Und was ist, wenn du auffliegst?«, frage ich Murat und sehe zu, wie er uns die beiden Gänse einpackt.

»Darf halt nicht passieren«, brummt er. »Nächste Woche hab ich auch wieder Spätschicht. Da stell ich euch noch so ’ne Kiste raus. Kommt vorbei und holt sie euch. Aber behaltet das Ganze für euch!« Er zieht sein Handy aus der Tasche und ruft Google auf. »Und du bringst jetzt deine Freundin zum Doc, damit der sich das anschaut. Guck mal, hier um die Ecke ist eine Notfallambulanz.« Er hält mir das Handy unter die Nase und ich präge mir die Adresse ein. Es ist wirklich nicht weit.

»Ich kann da alleine hin!«, protestiert Kira. »Du musst mich nicht begleiten.«

»Ich weiß«, beruhige ich sie. »Aber irgendjemand muss auf die Lebensmittel aufpassen, während sie dich wieder zusammenflicken. Nicht dass die am Ende noch einer klaut!«

»Stimmt, das wäre blöd!«, lenkt Kira ein und muss gegen ihren Willen grinsen. »Außerdem brauche ich jemanden, der mir zu Hause die Sachen hochträgt.«

»Na, siehst du!«, sage ich, erleichtert, dass sie nun doch nachgibt.

15

»Ich brauch jetzt was zu essen.« Kira hebt vielsagend ihre verbundene Hand. »Und mit dem blöden Verband kann ich mir nicht mal ein Brot schmieren.« Die Ärzte haben ihr tatsächlich einen Glassplitter aus der Wunde gezogen. Das Ganze wurde mit ein paar Stichen genäht und danach sehr fachmännisch verbunden. Jetzt kann sie kaum noch mit den Fingerspitzen wackeln.

»Also wenn's darum geht: Im Broteschmieren bin ich Weltmeister!«

Als wir vor dem Mehrfamilienhaus ankommen, in dem Kira lebt, schultere ich ihre IKEA-Tüte und die Stoffbeutel und folge ihr durch das Treppenhaus. Vor einer blaugrün gestrichenen Wohnungstür bleibt sie schließlich stehen und kramt nach ihrem Schlüssel. Als sie damit im Türschloss herumstochert, schiebe ich sie kurzerhand beiseite. »Das kann man ja nicht mit ansehen! Los, lass mich mal!«

»Aber leise! Nicht dass meine Schwester aufwacht!«

Ja, das fände ich jetzt auch blöd, denke ich und öffne behutsam die Wohnungstür. Kira huscht hinein. Gleich darauf höre ich, wie sie ganz am Ende des Gangs eine Tür zuzieht, bevor sie zu mir zurückkehrt. »Los, komm!«

Wir betreten die Wohnung auf Zehenspitzen und tasten uns durch die Dunkelheit. In der Küche macht Kira schließlich Licht. Im Gegensatz zu Merles schnieker Designerküche sieht es hier viel mehr nach Studi-WG aus. Die Einrichtung ist aus diversen

Teilen zusammengestoppelt und wirkt leicht abgewohnt. Mein Blick fällt auf einen fettigen Gasherd mit Backofen, darüber ein Regal, auf dem sich Töpfe und Pfannen stapeln. Gegenüber eine Spüle, in der noch der Abwasch vom Abendessen steht. Ein offenes Holzregal für Geschirr und Vorräte und ein Kühlschrank mit einer Kreide-Oberfläche, auf die jemand das Gesicht einer Disney-Prinzessin mit langem blondem Zopf gezeichnet hat. »Hast du das gemalt?«, frage ich und zeige auf das Bild.

Kira sieht kurz auf, während sie einhändig Lebensmittel aus den Taschen auf den Küchentisch häuft. »Ach das. Das hab ich für meine Schwester gezeichnet«, sagt sie, und ein Lächeln huscht über ihr Gesicht. »Das ist Elsa, die Eiskönigin. Aus ›Frozen‹. Leonie liebt den Film.«

»Echt cool!«

Das Aufflackern in Kiras Augen entgeht mir nicht. Doch dann winkt sie ab. »Ist bloß so ein Hobby von mir.«

»Nein, wirklich! Das ist richtig gut!«

Mit kritischem Blick mustert Kira ihr Werk. »Eigentlich will ich Animation studieren. Oder Motion Design. Aber …«

»Aber?«

»Nichts aber. Erst mal Abi machen. Und dann muss ich einen Studienplatz kriegen.«

Sie schiebt die leeren Taschen mit dem Fuß unter den Tisch und betrachtet nachdenklich unsere Beute.

»Die zweite Gans bringst du am besten dem Ollen mit. Der freut sich bestimmt darüber. Oder hat der immer noch keinen Strom?«

Ich denke an Schorschs ungeöffnete Post und die vielen Mahnungen und schüttle den Kopf. »Nee, immer noch nicht. Und ich glaub auch nicht, dass er demnächst wieder welchen hat. Er ist total verschuldet.«

»Woher weißt du das?« Kira sieht mich überrascht an.

»Ich war bei ihm und hab ihm Essen gebracht. Und da hab ich ihm mit seiner Post geholfen. Wusstest du, dass er Analphabet ist?«

Kiras Augen werden rund. »Krass! Nee, wusste ich nicht.«

»Er hat eine Menge Mahnungen rumliegen. Und eine Anzeige. Außerdem haben die vom Sozialamt ein paarmal geschrieben. Wegen Hilfen und so. Aber der Depp macht seine Post nicht auf!«

»Sag nicht Depp zu ihm!«, fährt Kira mich an. »Würdest du deine Post aufmachen, wenn du nicht lesen könntest?«

Ich muss zugeben, dass ich darüber noch nie nachgedacht habe. Lesen ist für mich so selbstverständlich. Dass jemand das nicht kann, ist beinah unbegreiflich. »Soll er eben Steff fragen«, verteidige ich mich und bin überrascht von Kiras Reaktion. »Die würde ihm bestimmt helfen.«

»Vielleicht will er sich nicht helfen lassen! Vielleicht ist es ihm unangenehm! Andere um Hilfe bitten, das können manche Leute eben nicht!«

Keine Ahnung, wieso sie jetzt plötzlich so wütend ist. Schon möglich, dass der Olle einer ist, der sich nicht helfen lassen will. Vielleicht hat er auch einfach kein Vertrauen in die Behörden. Oder er möchte nicht, dass das Sozialamt mitbekommt, dass er wieder säuft. Woher soll ich wissen, was in dem Alten vorgeht?

Kira öffnet den Backofen und späht hinein. »Dann bekommt er sie eben gebraten. Gans to go, sozusagen.«

»Was? Der Olle?!«

»Wer denn sonst! Mit etwas Glück passen sie zusammen da rein.«

»Wie? Du willst die jetzt beide machen?«

»Nicht ich.« Sie hebt vielsagend ihre verletzte Hand. »Du! Ich assistiere dir.«

»Jetzt?!« Es dürfte etwa zwei Uhr sein. Vielleicht auch später. Ein paar Spaghetti hätte ich schnell für sie gezaubert. Mit Pesto. Oder meinetwegen mit Paprika und Tomaten. Davon hat Murat uns mehr als genug eingepackt.

Aber ein Gänse-Duo?!

»Wieso nicht? Hast du noch was vor?«

»Äh, nein, aber … Ich hab in meinem Leben noch keine Gans zubereitet!«

»Siehst du, ich auch nicht. Aber wozu gibt's Google?« Kira zieht ihr Handy raus und beginnt zu suchen. Gleich darauf zeigt sie mir ein paar Rezepte, die ihrer Meinung nach »total easy« klingen. Wir entscheiden uns für »Omas Gans, ganz zart«, weil das Rezept nicht allzu schwer klingt und es ein paar hübsche Fotos gibt, die jeden einzelnen Schritt erklären.

»Wenn ich mir das so ansehe, krieg ich noch mehr Hunger«, schwärmt Kira und zeigt auf ein Bild, auf dem eine braun gebrutzelte Gänsekeule mit Rotkohl und Kartoffelklößen abgebildet ist.

Ich werfe einen Blick auf das Rezept und erstarre. »Zubereitung bei Niedrigtemperatur: sechs Stunden. Alter, bis die fertig sind, das dauert ja ewig!«

Kira bleibt gelassen. »Pünktlich zum Frühstück. Ist doch super!« Und schon steht sie vor dem Waschbecken und kämpft mit dem Ärmel ihres Hoodies. »Hilfst du mir mal? Ich will nicht, dass dieser tolle Verband nass wird.« Auffordernd streckt sie mir ihre gesunde Hand hin.

Ich zögere kurz. Noch nie habe ich einem anderen Menschen die Hände gewaschen. Vorsichtig streife ich ihren Ärmel hoch und halte ihre Hand unter das warme Wasser. Sie ist klein und schmal. Ihre Finger mit den schwarz lackierten Nägeln stehen im krassen Gegensatz zu meinen beiden Pranken. Mit Bedacht schäume ich unsere drei Hände mit Spülmittel ein, da ich in meiner Verwirrung die Seife nicht finde. Es ist ein merkwürdig intimes Gefühl. Während ich unsere Handrücken, die Innenflächen, alle fünfzehn Finger und sogar die Nägel einseife, beginnt Kira leise »Happy Birthday« zu singen. Ich werfe ihr einen irritierten Seitenblick zu.

»Was ist?« Sie lacht. »Kennst du das nicht? Man muss zweimal ›Happy Birthday‹ singen, damit die Hände sauber werden. Corona-Regel Nummer eins. Lernen die Kids schon in der Kita.«

»Oh Gott, das habe ich wohl verdrängt!«, stöhne ich und seife ihre Finger ein, bis das zweite »Happy Birthday« verklingt. Danach spüle ich den Schaum ab und trockne unsere Hände mit dem Küchenpapier, das Kira mir reicht. Dabei fange ich ihren nachdenklichen Blick auf. »Was ist?«

»Das war … schön.« Ihre Stimme ist leise und sie sieht mich nicht an. Doch mein Herz macht einen Satz bei ihren Worten.

»Soll ich weitermachen?«

Kira antwortet nicht. Sie zieht die Schublade für den Hausmüll auf und nimmt mir das feuchte Papier aus der Hand, um es zu entsorgen. Danach schließt sie behutsam die Schublade und schenkt mir ein schüchternes Lächeln. »Lass uns loslegen.«

Mit einem langen Messer befreie ich die beiden Weihnachtsgänse aus ihrer Plastikverpackung. Sie sehen nicht nur gruselig aus, sie fühlen sich auch so an: kalt und abstoßend mit ihrer wabbeligen Haut. Das Ganze wird auch nicht angenehmer, als ich die beiden Vögel unter fließendem Wasser abwasche und dabei feststelle, dass in ihrem Inneren noch jeweils eine Tüte mit glibberigen Innereien steckt.

»Boah, ist das eklig!« Auch Kiras Begeisterung hält sich in Grenzen. »Was machen wir denn damit?«

Angewidert starren wir auf die dunkelroten Organe. Eindeutig Leber, das erkenne ich am Geruch. Was die anderen beiden Stücke sind, kann ich nicht sagen. Herz und Nieren, vielleicht. »Keine Ahnung. Hast du einen Hund im Bekanntenkreis?«

Kira überlegt. »Frieda! Die hat doch diesen hässlichen Mops!«

»Du meinst Luna!«

»Genau!« Kira nimmt mir die beiden Beutel ab und legt sie in den Kühlschrank. »Gib mir mal deinen Fahrradschlüssel.«

»Wieso?«

»Damit wir später daran denken, dass du dieses Gekröse wieder mitnimmst. Ich will das hier nämlich nicht haben.«

Ich krame meinen Schlüssel aus der Hose und lege ihn zu den Tüten in Kiras Kühlschrank. Danach beugen wir uns wieder über das Rezept.

»Hier steht, man soll die Gans salzen und über Nacht ziehen lassen«, liest Kira vor.

»Das überspringen wir einfach.«

»Okay. Außerdem brauchen wir Beifuß.«

»Bei Fuß?«, frage ich und muss an Luna denken.

»Vermutlich ein Gewürz.« Kira wirft einen Blick auf das Regal neben dem Herd. »Hab ich nicht. Ich hab bloß Thymian. Und Rosmarin.«

»Na, dann nehmen wir doch das!«

»Ich weiß nicht …«

»Ach, passt schon!«, behaupte ich. Je schneller wir beginnen, desto eher sind wir fertig. »Los, gib her!« Ich würze die beiden Gänse mit allem, was Kira anschleppt, doch erst, als ich die Gänsehaut mit Ketchup und Öl massiere, haften Kräuter und Gewürze halbwegs. Weil wir keine Äpfel für die Füllung haben, schneide ich die Mangos klein, die Murat uns eingepackt hat, und würfle ein paar Lebkuchen dazu. Anschließend stopfe ich die Gänsekörper damit aus. »Mit besten Grüßen aus der Charité«, murmle ich und verschließe die Öffnung mit Stopfgarn.

In der Zwischenzeit hat Kira den Backofen vorgeheizt und ein tiefes Backblech organisiert, sodass wir schließlich die beiden Vögel nebeneinander in die Röhre schieben. »Macht's gut, ihr Süßen. In sechs Stunden sehen wir uns wieder.« Kira wirft den Gänsen eine Kusshand zu und schließt die Backofentür.

Wir sind so beschäftigt, dass wir gar nicht bemerken, dass die Küchentür aufgeht. Aus dem Nichts steht plötzlich eine Gestalt im Türrahmen. Sie trägt Jogginghose und einen ausgelatschten Sweater, dazu dicke Wollsocken. Die aschblonden Haare fallen ihr strähnig ins Gesicht, das bleich und hohlwangig ist. Ihr Blick schweift über unser Chaos, doch er bleibt nirgends hängen. Schließlich dreht sie sich um und verschwindet genauso lautlos, wie sie gekommen ist.

»Was war das denn für eine Nummer?«, frage ich und starre entgeistert in den dunklen Flur. Doch die Gestalt ist schon wieder in einem der Zimmer untergetaucht.

Kira schiebt mich wortlos beiseite und schlüpft durch den Türspalt in den dunklen Flur. »Isa?« Irgendwo fällt eine Tür zu.

»Mama?!« Doch es bleibt still. Eine Weile steht Kira noch unschlüssig im Flur herum. Dann kehrt sie zurück und zieht die Küchentür behutsam hinter sich zu. Als sie meinen fragenden Blick auffängt, zuckt sie bloß mit den Schultern. »Das … war meine Mum.«

»Stimmt was nicht? Soll ich lieber gehen?«

Kira schüttelt den Kopf. »Nee, passt schon. Das gerade hat nichts mit dir zu tun.« Sie sinkt auf einen Stuhl am Küchentisch und seufzt. Ihre gute Laune ist verflogen. »Wahrscheinlich kann sie wieder nicht schlafen.« Mit dem Zeigefinger tupft sie gedankenverloren ein paar Gewürze auf, die mir beim Zubereiten der Gänse auf die Tischplatte gerieselt sind.

Ich angle nach einem Stuhl und lasse mich ihr gegenüber nieder. Eine Weile sehe ich zu, wie sie die Gewürze hin und her schiebt. »Willst du drüber reden?«, frage ich schließlich.

Kira zuckt mit den Schultern. »Wozu?«

»Vielleicht geht's dir dann besser?«

Kira lächelt traurig. »Du bist süß.«

Ich lächle zurück. »Einen Versuch wäre es wert.«

Sie seufzt. Ihr Finger kehrt kleine Gewürzhäufchen zusammen, klopft sie fest, verteilt sie wieder. Eine Weile geht das so. Ich sitze einfach nur da und warte. Schließlich beginnt sie zu erzählen. Mit leiser Stimme und ohne mich dabei anzusehen. »Meine Mum ist Krankenschwester. In der Uniklinik. Vor einiger Zeit kam sie aus ihrer Nachtschicht. Eigentlich wie immer. Normalerweise frühstückt sie dann noch mit uns. Gerade in der Zeit, wo meine Schwester im Homeschooling war, hat sie immer eine Weile bei ihr gesessen. Leonie muss man ab und zu in den Hintern treten, sonst passiert nichts. Und niemand kann das besser als meine Mum. Aber diesmal war es anders. Diesmal hat sie sich gleich hingelegt. Wir haben uns nichts dabei gedacht. Leonie hat sich weiter um ihre Aufgaben gedrückt und ich hab für eine Klausur gelernt.« Kiras Blick wandert zu der Kreidezeichnung am Kühlschrank. »Gegen Nachmittag bekam meine Mum hohes Fieber und Schüttelfrost. Ihr Kreislauf ging in den Keller und schließlich klappte sie auf dem Weg ins Bad zusammen. Ich hab gleich den Notarzt gerufen. Als die Sanitäter sie mitnahmen, hat Leonie geweint und wollte unbedingt mitfahren. Aber das ging ja nicht. Wegen Corona. Keine Angehörigen im Krankenhaus, das haben sie mir noch gesagt, bevor sie abfuhren.« Kira schiebt die Gewürzhäufchen zu einem kleinen Berg zusammen und drückt ihn platt. »Im Krankenhaus haben die sie auf Corona getestet. Sie war positiv. Also haben die sie dabehalten. Kurz darauf bekam sie eine Lungenentzündung. Während sie auf der Coronastation lag, mussten wir uns isolieren. Ein paar Tage später hat's dann auch mich erwischt.«

»Ach du Scheiße!«

Kira winkt ab. »War nicht so schlimm. Bloß Husten und leichtes Fieber. Aber Leonie hat total am Rad gedreht. Sie dachte, meine Mum und ich, wir würden jetzt beide sterben und sie allein zurückbleiben. Bis heute hat sie Albträume, wacht schreiend auf. Und macht wieder ins Bett.«

»Oje.«

»Seitdem versuche ich, nie lange wegzubleiben. Auch nicht, wenn wir dumpstern.«

»Musste deine Mum an so eine Maschine?«

Kira schüttelt den Kopf. »Zum Glück nicht. Nach drei Wochen durfte sie wieder raus. Aber sie ist nicht mehr die Alte. Ständig ist ihr schwindelig. Sie ist erschöpft und müde. Es ist, als habe man ihr den Stecker gezogen. Anfangs haben wir es mit kleinen Spaziergängen probiert. Aber mittlerweile hängt sie nur noch zu Hause rum. Sie hat Angst, nicht mehr gesund zu werden, heult ständig. Und das Schlimmste: Sie hat diese Panikattacken. Und damit macht sie Leonie Angst.«

»Krass«, murmle ich.

»Manchmal bin ich total wütend auf sie«, fährt Kira nach einer Pause fort. »Ich denke, sie könnte sich ja mal ein bisschen am Riemen reißen. Schließlich ist sie unsere Mum. Sie ist doch für uns zuständig!« Kiras Augen glitzern verdächtig. »Und dann fühle ich mich wieder total schlecht, weil ich so denke. Sie kann ja nichts dafür, dass es ihr so dreckig geht. Aber mittlerweile ist sie schon so lange krank, dass ihr die Klinik kein Gehalt mehr zahlt.«

Schöne Scheiße! »Und wovon lebt ihr jetzt?«

»Vom Krankengeld. Aber das ist total knapp. Wir kommen gerade so damit hin.«

»Oh, Mann!« Langsam blicke ich durch. Weshalb sie immer so zugeknöpft wirkt. Weshalb sie nichts über sich erzählt. Und weshalb sie sich nie mit mir verabreden möchte. »Was ist mit deinem Vater? Kann der nicht einspringen? Kohlemäßig, meine ich.«

Kira schnaubt verächtlich. »Mit dem hab ich schon lange keinen Kontakt mehr. Und Leonies Papa war noch nie für uns zuständig. Der hat sich ziemlich bald nach Leonies Geburt aus dem Staub gemacht. Ein richtiges Arschloch ist der. Von dem ist gar nichts zu erwarten.«

»Also deshalb dumpsterst du? Damit ihr über die Runden kommt?«

Kira sieht mich trotzig an. »Für dich ist es ein politisches

Statement. Vielleicht auch Spaß. Oder Action. Für mich …« Sie macht eine Pause, als müsste sie überlegen. »Na ja, sagen wir, so eine Art Überlebensstrategie.« Kiras Stimme wird kratzig. Sie ist kurz vorm Heulen.

»Wieso hast du mir das nie erzählt?«, frage ich und greife nach ihrer Hand.

Kira schnieft. Reißt sich zusammen. Reckt das Kinn und schaltet um auf Ich-brauch-dein-fucking-Mitleid-nicht. »Was hätte das gebracht?«

»Ich …« Ich zögere. Ich will nicht, dass sie das jetzt in den falschen Hals kriegt. Aber ich meine es wirklich ernst. »Wir hätten gleich zusammen für dich dumpstern können.«

»Davon hab ich geträumt.« Sie entzieht mir ihre Hand und zupft gereizt an ihrem Verband, der nun doch nicht mehr so weiß ist. »Zuerst hab ich überlegt, ob ich jobben gehen soll. Aber ich pack das nicht neben der Schule. Ich bin keine Überfliegerin, weißt du?« Sie wirft mir einen trotzigen Blick zu. Trotzig und wild entschlossen. »Ich will mein Abi nicht in den Sand setzen. Je besser ich abschneide, desto größer meine Chancen für das, was ich vorhabe. Und mal abgesehen davon, kann ich Leonie nicht so lange mit meiner Mum allein lassen.«

Beschissene Situation. Vielleicht sollte ich sie in den Arm nehmen? Aber vermutlich würde sie das nicht wollen. Kira ist mehr so der Kratzbürsten-Typ. Höchstwahrscheinlich würde sie mir eine scheuern. Ich wage einen neuen Versuch und greife nach ihrer gesunden Hand. Zu meiner Überraschung zieht sie sie diesmal nicht weg, sondern verschränkt ihre Finger fest in meinen.

Eine Weile sitzen wir schweigend so da, bis Kira schließlich aufsteht. »Ich glaub, ich guck mal nach unserem Essen.« Als sie die Backofentür aufmacht, schlägt uns Hitze und Bratenduft entgegen. Mein Magen meldet sich lautstark. Ich schaue auf mein Handy und stelle fest, dass es immer noch Stunden dauert, bis die Gänse fertig sind.

»Hilfst du mir mal?« Mit einer Hand zieht Kira das Backblech ein wenig heraus. »Du musst die Gänse mit dem Fett übergießen. In der Schublade da drüben findest du einen Löffel.«

Ich folge Kiras Anweisungen und beträufle die Vögel mit heißem Fett. Nachdem alles wieder sicher im Ofen verstaut ist, löscht Kira die Lampe über dem Tisch. Wir lassen uns vor dem schwach erleuchteten Backofen nieder und starren durch die verkrustete Scheibe. »Nicht so gemütlich wie ein Kaminfeuer. Aber hat trotzdem was«, bemerkt Kira und lässt sich gegen den Kühlschrank in ihrem Rücken sinken. Dabei bleibt ein Teil der Kreidezeichnung an ihrem Hoodie zurück.

»Vorsicht, du verwischst ja deine Eiskönigin!«, warne ich und reibe ihr den Kreidestaub vom Rücken. Dabei mache ich es nur noch schlimmer.

»Egal«, erwidert sie. Ihre Stimme ist müde und ihre Resignation dahinter so greifbar, dass sich mein Magen schmerzhaft zusammenzieht.

»Nee, ist nicht egal!«, protestiere ich. »Für seine Träume muss man kämpfen! Du wirst bestimmt mal eine ganz tolle – wie heißt das? Animateurin?«

Kira lächelt. Sie lehnt ihren Kopf an meine Schulter. Ein wenig von dem bunten Kreidestaub bleibt in ihrem Haar hängen. »Pixar wäre geil. Oder Dreamworks.«

»Okay …«, sage ich lachend. »Kleiner hast du's nicht?«

Sie lächelt schwach. »Du hast doch gesagt, ich soll für meine Träume kämpfen.«

Ich lege meinen Arm um ihre Schultern und so sitzen wir eine Weile, Seite an Seite, und hängen unseren Gedanken nach. Der Duft der Gänse umhüllt uns, und ich habe Mühe, die Augen offen zu halten. Auch Kira kämpft mit dem Schlaf. Schließlich sinkt ihr Kopf gegen meine Schulter. Ich sitze ganz still da und genieße die friedliche Stimmung in dieser kleinen, jetzt irgendwie doch gemütlichen Küche. Irgendwann muss ich dann wohl auch eingenickt sein, denn Kiras Handywecker reißt mich aus dem Schlaf.

»Oh, Mann«, stöhnt Kira und rappelt sich auf. »Meine Beine sind eingeschlafen!«

»Mein Hintern auch. Wie spät ist es?«, frage ich und unterdrücke ein Gähnen.

»Zeit fürs Frühstück.« Kira öffnet den Backofen und stößt einen Fluch aus. Unsere Gänse sind ziemlich dunkel geworden. »Vermutlich hätten wir sie öfter übergießen müssen«, überlegt sie, während ich die Vögel aus dem Ofen hole und auf ein großes Brett lege. Ich zerlege einen der beiden mit einer Geflügelschere und stelle fest, dass das Fleisch innen drin zart und saftig geblieben ist. »Wir lassen die Haut einfach weg«, schlage ich vor und schiebe Kira ein Stück Geflügel in den Mund. Sie beißt mir in den Finger und wir müssen beide lachen.

»Was macht ihr da?« Kiras kleine Schwester ist aufgewacht. Jetzt steht sie im Türrahmen und beobachtet uns neugierig. Sie trägt einen rosa Schlafanzug mit einem weißen Einhornkopf auf der Brust. Im Arm hält sie einen schlappohrigen, leicht ramponierten Hasen.

»Frühstück«, antwortet Kira geistesgegenwärtig und organisiert drei Teller. »Hast du Hunger?«

Leonie nickt. Dann entdeckt sie Kiras verbundene Hand. »Was hast du denn gemacht?«

»Ach, nichts!« Kira winkt ab. »Hab mich bloß geschnitten. Ist aber gar nicht mehr schlimm. Komm, setz dich!«

Doch Leonie bleibt stocksteif in der Tür stehen und mustert mich misstrauisch. »Und wer ist der da?«

Kiras Blick wandert zu mir. »Das ist Joel. Ein Freund von mir. Er kann super kochen. Willst du mal probieren?«

Leonie kommt langsam näher. Ohne zu antworten, schiebt sie sich auf einen Stuhl und beobachtet mich, während ich ihr eine Gänsekeule auf den Teller lege. »Hier. Kannst du abnagen. Soll ich dir die Haut abmachen?«

»Kann ich selbst.« Leonie greift nach der Keule. »Heiß!«, bemerkt sie und knabbert vorsichtig. Auch Kira und ich lassen es uns schmecken.

Nach dem Essen wickle ich die Gans für den Ollen in etwas Alufolie, damit sie warm bleibt. »Soll ich dir noch beim Abwasch helfen?«, frage ich mit Blick auf Kiras Verband und das Chaos im Hintergrund.

»Das musst du nicht.« Kira schüttelt den Kopf. »Du hast schon genug geholfen. Leonie und ich machen das nachher gemeinsam. Stimmt's, Schwesterherz?«

Leonie zieht ein langes Gesicht. »Kann dein Freund nicht abwaschen …?«

Dein Freund.

»Joel muss jetzt leider gehen«, antwortet Kira und zwinkert mir zu. »Er muss doch die Gans abliefern, solange sie noch warm ist.« Sie begleitet mich noch bis zur Haustür, wo sie den Schlüssel ins Schloss steckt und danach leise die Tür hinter uns zuzieht.

Im Treppenhaus ist es dämmrig und ziemlich kalt. Kira steht in Wollsocken auf der Fußmatte und krümmt ihre Zehen. »Ich hau mich jetzt erst mal eine Rund aufs Ohr«, bemerkt sie und sieht plötzlich müde aus. Bestimmt schmerzt der Schnitt an ihrer Hand nun doch.

»Gute Idee.«

»Sehen wir uns nächste Woche?«

»Auf jeden Fall. Wir müssen doch Murats Kiste abholen.«

Kira lächelt versonnen. »Stimmt.«

»Also dann …« Ich würde gerne noch mehr sagen. Einfach nur, damit wir hier noch eine Weile stehen und reden können. Doch mir fällt einfach nichts ein. »Mach's gut, Kira.«

»Du auch, Joel. Und danke noch mal. Dafür dass … du da warst und mir zugehört hast. Und überhaupt: Das war das schönste Frühstück seit Langem!« Ihre Augen schimmern im Zwielicht, das uns umgibt, während sie nach meiner Hand greift. Sanft dirigiert sie mich zum nächsten Treppenabsatz und tastet sich rückwärts zwei Treppen nach oben. Als wir auf Augenhöhe sind, zieht sie mich an sich. Und noch bevor ich kapiere, was hier eigentlich abgeht, landen ihre Lippen auf meinen. Und dann küssen wir uns.

16

Der Olle ist nicht zu Hause. Wie ein Idiot stehe ich mit meiner warmen Gans vor seiner Haustür und klopfe. Der Duft nach Weihnachtsbraten vermischt sich mit dem ranzigen Geruch hier im Treppenhaus. Ich bin müde und noch völlig verzaubert von der Nacht mit Kira und ich gäbe etwas darum, auch noch den Tag mit ihr verbringen zu dürfen.

Seufzend mache ich mich auf den Heimweg. Als ich die Abkürzung durch den Park nehme, entdecke ich sie: zwei vermummte Gestalten. Eine große, lange und eine kleine, dicke, die einem Michelin-Männchen nicht ganz unähnlich sieht. Gerade checken die beiden einen der überfüllten Mülleimer, neben den jemand ein paar Bierflaschen gestellt hat. Während die größere Gestalt die Flaschen einsammelt, zerrt die kleinere an einer Leine, deren Ende ich von hier aus nicht sehen kann. Vermutlich ist Luna einer wichtigen Sache auf der Spur.

Ich bin sehr erleichtert, dass ich die beiden nun doch noch treffe und meine Mission zu einem erfolgreichen Abschluss bringen kann. »Hallo, ihr zwei!«, rufe ich schon von Weitem.

Der Olle und Frieda fahren erschrocken herum. Als sie mich erkennen, grüßen sie erfreut zurück. »Was treibt dich denn so früh aus dem Bett?«, will Frieda wissen, während sie an Lunas Leine ruckt. Der Mops hat ein aufgeweichtes Dönerpapier gefunden und knurrt, als Frieda es ihm wegnehmen möchte. »Luna! Aus!«

»Ehrlich gesagt, ich war noch gar nicht im Bett«, antworte

ich, während ich mich vom Rad schwinge. »Ich war heute Nacht mal wieder unterwegs. Und ich hab euch was mitgebracht. Eine Weihnachtsgans. Ist sogar noch warm.«

Der Olle und Frieda kommen näher. »Warme Gänse aus der Tonne?« Friedas Augenbrauen verschwinden unter ihrer Pudelmütze. »Wie geht das denn?«

»Nicht aus der Tonne! Aus dem Ofen«, entgegne ich und zeige auf das Päckchen in meiner Fahrradtasche. »Kira und ich haben sie für euch zubereitet. Sie ist echt lecker. Wir hatten selbst eine zum Frühstück. Aber ihr könnt sie natürlich auch später noch essen.«

»Ihr habt uns eine Weihnachtsgans gemacht?!« Friedas Blick verklärt sich. Ich habe den Eindruck, dass sie ein wenig um Fassung ringt, daher wiegle ich schnell ab: »Sie ist leider einen Tick zu lang im Ofen gewesen. Deshalb ist sie etwas dunkel geworden, aber …«

»Noch nie in meinem Leben hat mir einer eine Gans …«

»Ja, find ich super!«, freut sich der Olle und wendet sich sogleich an Frieda. »Können wir bei dir …? Bei mir ist nicht geheizt.«

»Weiß ich doch«, brummt Frieda, die sich wieder gefangen hat. »Los, gehen wir zu mir. Ist ja auch viel näher.« Sie nimmt der wild knurrenden Luna das Dönerpapier weg und stopft es in den Mülleimer, aus dem der Olle gerade noch die Flaschen gezogen hat. »Außerdem hab ich noch Weihnachtsplätzchen. Die müssen weg.« Als ich zögere, sieht sie mich auffordernd an. »Los, Junge. Du kommst auch mit. Siehst ja schon ganz verfroren aus.« Sie ignoriert meinen Protest und stiefelt entschlossen los. Mir bleibt nichts anderes übrig, als den beiden zu folgen.

Friedas Zuhause besteht aus einer Zweizimmerwohnung in einem der Hochhäuser, die man von Schorschs Wohnblock aus sehen kann. Es gibt einen Fahrstuhl, der tatsächlich auch funktioniert, und im Treppenhaus riecht es lediglich nach Putzmittel und Ölheizung.

Wir fahren in den siebten Stock, wo Frieda uns stolz die Tür zu ihrer Wohnung öffnet.

»Na, dann kommt mal rein in die gute Stube«, sagt sie und schiebt uns in eine enge Diele, die noch enger wirkt, weil sie mit einem Garderobenschrank, einem Schirmständer, einem sperrigen Telefonbänkchen aus dem letzten Jahrhundert und ihrem Hackenporsche vollgestellt ist.

»Kaffee?«, fragt sie, nachdem sie ihren Michelin-Mantel an einen Haken gehängt hat.

»Hast du keinen Wein zur Gans?«, will der Olle wissen und zwinkert mir zu, als ihm Frieda einen entsetzten Blick zuwirft. »War 'n Witz, Frieda! Ja, jetzt guck nicht so streng!«

Frieda wuselt in die winzige Küche und setzt Kaffee auf, während der Olle und ich herumstehen. Ich habe das Gefühl, im falschen Film gelandet zu sein. Erst als Frieda mir ein Schneidbrett und ein Messer in die Hand drückt, damit ich die Gans zerlegen kann, wird es besser. Bald schon sitzt Luna mir bettelnd zu Füßen. »Du kriegst nachher Gänseleber. Falls Frauchen ihr Okay gibt«, raune ich ihr zu.

»Was ist mit Frauchen?«, ruft Frieda aus der Küche.

»Ich hab die Innereien für Luna aufgehoben«, antworte ich und bringe Frieda die beiden Beutel. Nun schmachtet der Mops Frieda an, bis diese sich endlich erbarmt und Lunas Napf füllt. »Den Rest gibt's später«, brummt sie und droht dem Mops mit dem Zeigefinger. »Nicht dass du mir hier noch auf den Teppich kotzt.«

Als Frieda die restlichen Innereien wegräumt, erhasche ich einen Blick in ihren Kühlschrank. Außer Licht ist nicht viel drin. Frieda hat meinen Blick bemerkt. Es ist ihr unangenehm, das sehe ich sofort.

»So. Frühstück!«, sagt sie in ihrer ruppigen Art und knallt den Kühlschrank zu.

Schon zum zweiten Mal an diesem Tag nehme ich ein denkwürdiges Frühstück zu mir. Neben Gänsebraten und Weihnachtsplätzchen hat Frieda noch Toast, Kräuterquark und Brombeermarmelade auf den Tisch gestellt. »Selbst gemacht«, sagt sie stolz und zeigt auf die Marmelade. »Wachsen unten am Bahndamm. Probier mal!«

Das Wort »Glyphosat« schießt mir durch den Kopf, doch ich verdränge es sofort wieder und greife zu. Die Marmelade schmeckt fruchtig, und es sind auch keine Kerne drin, so wie bei meiner Mum. »Megalecker!«, beantworte ich Friedas fragenden Blick. Sie lächelt zufrieden, gießt mir Kaffee ein und schiebt mir den Plätzchenteller vor die Nase. Dann beginnt sie zu erzählen. Sie hat früher mal als Altenpflegerin in einer Demenz-WG gearbeitet. Teilzeit. Irgendwann ging das nicht mehr. »Erst Bandscheibenvorfall, dann Herzinfarkt. Arbeiten war nicht mehr«, sagt sie und rührt Süßstoff in ihren Kaffee. »Jetzt bin ich Frührentnerin. Das Geld reicht gerade so für die Miete und was sonst noch so anfällt.«

»Ist das der Grund, weshalb du containerst?«, will ich wissen.

»Was soll ich machen?« Frieda sieht mich fragend an. »Neulich war die Waschmaschine kaputt. Die ist schon uralt. Bisher lief sie noch. Aber von einem Tag auf den anderen – zack! Kaputt war sie.«

»Zum Glück hast du ja mich!«, wirft der Olle ein und grinst.

»Ja, zum Glück!«, seufzt Frieda. »Der Schorsch hat das Ding wieder zum Laufen gebracht. Im Nullkommanix!«

»Du weißt, wie man Waschmaschinen repariert?« So richtig kann ich es mir nicht vorstellen, dass der Olle mal einen ganz normalen Job gehabt hat.

Der Olle mustert mich, als könne er meine Gedanken lesen. »Ich hab zwanzig Jahre als Elektroniker gearbeitet. Aber dann hat der Laden dichtgemacht und alles ging den Bach runter. Im Job, zu Hause und bei meiner Gesundheit.«

Frieda klopft ihm mitfühlend auf den Unterarm. »Das heißt aber nicht, dass du alles verlernt hast! Meine Maschine schnurrt wie ein Kätzchen.«

»Kleinigkeit!« In Schorschs zerfurchtes Gesicht kehrt das schelmische Grinsen zurück. »Aber war 'n guter Deal. Jetzt darf ich bei Frieda meine Wäsche waschen.«

»Und duschen«, ergänzt Frieda und stößt dem Ollen ihren Ellenbogen in die Rippen.

»Und duschen!«, wiederholt er und blinzelt Frieda zu. Dann schiebt er sich genüsslich ein Stück Fleisch in den Mund. »Echt lecker, eure Weihnachtsgans! So schön kross.«

Ich berichte von meinem Abenteuer mit Kira letzte Nacht, und die beiden machen große Augen, als sie von der Sache mit den Scherben erfahren. »Zum Glück war noch einer der Mitarbeiter da. Der hat uns mit Verbandszeug ausgeholfen.«

»Jemand vom Supermarkt hat euch geholfen?« Frieda kann es nicht glauben. »Wirklich?«

»Ja, und der war auch echt nett. Er hat sogar versprochen, dass er uns ab und zu eine Kiste mit Essen rausstellt.«

»Wer weiß, was der da reinpackt!« Friedas Blick ist voller Misstrauen. »Wer versucht, uns mit Glasscherben abzuschrecken, der ist noch zu viel Schlimmerem in der Lage.«

»Ach, Blödsinn!« Der Olle schüttelt energisch den Kopf. »Dann hätte er den beiden nicht geholfen.« Diskret lässt er ein Stück Gänsefleisch auf den Boden fallen. Luna versteht sofort und schnappt begeistert zu.

»Das denke ich auch«, pflichte ich dem Ollen bei. »Murat ist voll auf unserer Seite. Er hat selbst gesagt, dass er das cool findet, was wir machen. Also dass wir Essen retten und so.«

»Cool findet der das. Soso.« Frieda ist immer noch skeptisch. »Kann der sich gar nicht leisten, das cool zu finden.«

»Ja, so etwas in der Richtung hat er auch gesagt. Trotzdem. Wir können ja ab und zu mal vorbeischauen.«

Wir quatschen noch eine Weile über dies und das, bis plötzlich mein Handy summt. »Mum«, lese ich auf dem Display. Shit! Mittlerweile haben meine Eltern wohl gemerkt, dass ich nicht in meinem Bett liege. Nach kurzem Zögern tippe ich eine Nachricht, dass ich heute Nacht bei Merle in deren WG versackt bin. Zu meiner Erleichterung sendet meine Mum ein knappes »Alles klar. Bis später« zurück, und ich hoffe, dass die Sache damit erledigt ist.

Zu Hause bekomme ich dann doch noch einen Einlauf. »Ich wüsste dann schon ganz gerne rechtzeitig, wo mein Sohn sich die Nacht über herumtreibt«, wirft meine Mum mir vor, als ich zur Tür reinkomme. »Auch wenn du schon fast volljährig bist, Joel. Das geht so nicht!«

»Tut mir leid«, murmle ich und hoffe, dass sie nicht noch weiter nachhakt. Ich bin total platt. Und am liebsten würde ich jetzt mit Kira telefonieren. Ihre Stimme hören. Unser Kuss vorhin. Es war … überirdisch.

»Joel!«

»Hm?«

»Wie war's bei den Studis?«

»Ganz nett«, weiche ich aus und hoffe, dass sie nicht weiterfragt.

Doch meine Mum ist in Plauderstimmung. »Und wieso bist du so warm angezogen? Wart ihr draußen?«

Oh shit! Daran habe ich gar nicht gedacht! Wieso sollte ich eine Jacke anziehen, wenn ich doch bloß zu Merle in die WG nach oben gehe? »Äh, ja. Nur kurz einmal um den Block. Und dann haben wir zusammen gekocht.«

»Ja, die junge Studentin hat mir davon erzählt, als ich sie vorhin getroffen habe.«

»D-du hast Merle getroffen?«, stammle ich.

»Sie wollte gerade zum Bäcker.« Sie sieht mein entsetztes Gesicht und muss grinsen. »Komm schon, Joel! Mach nicht so ein Geheimnis aus der Sache! Ist doch nichts dabei!«

Ich verstehe nicht, worauf sie hinauswill. Wo ist nichts dabei?

»Na, jedenfalls hab ich kein Problem damit, wenn du oben übernachtest«, fährt sie fort, weil ich auf ihre Anspielung nichts erwidere. »Aber in Zukunft bitte wenigstens Bescheid sagen, wo du steckst! Ich hab mir Sorgen gemacht.«

»Ja, sorry noch mal. Was – äh –, was hat Merle denn gesagt?«

»Nicht viel. Nur dass ihr zusammen gekocht habt.« Sie zwinkert mir zu, als wüsste sie um unser angebliches kleines Geheimnis. »Ihr könnt auch gerne mal bei uns kochen, wenn ihr wollt. Dann lernen wir deine neue Freundin auch mal kennen. Offiziell, meine ich. Wusstest du übrigens, dass sie einen Blog über Green Living schreibt? Hat sie mir vorhin erzählt. Engagierte junge Frau, diese Merle! Vielleicht ein bisschen alt für dich. Aber nett. Sehr nett. Wirklich.«

17

Okay. Merle hat für mich gelogen. Sie hat mich gedeckt und behauptet, ich hätte bei ihr in der Studi-WG übernachtet. Wieso hat sie das getan? Nach allem, was in letzter Zeit zwischen uns vorgefallen ist? Sie hat doch überhaupt keinen Grund dazu! Ich meine, hallo? Ich will mich ja nicht beschweren. Es ist total nett von ihr. Aber wieso? Die Sache lässt mir keine Ruhe. Also stehe ich ein paar Stunden später vor ihrer Tür.

»Hulky!« Kim klingt, als hätte er mich erwartet.

»Ist Merle da?«

»Komm rein!« Sein affektiertes Gehabe geht mir schon an der Tür auf den Keks. Mit theatralischer Geste wirft er sich das Ende seines Schals über die Schulter und geht voran. An Merles Zimmertür bleibt er stehen und klopft.

»Ja?«

»Merle-Schatz, du hast Besuch!« Er stößt die Tür auf, sodass Merle mich sehen kann. »Hulk möchte mit dir reden.«

»Komm rein!«

Ich betrete das Zimmer und schließe die Tür hinter mir. Merle sitzt im Schneidersitz auf ihrem Bett, das iPad auf dem Schoß und mustert mich mit hochgezogenen Brauen. »Na?!«

»Hi.«

»Setz dich!«

Ich lasse mich auf ihren Schreibtischstuhl sinken und überlege, wie ich das Gespräch am besten beginnen soll. »Warum hast du meiner Mum gesagt, dass ich hier wäre?«, falle ich schließlich mit der Tür ins Haus.

»Du meinst, wieso ich dir ein Alibi verschafft habe?«

»Wieso Alibi?«

»Joel!« Merle lächelt süffisant. »Wir wissen doch beide, was du nachts so treibst.«

»Hallo?« Was ich nachts so treibe, geht Merle überhaupt nichts an! »Was soll das denn heißen?«

Merles Augen funkeln amüsiert. »Der Anhänger war heute Nacht nicht im Keller. Und dein Fahrrad auch nicht.«

»Und deshalb erzählst du meiner Mum, ich wäre bei dir?«

»Hätte ich etwa sagen sollen, dass du mal wieder für bedürftige Rentner dumpsterst?«

Ich gehe nicht darauf ein. »Was, wenn sie das mit dem Rad auch bemerkt hätte?«

»Hat sie aber nicht. Und ich wollte doch nicht, dass sie sich Sorgen macht.«

Wie rührend! »Mann, sie denkt jetzt, wir hätten was miteinander!«

»Ach, köstlich!« Merle lächelt, als hätte sie Zahnschmerzen. »Diese Mütter!«

»Jetzt aber mal im Ernst, Merle: wieso?«

Merle stöhnt genervt auf. »Wenn du's genau wissen willst: Weil mir unser Streit von neulich leidtut. Die Sache bei den Containern, du weißt schon. Die Interviews mit den Mülltauchern. Das war nicht so *geschickt* von mir.« Sie macht eine Pause und sieht mich direkt an.

Nicht so *geschickt* ist gut, denke ich. *Voll daneben* würde es vermutlich besser treffen.

»Jedenfalls, als ich heute Morgen festgestellt habe, dass dein Gespann nicht im Keller steht, hab ich zwei und zwei zusammengezählt. Schließlich weiß ich ja, dass samstags deine Dumpster-Nächte sind. Und da habe ich für dich eben zu einer kleinen Notlüge gegriffen. Als Wiedergutmachung, sozusagen.«

»Hm …«

»Was war denn los? Bist du noch bei Sina und Steff versackt?«

»Nee, nicht ganz«, sage ich. »Sina und Steff waren gestern gar nicht dabei. Nur Kira und ich. Und eigentlich waren wir nur bei einem einzigen Supermarkt. Hier um die Ecke. In der Kurfürsten.«

Über Merles Gesicht huscht ein anzügliches Grinsen. »Alter Womanizer! Du bist danach bei Kira eingekehrt, stimmt's?«

»Ja, von wegen! Kira hatte einen Unfall. Jemand hat Glasscherben zwischen die Lebensmittel gesteckt. Um uns vom Dumpstern abzuhalten. Und sie hat sich daran geschnitten. Aber frag nicht! Sie hat geblutet, das kannst du dir nicht vorstellen.«

Merles Augen werden weit. »Ach du Scheiße! Wie übel!«

»Ja, war auch nicht witzig. Einen Moment dachte ich, dass sie verblutet. Aber zum Glück hat uns ein Typ mit Verbandszeug ausgeholfen.«

»Was denn für 'n Typ?«

»Na, so einer vom Supermarkt. Der hatte Spätschicht.« Ich berichte Merle von Murat und dass er bei Kira Erste Hilfe geleistet und uns dann zum Notarzt gescheucht hat. »Der war echt total nett.«

»Da habt ihr aber Schwein gehabt!« Merle sieht mich eindringlich an. »Scherben, um Mülltaucher abzuhalten – das kommt direkt nach Rattengift!«

»Das kannst du laut sagen.«

»Aber was ich nicht verstehe: Wieso steckt der erst die Scherben in den Müll und dann hilft er euch? Das passt doch nicht zusammen!«

»Der war das nicht«, verteidige ich Murat. »Der hat uns sogar noch Essen geschenkt. Und nächste Woche will er uns wieder was rausstellen. Darf natürlich keiner wissen.«

»Nee, ist klar.« Merle wirkt nachdenklich. »Das heißt, du warst mit Kira im Krankenhaus und hast sie anschließend nach Hause gebracht.« Jetzt strahlt sie mich an. »Wie süß von dir!«

Ich spüre, wie ich rot werde. Die Gänsenacht mit Kira – so werde ich sie ab jetzt nennen – war einfach nur wunderschön gewesen. Auch wenn der Auftakt mit Schnittverletzung und Krankenhaus zugegebenermaßen nicht gerade das ist, was man sich unter einem romantischen Date vorstellt.

»Und dann hast du dich verliebt!«, ruft Merle und klatscht in die Hände. »Nein, was für eine Story!«

»Was? Nein!«

»Komm schon, Joel! Das sehe ich dir doch an der Nasenspitze an!«

»Nein, echt nicht!«

Merle winkt lachend ab. »Na, jedenfalls bin ich froh, dass ich dir mit meiner kleinen Notlüge aus der Patsche helfen konnte.«

18

Eine Woche später. Es ist kurz nach elf, als Kira an unserem üblichen Treffpunkt auftaucht. Noch immer trägt sie einen Verband an der rechten Hand, doch ich sehe sofort, dass es ein neuer ist. »Hey!«, begrüße ich sie mit einer vorsichtigen Umarmung. Zu meiner großen Enttäuschung erwidert sie die Berührung kaum. Sie wirkt angespannt. Bestimmt ist es die Aufregung. Wer weiß, ob Murat Wort gehalten hat? »Wie geht's deiner Hand?«, will ich wissen.

Sie folgt meinem Blick und mustert ihren neuen Verband, als könne sie sehen, was sich darunter verbirgt. »Ich war noch mal bei meinem Hausarzt. Zum Verbandswechsel. Sieht echt gruselig aus mit den Fäden. Aber es heilt.«

»Wahrscheinlich bleibt eine Narbe zurück.«

Kira winkt ab. »Nicht so schlimm. Hauptsache, ich kann meine Finger noch normal bewegen. Links zeichnen geht nämlich gar nicht!«

»Immerhin wird es dich auf ewig an unsere Gänsenacht erinnern.«

»An die hätte ich mich auch so erinnert.« Nun lächelt sie doch und am liebsten würde ich heute das Dumpstern bleiben lassen und dafür etwas anderes mit ihr unternehmen. Keine Ahnung – irgendwas Romantisches eben.

»Leonie hat nach dir gefragt. Du sollst mal wieder vorbeikommen und bei uns kochen.«

Ich muss lachen. »Daran können wir ja arbeiten. Los, wir schauen, ob Murat Wort gehalten hat.«

Wir schieben unsere Räder in den Hinterhof und halten Ausschau nach den Kisten. Tatsächlich hat er nicht zu viel versprochen: Am Eingang zum Lager stoßen wir auf mehrere Rollwagen. Einer davon ist bis oben mit Lebensmitteln beladen. Wir müssen die Sachen nur noch einpacken.

»Schade, dass Sina und Steff nicht hier sind«, bemerke ich, während ich die Kisten inspiziere. Neben Obst, Gemüse und Milchprodukten gibt es auch wieder eine Menge Krams von Weihnachten. Sogar einen Vollkorn-Christstollen. »Das hätte ihnen sicher gefallen.«

»Wir können ihnen ja was mitbringen.«

»Ja, warum nicht? Ich wollte auch noch für den Ollen und für Frieda etwas einstecken. Denen ist es im Augenblick zu kalt zum Tauchen.«

»Sind eben auch nicht mehr die Jüngsten.«

Ich trage die Kisten zu meinem Fahrradanhänger und lade um. In der Zwischenzeit packt Kira ihre Stoffbeutel und meine Fahrradtaschen voll. Nach zehn Minuten sind wir wieder abfahrbereit. »So schnell habe ich noch nie gedumpstert«, bemerke ich grinsend und zurre die Plane über dem Anhänger fest. Dann nehme ich Kira die beiden Fahrradtaschen ab und befestige sie an meinem Gepäckträger. »Okay, wir können.«

Gerade als wir uns wieder auf unsere Räder schwingen, höre ich Schritte. »Warte!«, zische ich und zeige in die Richtung, aus der das Geräusch kommt. »Da ist jemand!«

Kira erstarrt mitten in der Bewegung. Atemlos lauschen wir in die Dunkelheit. Die Schritte kommen näher. Und dann biegen sie plötzlich um die Ecke: zwei Cops in voller Montur. Ein Mann und eine Frau. Schulter an Schulter blockieren sie die Zufahrt zum Supermarkt. An Abhauen ist nicht zu denken.

»Guten Abend!«, grüßt der Polizist, während sich seine Kollegin im Hintergrund hält. »Darf man fragen, was das hier soll?«

»Nichts«, antworte ich und versuche, meine Stimme so harmlos wie möglich klingen zu lassen. »Wir sind auf dem Heimweg.«

»Aha. Und was ist dadrin?« Der Polizist zeigt auf meine prall gefüllten Fahrradtaschen. »Und in dem Anhänger?«

»So Sachen halt«, weiche ich aus.

»Ach was!« Der Cop kommt näher. Er ist schätzungsweise Mitte vierzig und wirkt gut trainiert. »›So Sachen halt‹«, wiederholt er mit höhnischem Unterton. »Die würden wir uns gerne mal ansehen.«

»Dürfen Sie das überhaupt?« Kira ist bereit zu kämpfen. Mir dagegen schlägt das Herz bis zum Hals.

Das Gesicht des Polizisten verrät nicht, was er denkt. Gelassen betrachtet er uns von oben bis unten. »Ja, das dürfen wir in der Tat. Wenn wir einen begründeten Verdacht haben. Und den haben wir.«

»Und wenn wir uns weigern?«, frage ich vorsichtig.

»Wäre unklug«, antwortet seine Kollegin steif. »Es gibt Anhaltspunkte, die dafür sprechen, dass hier eine strafbare Handlung vorliegt.«

»Strafbare Handlung?« Ich versuche, auf Zeit zu spielen. Vielleicht können wir ja doch noch abhauen! Der Typ müsste nur ein kleines Stück auf die Seite gehen. »Ist es strafbar, nachts mit Fahrradtaschen und einem Anhänger unterwegs zu sein?«

»Kommt drauf an, was drin ist«, bemerkt der Polizist, und ich höre einen Anflug von Ungeduld.

»Und wo sich das Gespann befindet. Das hier zum Beispiel ist Privatgelände«, ergänzt seine Kollegin.

»So. Und jetzt bitte mal die Taschen aufmachen.« Der Cop bleibt höflich, aber bestimmt, und es ist klar, dass wir aus der Sache so einfach nicht herauskommen.

Langsam stelle ich mein Rad ab und klicke mit bebenden Händen die erste Fahrradtasche auf. Dabei werfe ich Kira einen Blick zu. *Hau ab!*, versuche ich es auf telepathischem Weg. Doch sie kapiert nicht. Vielleicht will sie auch nicht kapieren.

»Den Anhänger bitte ebenfalls«, kommandiert der Polizist und zückt eine Taschenlampe, während seine Kollegin meine zweite Fahrradtasche inspiziert.

Langsam und umständlich entferne ich die Plane des Anhängers und lege unsere Schätze frei. Der Cop pfeift leise durch die Zähne. »Alter Schwede! Woher stammen diese ganzen Lebensmittel?«

Ich werfe Kira einen Blick zu. Sie scheint das Gleiche zu denken wie ich: Wir haben Murat versprochen, ihn nicht zu verraten! »Das wurde hier entsorgt«, sage ich vorsichtig. Immerhin ist es die halbe Wahrheit, denn wenn wir Murat nicht getroffen hätten, hätte er das alles tatsächlich weggeworfen.

»Hier?« Der Cop versucht, den Deckel eines Containers aufzuschieben, damit er einen Blick hineinwerfen kann. »Der ist abgeschlossen«, stellt er fest und wischt sich die Hand an seiner Diensthose ab. Dann wendet er sich wieder an mich. »Also noch einmal: Woher habt ihr …«

»Andi«, unterbricht ihn seine Kollegin in diesem Augenblick. »Ich glaube, ich kann das hier abkürzen.« Triumphierend präsentiert sie ihrem Kollegen den Sechskantschlüssel, den Steff mir kürzlich geschenkt hat und den sie gerade aus meiner Fahrradtasche zieht. »Ich würde mal sagen: Einbruchswerkzeug.«

FUCK! Wieso habe ich das Teil nicht herausgenommen? Ich wusste doch, dass ich es heute nicht brauchen würde!

Der Cop nimmt seiner Kollegin den Schlüssel aus der Hand und beäugt ihn nachdenklich. Schließlich geht er zu einem der Container und entriegelt damit das Schloss. Mit einem ekelhaften Knirschen fährt der Deckel ein Stück nach hinten. Der Polizist wirft mir einen vielsagenden Blick zu, bevor er mit seiner Taschenlampe in den Container leuchtet. »Könnte passen!« brummt er und winkt seine Kollegin heran. »Das Ding ist nahezu voll.« Er schiebt den Deckel komplett nach hinten, wo er geräuschvoll einrastet. Offenbar hat er einen Entschluss gefasst, denn nun baut er sich vor uns auf. »So, Herrschaften. Und jetzt bitte alles wieder zurücklegen.«

»Was?!« Kiras empörter Aufschrei lässt mich zusammenzucken. »Aber das können Sie doch nicht …!«

»Dann drücken wir vielleicht noch mal ein Auge zu«, fällt ihr der Polizist ins Wort. »Auch wenn das mit dem Werkzeug hier grenzwertig ist.«

»Andreas!« Wieder die Kollegin. Diesmal ist sie in Kiras Taschen fündig geworden: eine schlanke Dose, nicht größer als meine Hand. »Pfefferspray.«

Der Polizist winkt ab. »Hat meine Tochter auch immer dabei. Kriegst du überall. Sogar bei Amazon.«

»Ja, aber deine Tochter bricht keine Container auf, um Lebensmittel zu klauen. Hier könnte man von bewaffnetem Diebstahl sprechen.«

»Vanessa, ernsthaft?«, stöhnt der Polizist. »Ich will heute irgendwann noch nach Hause. Wenn wir jetzt ein Fass aufmachen, sind wir die ganze Nacht mit Papierkram beschäftigt.« Doch die Polizistin lässt nicht locker und schließlich gibt der Cop auf. »Okay, ihr habt es gehört«, seufzt er. »Sachen auspacken. Und dann möchten wir wissen, mit wem wir es hier zu tun haben.«

Ungerührt sehen die beiden Cops zu, wie wir Murats Lebensmittel Stück für Stück vor ihnen ausbreiten, damit sie die »Beweisstücke« fotografieren können. Danach müssen wir alles in den Container werfen, den der Polizist aufgebrochen hat. Es hat etwas Demütigendes. Gleichzeitig ist es absurd, dass wir vor den Augen der Bullen unser gerettetes Essen entsorgen müssen. Ich spüre, wie die Wut in mir rumort. Doch ich halte die Klappe. Ich will es für Kira und mich nicht noch schlimmer machen.

Als wir schließlich fertig sind, winkt der Polizist uns zu sich. Wir müssen uns ausweisen und er nimmt unsere Namen und Adressen auf. Anschließend hält er uns noch eine Predigt von wegen unbefugtes Betreten eines Privatgrundstücks und Aufbrechen eines gesicherten Behälters.

»Die Sache wird Konsequenzen für euch haben«, erklärt er sehr entschieden und wippt dabei auf seinen Fußballen. »Ihr müsst mit einer Anzeige rechnen. Eventuell sogar mit einem Strafantrag. Natürlich steht das dem Filialleiter frei. Aber bei diesen Mengen …«

»… und mit dem Einbruchswerkzeug …«, ergänzt die Kollegin. »Das müssen wir melden.«

»Aber wir sind doch gar nicht eingebrochen!«, wagt Kira einen verzweifelten Versuch, die Sache zu erklären. Ich werfe ihr einen warnenden Blick zu. Murat soll nicht auch noch Ärger kriegen!

»Junge Frau, wir diskutieren hier nicht!«, blafft der Cop sie an. »Ganz offenkundig haben Sie einen Container aufgebrochen, der Eigentum des Supermarkts ist. Das allein ist bereits strafbar. Und wenn Sie darüber hinaus Lebensmittel aus diesem Container entwenden, ist das nicht nur Diebstahl, sondern schadet außerdem der Gemeinschaft!«

»Und wieso, bitte schön? Wir teilen die Sachen sogar mit der Gemeinschaft!«, komme ich Kira zu Hilfe.

»Wenn hier jeder fünf Minuten nach Ladenschluss antanzen würde, um kostenlos Lebensmittel abzugreifen, ginge das sehr bald auf Kosten aller.«

»Und was ist mit dem Supermarkt hier?«, fahre ich auf. »Der schmeißt lustig Lebensmittel weg, die andere Menschen noch wochenlang satt machen könnten. *DAS* sollte bestraft werden! Wieso denkt da keiner drüber nach?«

»Ein Vergehen wird nicht dadurch gegenstandslos, dass es in Begleitung einer moralischen Rechtfertigung daherkommt«, belehrt uns der Polizist. Und weil er meinen verständnislosen Blick bemerkt, wiederholt er es gleich noch mal in einfachen Worten, damit so einer wie ich es auch kapiert. »Ob es euch passt oder nicht: Wie der Eigentümer mit seinem Besitz verfährt, ist seine Sache. Containern ist und bleibt Diebstahl. Basta.«

»Aber das ist doch Schwachsinn!«

»Ich mache die Gesetze nicht, ich sorge dafür, dass sie eingehalten werden«, wendet der Polizist ein und gibt uns damit zu verstehen, dass für ihn die Diskussion beendet ist. »So. Und jetzt ab nach Hause. Und zwar unverzüglich. Wenn ihr Glück habt, kommt ihr mit ein paar Sozialstunden davon.«

»Was? Sozialstunden?« Kira ist noch nicht bereit aufzugeben.

Erbost zeigt sie auf das Lager des Supermarkts. »Und was ist mit denen?«

»Kira«, unterbreche ich sie.

»Ist doch wahr, Mann!«

»Los, lass uns gehen.« Ich schwinge mich auf mein Rad und bemerke mit Erleichterung, dass sie ebenfalls aufsteigt.

Die Cops treten beiseite und lassen uns vorbei. »Ihr hört von uns«, ruft die Polizistin uns nach.

»Du mich auch, Bitch!«, faucht Kira und tritt in die Pedale. Ich ziehe den Kopf ein und hoffe, dass die beiden sie nicht gehört haben. Erst als wir an die Kreuzung kommen, an der sich unsere Wege trennen, bremst Kira ab. »Boah, ich kotze! Eine Anzeige wegen geschenkter Lebensmittel. Wir hätten das mit Murat sagen sollen.«

»Du hast doch gehört, dass sie uns nicht glauben. In dem Moment, als sie den Sechskant und das Pfefferspray gefunden haben, waren wir für die Schwerverbrecher.«

»Aber das ist absurd!« Kira kämpft mit den Tränen. Ich steige vom Rad und nehme sie in den Arm. »Das ist wirklich das Letzte, was ich jetzt noch gebrauchen kann!«, schluchzt sie und vergräbt ihren Kopf an meiner Brust. »Diese Kacke zu Hause und nun auch noch das!«

»Ich lass mir was einfallen, Kira. Versprochen!«

Ein Schnauben an meiner Brust verrät mir, dass sie nicht daran glaubt. »Vergiss es, Joel. Wir stecken bis zum Hals in der Scheiße.«

19

Keine zwei Wochen nach dieser Begegnung flattert ein bleigrauer Recyclingumschlag in unseren Briefkasten. Er enthält Wappen und Stempel und ist von der Staatsanwaltschaft. Zwar ist er an meine Eltern adressiert, doch ich bin sicher, dass er mit der Sache von neulich zu tun hat. Also reiße ich ihn noch im Treppenhaus auf und überfliege die Zeilen. Es ist von einem besonders schweren Fall des Diebstahls nach Paragraph Dingens Absatz bla die Rede, weshalb ich hiermit zu einem Termin ins Amtsgericht geladen werde.

»Fuck!«, fluche ich und stampfe die Treppen zu unserer Wohnung hoch. Wie zum Teufel sollte ich das meinen Eltern erklären? Die werden ausflippen! Könnte ich die Sache vielleicht einfach aussitzen? Was würde passieren? Würden mich die Bullen mit Sirene und Blaulicht abholen und in Handschellen abführen? Und Kira? Was ist mit Kira?

»Hey, Joel!«

Ich fahre herum. Es ist Merle. Sie steht im Windfang und sieht zu mir hoch. »Wieso fluchst du so? Bad news?«

»Kann man wohl sagen«, presse ich zwischen den Zähnen hervor und würge den Wisch zurück in seinen Umschlag, der dabei zerfetzt.

Merle kommt mit ein paar schnellen Schritten die Treppe hoch. »Was ist passiert?«, fragt sie und schielt auf den Brief in meiner Hand.

»Hallo!? Schon mal was von Briefgeheimnis gehört?«, protestiere ich und will den Umschlag gerade in meiner Tasche verschwinden lassen.

Doch Merles Neugier ist geweckt. »Zeig mal!«

»Mann, das geht dich nichts an, Merle. Der Brief ist für meine Eltern.«

»Und du hast ihn aufgemacht. Also hat es was mit dir zu tun. Stimmt's?«

»Ja, Mann«, gebe ich zerknirscht zu. »Ist 'ne Anzeige. Wir sind erwischt worden.«

»Oh, fuck!«

»Besonders schwerer Diebstahl.«

Merles Hand senkt sich voller Anteilnahme auf meinen Arm. »Echt? Oh, Mann! Du, das tut mir total leid! Kann ich irgendwas für dich tun?«

»Nee, lass mal.« Diese blöden Polizisten! Hätten die nicht woanders Streife laufen können?

»Was ist mit Steff? Und Sina?«, bohrt Merle weiter. »Waren die auch dabei?«

Ich schüttle den Kopf. »Bloß Kira.« Ziemlich sicher hat sie auch so einen Brief bekommen. Vielleicht hat ihre Mum ihn schon gelesen und dreht jetzt vollkommen am Rad. Dann können die sie direkt einliefern. Und Kira gleich mit. Ich muss unbedingt mit ihr reden!

»Und wieso ›besonders schwer‹?«, bohrt Merle weiter.

Kann sie mich nicht in Ruhe lassen? »Boah, was weiß ich! Vielleicht weil die glauben, dass wir den Container aufgebrochen haben.« Ob ich deswegen jetzt einen Eintrag in mein Führungszeugnis kriege? Ich lasse mich auf den oberen Treppenabsatz fallen und vergrabe den Kopf in meinen Händen. »Fuck! Fuck! Fuck!«

»Und? Habt ihr?«

»Was?!« Irritiert blicke ich zu ihr auf. »Natürlich nicht! Ich hab dir doch erzählt, dass uns ein Mitarbeiter Zeug rausstellt!«

Sie mustert mich nachdenklich. »Lass mich raten: Ihr habt das der Polizei nicht gesagt, richtig? Mann, ihr seid so doof!«

Na großartig! Ich weiß, was sie jetzt denkt: Joel, der Volltrottel, wird wegen falsch verstandenem Edelmut bestraft. »In dem Moment, als sie meinen Sechskantschlüssel gefunden haben, haben die uns sowieso nichts mehr geglaubt!«, verteidige ich mich. »Außerdem hatte Kira Pfefferspray dabei.«

»Na und?«

»Ja, keine Ahnung! Die Polizistin hat was von ›bewaffnetem Diebstahl‹ angedeutet.«

»Blödsinn!«, schnaubt Merle. »Damit kommen die nicht durch.«

»Wir werden sehen«, sage ich und stehe auf. Ich will ihr Mitleid nicht. Und ich muss Kira anrufen. Jetzt!

Ich lasse Merle stehen und verschwinde in unserer Wohnung. Den Brief stopfe ich fürs Erste in meine Schreibtischschublade. Meine Eltern werden noch früh genug davon erfahren. Dann ziehe ich mein Handy aus der Hosentasche und tippe auf Kiras Nummer. Es tutet mehrfach und schließlich geht die Mailbox ran. »Kira, ich bin's!«, sage ich, nachdem die Ansage abgelaufen ist. »Wenn du das hörst, ruf mich bitte zurück, okay? Bitte!«

Nach einer geschlagenen Stunde klingelt endlich mein Telefon. Doch es ist nicht Kira.

»Hi, Joel, Steff hier.«

»Boah, Steff!«, bricht es aus mir heraus. Ich bin so froh, ihre Stimme zu hören. »Du glaubst nicht, was hier los ist!« Und dann erzähle ich ihr die ganze beschissene Geschichte.

Nachdem ich ihr auch noch das Schreiben vorgelesen habe, ist es eine Weile still. »Mann, was für ein Mist«, kommt es schließlich teilnahmsvoll zurück. »Können wir irgendwas für dich tun?«

»Keine Ahnung«, gebe ich ehrlich zu. »Zu allem Übel geht Kira nicht an ihr Telefon. Ich glaub, die ghostet mich.«

»Quatsch! Wieso sollte sie das tun?«

»Ich weiß nicht! Bei ihr zu Hause läuft's gerade nicht so gut. Ihre Mum ist ziemlich krank.«

»Was hat sie denn?«

»Irgend so eine Long-Covid-Kacke.«

»Oje. Das tut mir leid. Soll ich mit ihr reden?«

»Nee, schon okay. Ich probier's gleich noch mal bei ihr.«

»Sollen wir euch zu der Verhandlung begleiten?«

Ihr Angebot ist lieb gemeint. Ein bisschen moralische Unterstützung wäre sicher nicht verkehrt. Mit Sina und Steff wäre es auch längst nicht so peinlich wie mit meinen Eltern. »Das wäre total cool! Aber ich weiß nicht, ob ich jemanden mitbringen darf. Außer meinen Eltern. Ich melde mich noch mal.« Ich klicke sie weg und versuche es erneut bei Kira. Doch sie geht wieder nicht ran. Also mache ich mich kurz entschlossen auf den Weg zu ihr.

20

Als ich kurze Zeit später an Kiras Wohnungstür klingle, öffnet Leonie. Ihr Haar steht ungekämmt in alle Richtungen, und obwohl es schon früher Nachmittag ist, trägt sie immer noch ihren Einhorn-Schlafanzug. Doch diesmal hat das Fabeltier einen dicken Schokoladenfleck an der Schnauze. Als sie mich erkennt, verzieht sich ihr Gesicht zu einem Lächeln. »Du bist das! Willst du wieder mit uns kochen?«

»Hallo, Leonie! Heute nicht. Ich muss was mit Kira besprechen. Ist sie da?«

Enttäuscht macht Leonie kehrt und läuft vor mir durch den Flur. Während ich ihr folge, habe ich das Gefühl, ich müsse auf Zehenspitzen gehen. Vermutlich, weil ich Kiras Mum nicht über den Weg laufen möchte. Irgendwie war das total creepy gewesen, neulich, während unserer Gänsenacht. Noch mal brauche ich das nicht.

»Kira! Für dich.« Leonie verschwindet in einem Zimmer, dessen Tür nur angelehnt ist. Als ich sie aufstoße, finde ich mich vor einem Regal wieder, das das Zimmer in zwei Hälften teilt. Links ein Chaos aus Kuscheltieren, Schulsachen und Kinderklamotten. Rechts ein Schreibtisch, ein Stuhl, ein Schrank und ein gemachtes Bett. Auf dem Boden davor Kira im Schneidersitz, einen Zeichenblock auf dem Schoß. Mit meinem Auftauchen hat sie nicht gerechnet. Überrascht nimmt sie die Kopfhörer aus den Ohren. »Joel!?« Ihre Stimme klingt verschnupft. So als habe sie geheult. Überhaupt sieht sie total fertig aus mit ihrer verwischten Wimperntusche. Aber immerhin lächelt sie. Ein trauriges Lächeln. »Hi!«

»Hi, Kira!« Ich ziehe leise die Tür zu, wobei ich mir bewusst bin, dass Leonie uns hinter dem Regal beobachtet. Ich kann ihre kleine Gestalt zwischen den Büchern sehen. Sie tut so, als ob sie mit einer Barbie spielt. Doch ich bin mir sicher, dass sie jedes Wort mithört. »Ich hab versucht, dich anzurufen. Aber du bist nicht rangegangen.«

»Ja, sorry.« Kira schnieft. »Hatte mein Handy auf stumm.« Mit Nachdruck schlägt sie den Zeichenblock zu. Dabei rutschen ein paar Zeichnungen heraus. Unter anderem ein Anime-Pärchen, das sich umarmt.

Moment. Der Riesentyp im engen Shirt – bin ich das?

Kira begegnet meinem Blick und wird rot. Schnell schiebt sie die Zeichnungen wieder ordentlich zurück in den Block und lässt ihn diskret unter dem Bett verschwinden.

»Ich muss mal an die frische Luft.« Sie wirft einen vielsagenden Blick auf das Regal, das die Grenze zu Leonies Reich markiert. »Kommst du mit?«

»Na, klar!«

»Leo?« Kira verschwindet hinter dem Regal und ich höre die beiden leise miteinander reden. Leonie protestiert. Ihre Stimme klingt weinerlich. Sie will, dass Kira dableibt. Oder dass die sie mitnimmt. »Du bist ja noch nicht einmal angezogen!« Kira hat alle Mühe, ihr die Idee auszureden. »Und Joel und ich haben was zu besprechen. Dauert nicht lang, versprochen!«

Leonie lässt nicht locker. Ihre Stimme wird lauter, quengelnder, und ich befürchte schon, dass sie jeden Moment ihre Mum auf den Plan ruft. Doch da kommt Kira auf die Idee, ihr den Laptop anzubieten. »Du darfst auch was gucken.«

Das scheint Leonie zu überzeugen. »Darf ich die Eiskönigin? Beide Teile?«

»Na gut. Aber danach ausmachen, okay?«

Wir verlassen die Wohnung und schlagen die Strecke zu den Rheinauen ein. Von Kiras Zuhause ist es nur ein Katzensprung und schon bald folgen wir einem schmalen Trampelpfad am Ufer entlang. Ein paar Nilgänse kreuzen mit ihren langen roten Beinen unseren Weg, ansonsten sind wir allein. Die Nachmittagssonne steht schon tief und glitzert auf den Wellen – es könnte so romantisch sein!

»Ganz schön frisch hier am Wasser«, bemerkt Kira und haucht in ihre Hände.

»Ich könnte uns ein Feuer machen!«, schlage ich vor. »Leonie ist ja jetzt eine Weile beschäftigt!«

Kira lacht. »Ja, gut drei Stunden gehen die beiden Filme. Aber dürfen wir das überhaupt? Hier Feuer machen? Nicht dass wir noch mehr Ärger kriegen!«

Ich winke ab. »Auf den Kiesbänken ist es erlaubt«, sage ich und sehe mich nach Treibholz um. Nach dem letzten Hochwasser liegt hier so einiges und bald haben wir einen ordentlichen Haufen Holz und Papier beisammen. Es qualmt etwas, als ich das Ganze anzünde, doch schon nach kurzer Zeit knistert ein nettes kleines Feuer am Ufer.

»Komm!« Auffordernd klopfe ich neben mich auf einen flachen Stein. »Und jetzt erzähl!«

Kira lässt sich neben mich fallen. »Dieser scheiß Supermarkt!«, flucht sie. »Ich komme mir vor wie eine Schwerverbrecherin!«

»Du hast also auch Post bekommen«, stelle ich fest. »Genau wie ich. Oder vielmehr: meine Eltern.«

»Stimmt, bei dir ging die Post ja an deine Eltern. Oh Gott! Wenn der Brief an meine Mum adressiert gewesen wäre …«

»Wirst du es ihr trotzdem sagen?«

»Bist du irre?«, fährt Kira auf. »Auf keinen Fall!« Sie bückt sich nach einem Kiesel und dreht ihn nachdenklich in ihrer Hand. »Und du? Ich meine, was haben deine Eltern gesagt?«

»Ich hab den Brief gerade noch rechtzeitig abgefangen. Ich wollte erst noch mit dir reden.«

Kira holt aus und schleudert den Kiesel mit Schwung ins Wasser. »Augen zu und durch, würde ich sagen. Was anderes bleibt uns wohl kaum übrig.«

»Dein Ernst?«

»Hast du eine bessere Idee?«

»Aber findest du es nicht auch absurd, dass wir jetzt vor Gericht müssen? Wegen ›schwerem Diebstahl‹? Das ist doch ein Witz!«

»Na ja, für die Polizei sah es eben ganz danach aus.«

»Der Hammer ist doch, dass wir nicht einmal gedumpstert haben! Murat hat uns die Sachen geschenkt!«

»Die ihm nicht gehören.«

»Egal! Er hätte sie entsorgt. Wieso sollen wir hier die Schuld auf uns nehmen?« Wütend stochere ich mit einem Ast in der Glut. Natürlich will ich Murat nicht ans Messer liefern. Nicht nachdem er so hilfsbereit war. Aber den Kopf für ihn hinhalten, muss ich auch nicht unbedingt. »Glaubst du, ein Anwalt könnte uns da raushauen?«

Kira stößt ein freudloses Lachen aus. »Sehr witzig, Joel!«

»Wieso?«

Ihre dunklen Augen bohren sich in meine. »Ey, ich gehe dumpstern, damit wir über die Runden kommen, und du fragst nach einem Anwalt? Hast du eine Ahnung, was der kostet?«

Natürlich habe ich keine Ahnung. Ich war schließlich noch nie in so einer Situation. »Und was schlägst du vor?«

Kira zuckt resigniert mit den Schultern. »Hab ich doch schon gesagt.«

»Klein beigeben, also. Aber das ist scheiße!« Ich stoße meinen Ast so energisch in die Glut, dass eine Fontäne aus Funken in den rasch dunkler werdenden Himmel aufsteigt. »Damit ändert sich doch nie was! Ich meine, an der Situation der Mülltaucher. Der Handel darf weiter Lebensmittel entsorgen und Leute wie wir werden bestraft. Und das geht dann immer so weiter.«

»Ganz ehrlich, Joel? Ich verstehe deinen Ärger. Aber ich glaube, unser Termin vor Gericht ist nicht der richtige Moment für Gesellschaftskritik.«

»Wieso nicht?«

»Weil wir nicht in der Position sind, verstehst du? Wir sind die, denen man was vorwirft.«

»Immerhin werden vor Gericht beide Seiten gehört. Also können wir doch auch sagen, was wir scheiße finden.«

»Mach, wenn du unbedingt willst. Aber lass mich da raus, okay?!«

»Aber geht's dir nicht auch um Gerechtigkeit?«

»Gerechtigkeit«, schnaubt sie und schüttelt dabei den Kopf. »Mann, Joel!«, fügt sie etwas leiser hinzu. »Ich hab einfach keine Kraft, mich jetzt vor Gericht auf die Hinterbeine zu stellen. Diese Sache mit meiner Mum und dass ich jetzt Ersatzmama für Leonie sein muss, statt fürs Abi zu büffeln oder mir Gedanken um mein eigenes Leben zu machen … Mir wächst das gerade alles über den Kopf, verstehst du?« In Kiras Augen glitzert es verdächtig. »Ich werde in vier Wochen da hingehen und mir meine Strafe abholen und gut ist.«

»Hey!« Ich lege meinen Arm um sie und ziehe sie an mich. »Ich versteh dich ja. Und wenn ich dir irgendwie helfen kann, dann sag Bescheid, okay?«

Kira schnieft. Dann nickt sie, ohne mich anzusehen. »Das ist total lieb von dir. Ehrlich.«

Eine Weile starren wir schweigend in die Flammen. »Schau mal!«, sage ich schließlich und zeige in den Himmel. Hinter dem winzigen Gebirgszug am anderen Ufer taucht gerade ein perfekter Vollmond auf.

»Wow!«, staunt Kira. »Der ist ja rot!«

»Ein Blutmond«, sage ich und beobachte fasziniert, wie sich der Mond langsam und stetig in den Nachthimmel schiebt.

»Blutmond. Wie das schon klingt.« Kira erschauert. »Ist bestimmt ein schlechtes Zeichen.«

»Quatsch!« Ich ziehe sie fester an mich. »Den hab ich extra für dich organisiert! Damit du auf andere Gedanken kommst! Schau mal, ist er nicht wunderschön?«

»Schwätzer!«, sagt sie lächelnd und schmiegt sich an mich. Eine Weile sehen wir zu, wie der Mond immer weiter über den Himmel wandert und wie nach und nach die ersten Sterne dazukommen. Schließlich bricht Kira unser Schweigen. »Du hast recht, Joel. Er *ist* wunderschön.«

21

Als ich an diesem Abend nach Hause komme, fängt meine Mum mich an der Haustür ab. »Wo warst du?«, fragt sie und rümpft die Nase. »Du riechst total nach Rauch!«

»Echt?« Ich schnuppere an meinem Ärmel. »Ich war mit einer Freundin in den Rheinauen. Wir haben Feuer gemacht.«

»Mit Merle?«

Ich stutze. »Äh, nein. Nicht mit Merle. Wieso?«

»Nur so«, weicht meine Mum aus. »Du, können wir kurz über was reden?«

»Was, jetzt?« Ein ungutes Gefühl breitet sich in mir aus. »Ich hab mich mit Tim online verabredet. Wir müssen noch für eine Klausur …«

»Es ist wichtig.« Meine Mum betritt mein Zimmer, gefolgt von meinem Dad.

Während sie sich zu mir auf die Bettkante setzt, nimmt mein Vater auf meinem Schreibtischstuhl Platz. Das Ganze macht einen hochoffiziellen Eindruck.

»Du weißt schon, dass du mit uns über alles reden kannst«, eröffnet meine Mum das Gespräch. Ihre Stimme klingt mehr besorgt als wütend, was bei mir sämtliche rote Lampen aktiviert. »Vor allem, wenn du in Schwierigkeiten steckst. Dann wäre es gut, wenn du dich erst mal an uns wendest. Ich meine, bevor du …« Meine Mum sieht meinen Dad Hilfe suchend an.

»Also, zumindest bevor wir davon über den Kanal deiner

Freundin erfahren«, ergänzt er zögernd. »Und selbst wenn du dich Hulk nennst …«

»WAS?!« Ich fahre auf und greife erschrocken nach meinem Handy. »WO?!«

»Ich habe dir doch erzählt, dass ich Merle neulich kennengelernt habe«, beginnt meine Mum. »Seitdem folge ich ihrem Blog. Und da hat sie heute etwas ganz Merkwürdiges gepostet …«

»What the f…?« Mein Herz setzt einen Schlag aus. Gleich darauf jagt es in Überschallgeschwindigkeit davon. Merle! Was zum Geier hat sie jetzt schon wieder auf ihrem Blog verzapft?

»Heißt das, du weißt nichts von dem Video?«

»Welches Video?!« Ist es möglich, dass Merle in so kurzer Zeit bereits einen Beitrag über meine Anzeige gepostet hat?

»Das geht wirklich überhaupt nicht! Oder ist das Fake? Ich meine: Wieso posaunt Merle Dinge in die Welt, von denen wir als deine Eltern ja wohl als Erste erfahren müssten? Hat sie nicht sogar was von ›schwerem Diebstahl‹ gesagt?« Mein Dad nickt. »Wieso wissen wir nichts davon?«

Hektisch scrolle ich durch Merles aktuelle Videos. Da ist es! Überschrift: »Foodsharing or Foodwasting?« Ich klicke das Video an. Es wirkt nicht ganz so perfekt wie sonst. Merle muss es in großer Eile gemacht haben. Sie steht vor der Fassade des Supermarkts, bei dem wir erwischt wurden, und filmt im Selfie-Modus. »Dieser Supermarkt klagt meinen Freund Hulk alias Joel Pieper des schweren Diebstahls an«, tönt ihre Stimme durch mein Zimmer. »Dabei hat er nichts weiter getan, als im Müll nach Verwertbarem zu suchen. Ich habe euch von der Sache berichtet. Das sogenannte Mülltauchen oder Containern wird angesichts der drohenden Klimakrise immer aktueller. In vielen Städten gehen Menschen deshalb bereits auf die Straße. Sie wollen die sinnlose Verschwendung von Lebensmitteln nicht mehr hinnehmen. Doch statt sich aus Protest mit Sekundenkleber auf die Straße zu kleben und den Verkehr zu blockieren, rettet Joel Pieper lieber gleich Lebensmittel aus den Mülltonnen der Supermärkte und teilt diese mit seinen Mitmenschen. Ich frage euch, Leute: Wie findet ihr das? Ist Joel ein Held oder ein Spinner? Und wer ist denn nun eigentlich kriminell? Foodsaver oder Foodwaster? Ich freue mich auf eure Kommentare! Und vor allem: Bleibt dran und gebt mir ein Like!«

Ich scrolle ein Stück nach unten und sehe, dass die Likes und zustimmenden Kommentare jetzt schon durch die Decke gehen. Der Shitstorm gegen den Supermarkt ebenfalls. Es gibt sogar ein paar deftige Drohungen, die sich an den Filialleiter richten. Nicht dass ich das nicht begrüßen würde. Aber warum zur Hölle hat Merle mich nicht vorher eingeweiht?!

Langsam lasse ich mein iPhone sinken und starre in die ratlosen Gesichter meiner Eltern. »Also … Ich hätte euch das ohnehin noch gesagt …« Damit ziehe ich das Schreiben vom Amt aus meiner Schublade. »Das hier kam heute mit der Post.«

Meine Mum überfliegt den Brief mit zusammengepressten Lippen, bevor sie ihn meinem Dad weiterreicht. »Also jetzt noch mal langsam: Du hast einen Supermarkt beklaut?! Warst du wieder dumpstern?«

»Aber ›schwerer Diebstahl‹?« Mein Dad bläst die Backen auf. Er wirkt ehrlich geschockt. »Himmel, Joel! Was heißt denn das? Hast du jemanden dabei umgehauen? Oder bedroht?«

»Natürlich nicht!«, fahre ich auf. »Aber ich hatte ein Werkzeug in der Tasche. Damit kann man ganz easy den Müllcontainer öffnen.«

»Mann, ich glaub's nicht, Joel!« Mein Dad schüttelt entsetzt den Kopf. »Du hast Einbruchswerkzeug dabei, um *Mülltonnen* zu knacken?!«

»Und sag mal: diese Leute, für die du das machst. Ich meine, wieso gehen die nicht selbst da hin?«, wirft meine Mum dazwischen. »Oder zur Tafel? Setzen die dich unter Druck? Damit du für die – keine Ahnung – Lebensmittel klaust?«

»Quatsch! Ich mach das freiwillig. Um denen zu helfen. Die sind halt auch schon etwas älter. Also, einige von ihnen.«

Mein Dad hebt die Hand. »Damit ich das richtig verstehe: Du spielst also den Sankt Martin und handelst dir dafür eine Strafanzeige ein?«

»Einen Strafantrag«, korrigiert meine Mum.

Mein Dad stutzt. »Gibt's da einen Unterschied?«

»Oh ja. Bei einem Straf*antrag* besteht der Geschädigte, also der Supermarkt, ausdrücklich auf Strafverfolgung. Damit kommt unser Sohn vermutlich nicht so leicht aus der Sache wieder raus.«

»Großartig.« Mein Dad reibt sich nervös das Kinn. »Aber ich kapiere immer noch nicht so ganz, wieso du das machst, Joel. Ich meine, wenn du dich engagieren möchtest, dann gibt's doch auch andere Möglichkeiten. Und vor allem: tagsüber. Ich denke, deine Mum stimmt mir da zu: Wir finden es nicht so *cool*, dass du nachts Mülltonnen plünderst.«

»Mal ganz abgesehen davon, dass du deinen Schlaf brauchst. Denk doch mal an deine schulischen Leistungen.«

»Meine Leistungen sind okay«, behaupte ich, was nicht ganz stimmt. Meine letzte Englischklausur habe ich gründlich verhauen. »Außerdem dumpstere ich immer nur samstagnachts. Da kann ich am nächsten Tag ausschlafen.«

»Wieso engagierst du dich nicht einfach bei einer Hilfsorganisation?«, schlägt meine Mum vor. »Oder mach meinetwegen ein Freiwilliges Soziales Jahr, sobald du dein Abi in der Tasche hast. Du weißt ja ohnehin noch nicht, was du danach anfangen willst.«

Ich stöhne genervt. Als würde es hier um irgendein soziales Engagement gehen. »Ich will aber ganz konkret hier etwas unternehmen! Indem ich containere, verhindere ich, dass die Supermärkte ihre unverkauften Lebensmittel einfach so wegschmeißen. Und überhaupt! Wieso können die nicht die Sachen an Leute spenden, die am Limit leben? Wo ist das Problem?«

»Ich denke, die Waren gehen bereits an die Tafel?«

»Aber doch nur ein kleiner Teil! Der Rest landet im Müll! Ohne Scheiß! Hier, schaut mal!« Ich scrolle mich durch meine Handybilder und zeige meinen Eltern ein paar Fotos, die ich von unserer Beute am Container gemacht habe. »Das haben wir alles gerettet.«

»Das ist ja schön und gut«, beharrt meine Mum auf ihrem Standpunkt. »Trotzdem gehört es nun mal dem Laden. Der kann damit machen, was er will.«

»Das ist doch bescheuert!«

Mein Dad erhebt sich. Ich vermute, dass er für sich eine Entscheidung getroffen hat und das Ganze jetzt abkürzen möchte. »Du hast recht, Joel. Das *ist* bescheuert. Aber ich fürchte, dass du damit vor Gericht nicht durchkommst. Auch Müll gehört irgendjemandem. Im Grunde muss sich da politisch was ändern. Global, irgendwie.«

»Toll. Irgendwie. Irgendwer muss doch irgendwann mal damit anfangen, darauf aufmerksam zu machen!«

»Aber doch nicht so!«, braust mein Dad auf. Verärgert hält er mir das Schreiben vor die Nase.

»Hast du vielleicht einen besseren Vorschlag?«, pampe ich zurück.

Mein Dad lässt die Anzeige sinken. In seinem Blick ist die Ratlosigkeit so deutlich, dass ich unsicher werde. Ist das jetzt der Augenblick, in dem man erwachsen wird? Wenn man feststellt, dass Eltern auch nicht für alles eine Lösung haben?

»Tja«, sagt er, und in seiner Stimme schwingt eine gute Portion Resignation mit. »Dann werde ich mich jetzt wohl um einen Anwalt kümmern.«

Während sich mein Dad ans Telefon hängt, um einen befreundeten Anwalt um Rat zu fragen, versuche ich es bei Merle. Als sie sich meldet, lege ich los. »Sag mal, spinnst du? Du kannst doch nicht der ganzen Welt erzählen, dass ich eine Anzeige am Hals habe! Das geht niemanden was an, verdammt! Meine Eltern haben mir gerade eine Riesenszene gemacht!«

Merle bleibt cool. »Ist echt nicht mein Problem, wenn du denen ihre Post konfiszierst.«

»Verdammt, Merle! Ich hab dich nicht darum gebeten, so einen Beitrag zu posten«, fahre ich sie an. Ihre stoische Ruhe macht mich rasend. »Und dann noch mit meinem richtigen Namen!«

»Ja sorry. Vielleicht hätte ich bei Hulk bleiben sollen. Aber schau mal, wie viele Leute den Beitrag schon geliked haben! Wahnsinn, oder?«

»Das ist mir egal! Du hättest mich trotzdem vorher fragen müssen! Womöglich kriege ich deswegen noch mehr Probleme vor Gericht!«

»Ach Quatsch!«

»Hast du gesehen, dass ein paar deiner Follower den Filialleiter bedrohen?!«

Merle gluckst belustigt. »Ja, hab ich gesehen.«

»Ja, du findest das witzig. Aber am Ende wirft man mir das vor. Mensch, Merle! Ich steck doch schon tief genug in der Scheiße!«

»Deshalb will ich dir ja helfen!« Merles Stimme klingt, als wolle sie mir ein unschlagbares Angebot machen. »Pass auf: Ich sorge dafür, dass es einen richtigen Shitstorm gibt. Je mehr Leute davon erfahren, desto unangenehmer wird es für diesen Supermarkt. Am Ende nimmt er vielleicht die Anzeige zurück!«

»Das glaubst du doch wohl selbst nicht!«

»Wieso nicht? Wir müssen nur genug Druck auf den Filialleiter ausüben.«

»*Wir* müssen gar nichts! *Ich* muss. Und zwar zu einer scheiß Gerichtsverhandlung, auf die ich überhaupt keinen Bock habe! Also nimm dieses verdammte Video aus dem Netz!«

»Wieso? Der Beitrag läuft super! Vielleicht wirst du sogar freigesprochen! Bloß weil ich …«

»Scheiße, Merle, ich will deine Hilfe nicht, okay?!«

Einen Augenblick ist es still am anderen Ende. »Wie du meinst.« Merle klingt beleidigt. »Aber dann sag hinterher nicht, dass ich nicht versucht hätte, dir zu helfen. Und schon gar nicht, dass ich dich da reingeritten hätte. Bloß weil ich dich auf die Idee mit dem Dumpstern gebracht habe.«

»Nichts hast du!«, brülle ich, doch da hat sie bereits aufgelegt.

Ich habe mich gerade wieder halbwegs beruhigt, als es erneut an meine Zimmertür klopft. Mein Dad hat mit dem Anwalt telefoniert und will mir jetzt von seinem Gespräch berichten. Ich seufze resigniert. Nun kriege ich von dem auch noch eins aufs Dach.

»Götz ist ein alter Studienfreund von mir«, erklärt mein Dad, nachdem er wieder auf meinem Schreibtischstuhl Platz genommen hat. »Er war ziemlich überrascht, dass es in deinem Fall überhaupt so weit gekommen ist.« Er greift nach einem Stift und kritzelt eine Telefonnummer auf ein Stück Papier, das er auf meinem Schreibtisch findet. »Jedenfalls sollst du ihn morgen mal anrufen.«

»Und was meint er so?«, frage ich vorsichtig. »Komme ich da einigermaßen heil wieder raus?«

Ein wenig ratlos zuckt mein Dad mit den Achseln. »Er behauptet, ja. Weil du noch minderjährig bist. Und außerdem hast du auch sonst nichts auf dem Kerbholz. Zum Glück! Wahrscheinlich kommst du mit einer Verwarnung davon.«

»Das wäre ja so weit okay«, brumme ich. Obwohl ich immer noch der Meinung bin, dass Kira und ich unschuldig sind.

»Ach, und noch etwas!« Mein Dad sieht mich eindringlich an. »Ich habe mit Götz auch über das Video von dieser Merle gesprochen. Du kannst ihr ausrichten, dass ich die Sache unserem Anwalt übergebe, wenn sie das Video nicht sofort runternimmt.«

22

»Hey, Joel! Toi, toi, toi! Alles Gute!« Sina und Steff stehen vor dem Amtsgericht und winken mir zu. Sie haben ein Plakat dabei mit der Aufschrift »Containern legalisieren – Jetzt!«. Leider sind sie die Einzigen, die aus der Szene gekommen sind. Doch ihr kleiner Sympathiebeweis vor dem altehrwürdigen Gebäude rührt mich irgendwie. Es ist schön, sie hier zu wissen.

Ich grüße kurz zu ihnen rüber, bevor ich die Stufen zum Eingangsportal nehme, meinen Dad im Schlepptau. Nach dem Gespräch mit dem Anwalt ließ er sich nicht mehr von der Idee abbringen, mich zu begleiten, und es ist mir peinlich, dass Sina und Steff mich mit ihm sehen.

Zumal Kira von Anfang an klargemacht hat, dass sie ohne ihre Mum auftauchen würde.

»Gehören die auch dazu?«, raunt mein Dad mir zu, während er die beiden neugierig beäugt.

»Yep«, antworte ich knapp. Ich bin viel zu aufgeregt, um ihm jetzt noch lang und breit zu erklären, wer Sina und Steff sind und woher ich sie kenne. Vermutlich würde er auch nur mit den Augen rollen, wenn ich ihm erzählen würde, dass sie Freeganerinnen sind und in einer Jurte wohnen.

Wir betreten das Gebäude und folgen der Beschilderung bis zu einem Raum, der auf meiner Vorladung gelb markiert ist. »Nicht öffentlich« steht neben der Tür auf einem Schild. Eigentlich bin ich ganz froh, dass keine Zuschauer zugelassen sind. Die Sache ist schon unangenehm genug, da muss nicht auch noch Publikum dabeisitzen.

Ein hell erleuchteter Konferenzraum mit rotbraun getäfelten Wänden erwartet uns. An der Decke hängen schmutzig weiße Schallabsorber. Die Tische sind so angeordnet, dass sie ein U ergeben. Die kurze Seite ist etwas erhöht und erinnert an den Empfangstresen beim Arzt. Gegenüber und in einigem Abstand steht ein einzelner Tisch mit einem Stuhl für die Zeuginnen und Zeugen. Alle Plätze sind mit Namensschildern versehen, und ich muss nicht lange suchen, bis ich meinen gefunden habe. Gerade als ich mich setze, taucht Kira hinter mir auf. Sie wirkt angespannt, doch immerhin schenkt sie mir ein Lächeln, und ich bin einfach nur froh, dass sie da ist. Am liebsten würde ich sie in den Arm nehmen. Aber ich traue mich nicht. Vielleicht liegt es an meinem Dad, der Kira unverhohlen mustert. Oder an den Räumlichkeiten und der Tatsache, dass wir hier als Angeklagte vor Gericht stehen.

Um ein wenig runterzukommen, lasse ich meinen Blick durch den Raum schweifen. Direkt mir gegenüber sitzt die Jugendstaatsanwältin, eine hagere Person mit akkurat geschnittenem Bob und verbiestertem Gesichtsausdruck. Sie mustert uns kühl, und ich werde das Gefühl nicht los, dass auch wir ihr unsympathisch sind.

Rechts daneben und in Zivil sitzt Frau Geiger von der Jugendgerichtshilfe. Sie hat Kira und mich vor ein paar Tagen zu einem Extratermin einbestellt und uns Löcher in den Bauch gefragt. Sie wollte vor allem wissen, was in der Nacht bei den Supermarktcontainern vorgefallen war. Aber auch, was wir sonst so täten, in unserer Freizeit, und wie unsere Pläne für die Zukunft aussähen.

Überrascht war sie, als sie erfuhr, aus welchen Gründen wir containerten. In Kiras Fall hakte sie sogar mehrfach nach. Kira war die Sache verdammt unangenehm, doch nach einigem Zögern berichtete sie dann doch von ihrer Situation zu Hause. Dass ihre Mum an Long Covid erkrankt war und sie sich um sie kümmern musste. Dass sie außerdem noch ihre kleine Schwester betreute und dass es Probleme mit der Kohle gäbe. Auch von ihren Zukunftsplänen sprach sie, ihren Träumen und Ängsten. Frau Geiger machte sich eifrig Notizen, bevor sie danach auch mich befragte. Zum Glück hatte Dads Anwalt mich vorab gebrieft. Zum Schluss meinte er, ich solle genau das sagen, was ich ihm erzählt hatte: Dass ich aus einer politischen Motivation heraus Lebensmittel rettete, dass ich mir jedoch im Klaren wäre, dass das keine Lösung auf Dauer sei und dass daher mein berufliches Ziel auf ein Engagement in Gesellschaft und Politik hinauslaufen würde. »Mach dir keine Sorgen«, meinte er am Ende unseres Telefonats. »Ziemlich sicher wird das Verfahren wegen Geringfügigkeit eingestellt. Du schaffst das vor Gericht ganz ohne meine Hilfe.«

Um Punkt elf Uhr öffnet sich eine Tür in der vertäfelten Wand hinter der erhöhten Seite des U. Das allgemeine Stühlerücken macht mir klar, dass es wohl üblich ist, jetzt aufzustehen. Die Richterin erscheint. Auch sie trägt eine schwarze Robe mit weißer Bluse darunter. Sie dürfte ungefähr so alt wie meine Mum sein. Mit ihrer randlosen Brille wirkt sie streng, aber nicht unfreundlich und ich schöpfe etwas Hoffnung. Hinter ihr betritt eine weitere Person den Raum, ein Nerd in Anzug und Hornbrille. Er klemmt sich direkt hinter den Computer, der rechts neben der Richterin steht.

Als die Staatsanwältin die Anklage verliest, wird mir ganz

flau im Magen. Satzfragmente, wie *»gemeinschaftlich begangener schwerer Diebstahl«*, *»Sachbeschädigung«* und *»Lebensmittel im Wert von«* schwirren mir um die Ohren. Außerdem die Worte *»Strafantrag«* und *»Geschädigter«*.

Nachdem sie sich wieder gesetzt hat, wird ein Zeuge aufgerufen. Ein kleiner, dicker Mann in Sakko und Krawatte betritt den Saal. Er nimmt an dem kleinen Tisch vor der Richterin Platz und stellt sich mit Klaus Buchholz, Filialleiter des Supermarkts, vor. Auf Nachfrage der Richterin erzählt er, dass es in der Vergangenheit immer wieder zu Zwischenfällen mit Mülltauchern gekommen sei und dass er daher seine Container mit einem Schloss gesichert habe.

»Woher wussten Sie, dass ausgerechnet in der fraglichen Nacht Mülltaucher auf Ihr Grundstück kommen würden?«, möchte die Staatsanwältin kurz darauf wissen.

»Ich habe einen Hinweis bekommen. Telefonisch.«

»Von wem?«

»Sie hat mir ihren Namen nicht genannt.«

Sie?

Eiseskälte durchströmt mich.

Merle!

Sie hat diesem Buchholz den Tipp gegeben!

Ich werfe Kira einen nervösen Blick zu, doch die sieht stur geradeaus. Nur ihre Finger krampfen sich um einen Stift, als wolle sie ihn erwürgen.

»Was genau hat die Person gesagt?«

Herr Buchholz schnaubt verärgert. »Dass sie aus sicherer Quelle wüsste, dass mein Markt ein begehrter Treffpunkt für Mülltaucher sei, und dass ich doch mal außerhalb der Öffnungszeiten meinen Laden besuchen und mir die Sache anschauen solle. Und dann nannte sie mir besagten Samstag und die Uhrzeit.«

»Was haben Sie dann getan?«

»Ich habe gewartet. Gegen dreiundzwanzig Uhr tauchten diese beiden Herrschaften mit einem Fahrradanhänger auf.«

»Was geschah dann?«

»Der junge Mann hatte Einbruchswerkzeug bei sich. Damit hat er das Schloss des Containers geknackt.«

»WAS?« Ich springe auf. »Das ist gelogen!«, schreie ich. »Der Typ lügt! Wir haben den Container nicht aufgebrochen!«

»Joel!« Kira zerrt an meinem Arm. In ihren Augen steht die nackte Panik. »Mann, hör auf!«

»Joel, bitte!« Auch mein Dad guckt ziemlich erschrocken.

»Ruhe!«, donnert die Richterin. »Setzen Sie sich. Sie bekommen nachher Gelegenheit, sich zu äußern.«

Ich sinke zurück auf meinen Stuhl. In meinem Kopf herrscht Chaos. Ich bekomme nur noch am Rande mit, wie Buchholz erläutert, dass er seine Ware immer ordnungsgemäß in einem verschlossenen Container entsorgt und dass es keine Videoaufzeichnungen von dem Diebstahl gibt.

Weil das Gericht keine weiteren Fragen hat, bekommen wir nun die Gelegenheit, uns zu äußern. Doch mein Gehirn blockiert vollständig. Ich kann keinen klaren Gedanken mehr fassen. Bebend vor Zorn starre ich dem Filialleiter nach, als dieser endlich den Raum verlässt.

Frau Geiger von der Jugendgerichtshilfe ist dann auch nicht gerade hilfreich. Im Zusammenhang mit Kira labert sie etwas von zunehmenden Geldsorgen, die sie auf die Idee gebracht hätten zu dumpstern. Über mich sagt sie lediglich, dass mich der Wunsch nach Aufmerksamkeit geleitet habe und eine naive Vorstellung, auf diesem Weg politisch etwas verändern zu können. Ich bin enttäuscht und fühle mich komplett missverstanden. Als die Staatsanwältin ihr Schlussplädoyer hält, höre ich schon gar nicht mehr richtig zu. Immerhin bekomme ich mit, dass sie uns für schuldig hält und zu Sozialstunden und einer Geldstrafe rät.

»Joel, was sollte das denn gerade?«, raunt mein Dad mir zu, nachdem die Richterin sich zurückgezogen hat, um über das Urteil nachzudenken.

»Wir haben diesen Container nicht aufgebrochen«, antworte ich wütend. »Das war der Polizist!«

Mein Dad sieht mich an, als hätte ich nicht mehr alle Latten am Zaun. »Der Polizist hat den Container aufgebrochen?«

»Ja, Mann! Mit dem Werkzeug, das ich zufällig dabeihatte. Und jetzt wollen die uns einen Strick daraus drehen…«

»Lass uns später darüber reden«, unterbricht mich mein Dad, denn gerade kehrt die Richterin zurück und wir müssen alle aufstehen.

»Im Namen des Gesetzes ergeht folgendes Urteil«, dröhnt ihre Stimme durch den Saal. Und dann betont sie, dass das sogenannte Containern in Deutschland eine Straftat sei und dass die Lebensmittel, die wir entwendet hätten, bis zu deren Entsorgung durch eine beauftragte Firma zum Eigentum des Supermarkts zählten. Das Aufbrechen des Schlosses erfordere eine gewisse kriminelle Energie, für die wir uns hier zu verantworten hätten, genauso wie für Hausfriedensbruch nach Paragraph bla. Da wir aufgrund der Beweislage hinreichend tatverdächtig wären und laut Staatsanwaltschaft ein gewisses öffentliches Interesse an einer Strafverfolgung bestehe, werden wir des gemeinschaftlichen Diebstahls schuldig gesprochen und zu jeweils sechs Sozialstunden verurteilt. Da der Geschädigte darüber hinaus sein Recht auf Erstattung der vollen Schadenshöhe geltend mache, erhalten wir außerdem eine Geldstrafe von einhundertfünfzig Euro und werden hiermit verwarnt. Sollten wir uns noch einmal beim Containern erwischen lassen, drohe eine weitaus höhere Strafe. Damit ist die Verhandlung beendet.

»Ich brauch frische Luft!«, murmelt Kira, nachdem sich die Richterin zurückgezogen hat. Sie ist noch blasser als sonst, und ihre Hände zittern, als sie vergeblich versucht, den Zipper ihrer Jacke zu schließen. Ohne sich noch einmal nach mir umzudrehen, stürmt sie aus dem Saal.

»Kira, warte«, rufe ich und greife nach meiner Jacke.

»Moment!« Mein Vater hat mich am Ellenbogen gepackt. »Ich würde dann auch gerne ein paar Takte mit dir reden, Joel.«

»Sorry, Dad. Ich muss da was klären. Können wir bitte zu Hause reden?«

Mein Dad zieht die Augenbrauen hoch. »Na schön. Aber nicht so lang. Hörst du?«

»Alles klar. Danke!« Ich stürme aus dem Saal und setze Kira nach. Doch die ist bereits am Ausgang. Sie reißt die Tür auf und läuft nach draußen. Vorbei an Sina und Steff, die mit ihrem Transparent vor dem Gerichtsgebäude ausgeharrt haben. Sie werfen mir einen beunruhigten Blick zu. »Später!«, keuche ich.

Auf der Straße hole ich Kira endlich ein. Als ich sie an der Schulter zu fassen kriege, fährt sie herum. Ihre Augen blitzen vor Zorn und Tränen.

»Kannst du mir mal verraten, woher diese *Person* wusste, dass wir genau in dieser Nacht und genau an diesem Supermarkt auftauchen würden?«

»Ich – es tut mir leid, Kira.«

»Was tut dir leid?«, braust sie auf. »Dass Merle uns für ihren bescheuerten Blog an diesen Supermarktfritzen verrät? Oder dass du dich mit den falschen Leuten eingelassen hast?« Sie ist außer sich und ich verstehe ihre Wut vollkommen. Ich bin so ein Idiot!

»Weil … Ich … hab mich verplappert«, gestehe ich kleinlaut.

»Aha!« Sie verschränkt die Hände vor der Brust. Ihr Blick ist eisig.

»Ich hab ihr gesagt, dass wir gar nicht mehr containern müssen, weil uns jemand was rausstellt.«

»Bist du irre?!« Es klingt wie ein Aufschrei. »Ausgerechnet bei Merle passiert dir so was! Mensch, begreifst du nicht, dass die dich benutzt hat?! Uns alle? Die Frau geht über Leichen! Vermutlich sitzt Murat schon auf der Straße!«

Mein Herz setzt einen Schlag aus. »Oh Gott! Glaubst du wirklich?«

Kira stöhnt auf. Kleine Atemwolken bilden sich vor ihrem Gesicht. Es sieht aus, als würde sie gleich Feuer spucken. »Was denkst du denn? Buchholz hat doch mitbekommen, dass Murat Sachen rausgestellt hat. Das ist nicht nur gegen seinen Arbeitsvertrag. Das ist ein klarer Vertrauensbruch.«

»Fuck! Fuck! Fuck!«, fluche ich und trete gegen einen Mülleimer. Ein leerer Kaffeebecher hüpft mir vor die Füße. Ich kicke ihn weg. »Kira! Ich hab das nicht gewollt! Das musst du mir glauben!«

»Das hättest du dir früher überlegen müssen«, feuert sie zurück. »Bevor du dich mit dieser Schlange einlässt. Mann, du bist so naiv! Ich könnte kotzen!« Die letzten Worte schreit sie. Einige Passanten drehen sich irritiert nach uns um. Kira ignoriert sie. In ihrem Gesicht arbeitet es. Ihre Wangen sind gerötet, was nicht von der Kälte kommt.

»Kira, ich …«

»Keine Ahnung, was du jetzt machst«, unterbricht sie mich. »Ist mir auch egal. Aber lass mich in Zukunft da raus, hörst du? Ich hab echt genug Scheiße an der Backe. Ach, und ruf mich bloß nicht noch mal an!« Mit diesen Worten lässt sie mich endgültig stehen. Einen Augenblick später ist sie im Verkehrsgetümmel verschwunden. Wie vom Donner gerührt starre ich ihr nach.

Das war's jetzt also? Wir würden unsere Sozialstunden ableisten und uns danach nie wiedersehen? Ein heftiges Gefühl der Leere überkommt mich. Der Leere und des Verlusts. Es fühlt sich an, als hätte man mir ein Körperteil amputiert. Einen Arm. Oder nein: ein Bein! Schwankend stehe ich da und sehe ihr nach, obwohl sie längst weg ist. Dass sie mir so wichtig ist, merke ich erst jetzt. Viel zu spät.

»Joel?!« Sina und Steff. Die beiden hatte ich völlig vergessen. Sie haben ihr Plakat eingerollt und kommen jetzt langsam auf mich zu. Ich bin froh, dass sie mich nicht gleich mit Fragen bombardieren.

Schweigend gehen wir am Amtsgericht vorbei in Richtung Südstadt, während ich die letzten beiden Stunden nochmals rekapituliere. »Ich hab's verkackt«, sage ich schließlich. Und obwohl mir nicht nach Reden ist, setze ich die beiden nun doch kurz ins Bild. Als ich von Merle berichte, die Buchholz gegen uns ausgespielt hat, flippt Steff beinah aus. »Dieses Aas!«

»Und das alles nur, weil sie sauer auf mich war.«

»Sauer? Wieso?«

»Weil ich ihr ziemlich die Meinung gegeigt habe, nachdem sie sich so danebenbenommen hat. Du weißt schon, in der Nacht, als ich sie zum Containern mitgebracht habe. Ich hab ihr gesagt, dass ich nicht mehr für sie dumpstere und dass sie sich einen anderen Dummen suchen soll.«

»Das älteste Motiv der Menschheit«, bemerkt Steff trocken und verdreht dabei die Augen. »Rache.«

»Aber die Sache am Container ist doch schon ewig her!«, wendet Sina ein. »Mittlerweile hat sie schon wieder ganz anderes Zeug gepostet.«

»Die vergisst nichts!«, bemerkt Steff bitter. »Wenn sie dich einmal auf dem Kieker hat …«

»Ich dachte auch, die Sache sei durch. Vor allem, weil sie mir kürzlich sogar ein Alibi verschafft hat. Meine Mum hat nämlich doofe Fragen gestellt, weil ich nachts nicht da war. Und da hat sie gesagt, ich hätte bei ihr gepennt. Danach hatten wir ein total nettes Gespräch!«

»Und dabei hast du dich verplappert, stimmt's?«, beendet Sina meine Geschichte. Ich nicke unglücklich. Mir ist wirklich zum Heulen zumute. Vermutlich wird Kira nie mehr ein Wort mit mir wechseln.

»Ich kenne Merle. Wenn es ihrer Sache dient, ist die zu allem fähig«, bemerkt Steff trocken.

»Was ich nicht verstehe: Wieso greift die Richterin so hart durch? Sozialstunden, Bußgeld. Du bist doch noch minderjährig. Und vorbestraft bist du auch nicht!« Sina sieht mich an, als hätte ich für all das eine Erklärung.

Ich zucke mit den Schultern. »Die Staatsanwaltschaft hat darauf gepocht, dass ›öffentliches Interesse‹ besteht. Wir sind eben nicht die Einzigen, die gegen Lebensmittelverschwendung protestieren. Deshalb könnte man die Sache nicht fallen lassen, hat die Staatsanwältin behauptet.«

»Klingt nach Schauprozess«, murmelt Sina. »Bloß ohne Öffentlichkeit.«

»Sauerei!«, pflichtet Steff ihr bei. »Du, wenn wir dir irgendwie helfen können, sag Bescheid.« Steff umarmt mich kurz, während Sina mir einen aufmunternden Blick zuwirft. »Du hast ja unsere Nummern.«

23

Als ich nach Hause komme, läuft Merle mir im Fahrradkeller über den Weg. Einen Augenblick wirkt sie unangenehm überrascht. Doch sie fängt sich schnell wieder. »Hey, Joel!«, ruft sie, offensichtlich bemüht um einen lockeren Ton. »Wie war die Verhandlung? War doch heute, oder?«

Mit Nachdruck ramme ich mein Rad in den Fahrradständer. Es scheppert ordentlich, und aus dem Augenwinkel sehe ich, wie Merle zusammenzuckt. Ich atme einmal tief durch und versuche, das Beben in meiner Stimme in den Griff zu kriegen. Am liebsten würde ich ihr an den Hals gehen und ganz langsam zudrücken. »War super, Merle! Nee, echt jetzt! Wir hatten eine Menge Spaß. Zu schade, dass du nicht dabei warst! Das hätte sicher einen spannenden neuen Beitrag für deinen Blog ergeben.« Ich lasse von meinem Rad ab und breite die Arme zu einer imaginären Headline aus. *»Mülltaucher erhalten gerechte Strafe dank aufmerksamer Bürgerin!«*

Sie starrt mit großen Augen zu mir hoch. »Wie jetzt?«

»Komm, tu doch nicht so!«, schnauze ich sie an. »Du weißt genau, wie ich das meine. Ich weiß, dass du hinter alldem steckst. Du hast uns diesen Filialleiter auf den Hals gehetzt! Dem du rein zufällig einen Tipp gegeben hast. Dir haben wir diesen scheiß Prozess zu verdanken!«

Merle schiebt das Kinn vor. Ihr Blick wird trotzig. »Ich konnte doch nicht ahnen, dass der euch gleich anzeigt!«

»Ach, nein?! Was hast du denn gedacht? Dass der sagt, alles kein Problem, nehmt, was ihr braucht. Geht aufs Haus?«

»Nein, natürlich nicht. Ich wollte die Sache einfach noch ein bisschen anheizen. Du sagst doch selbst, da muss sich was ändern. In der Gesellschaft.«

»Fantastisch, Merle! Danke! Kira und ich sind schuldig gesprochen worden! Ein Mitarbeiter des Supermarkts darf jetzt vermutlich seinen Hut nehmen und der Filialleiter kommt mit einer fucking Lüge davon. Hast du toll gemacht! Wirklich! Ganz toll!«

Irritiert runzelt Merle die Stirn. »Was denn für eine Lüge?«

»Dass wir den Container aufgebrochen hätten.«

»Das hat er gesagt?«

»Er hat es sogar *gesehen*. Behauptet er.«

Jetzt wirkt sie ehrlich überrascht. »Ich denke, jemand von dem Laden hat euch das Essen hingestellt?«

»Und wie sollen wir das beweisen, ohne den Mitarbeiter ans Messer zu liefern?«

»Gut also, dass ihr das mit dem Mitarbeiter für euch behaltet, ist nun wirklich nicht meine Schuld.« Merle verschränkt die Arme vor der Brust und sieht trotzig zu mir auf.

»Außerdem sprechen Sechskant und Pfefferspray eindeutig für unsere *›kriminelle Energie‹*. Aber darum geht es gar nicht! Es geht darum, dass du uns ganz gezielt zugunsten deiner Klicks und Likes denunziert hast. Und hey! Es hat sich gelohnt, denn – schwups – hast du schon wieder ein paar Tausend Follower mehr! Glückwunsch, Merle!«

Merles Blick flackert. »Zynismus steht dir nicht«, murmelt sie. »Aber es stimmt. Seit dem Video sind die Zahlen megamäßig hochgegangen.«

»Heißt das, man kann es immer noch abrufen?«

Merles Gesicht verschließt sich. »Was ich auf meinem Blog poste, ist ganz allein meine Sache!«

»Da täuschst du dich! Meine Eltern haben einen Anwalt eingeschaltet. Ich nehme an, er meldet sich demnächst bei dir.« Damit dränge ich mich an ihr vorbei und stampfe die Treppen nach oben.

»Joel!« Merle läuft hinter mir her. Ihre Absätze klappern über den Terrazzofußboden. »Warte mal! Vielleicht könnten wir einen Deal machen.«

Ich fasse es nicht! Diese blöde Kuh versucht wirklich, aus allem Kapital zu schlagen. »Lass mich in Ruhe, Merle!« Meine Stimme hallt durch das Treppenhaus. Es tut gut zu brüllen, und es ist mir egal, ob mich der Typ aus dem Ersten oder sonst wer aus dem Haus hört.

Merle nimmt immer zwei Stufen auf einmal. Vor meiner Haustür holt sie mich ein. »Ich meine ja auch, dass wir …«

»Auf keinen Fall!«

»Jetzt hör mir doch mal zu!« Merle packt meinen Arm. »Lass uns eine Petition ins Leben rufen! Wir sammeln Unterschriften und fordern eine Gesetzesänderung. Damit Containern in Zukunft straffrei ist und damit …«

Verärgert schiebe ich ihre Hand weg. »Ich höre immer *wir*.«

»Natürlich *wir*! Du bist der Betroffene und ich hab die Leute hinter mir. Wir sind das perfekte Team!«

Ich dränge Merle beiseite, damit ich aufschließen kann. »*Wir* sind ganz sicher kein Team, Merle!« Damit verschwinde ich in meiner Bude und schlage ihr die Tür vor der Nase zu.

24

Meine Eltern erwarten mich bereits im Esszimmer. Vermutlich hat mein Dad meine Mum schon ins Bild gesetzt, doch ich merke, dass sie es noch einmal von mir hören will. Seufzend lasse ich mich auf einen Stuhl fallen. Ich habe keine Lust zu reden. Ich bin müde. Und am liebsten würde ich mich in meinem Zimmer verkriechen und nie mehr rauskommen.

»Was war denn das für ein Geschrei im Treppenhaus?«

Ich greife nach der Sprudelflasche, die auf dem Tisch steht, und trinke sie in einem Zug leer. »Ich hab Merle die Meinung gesagt«, antworte ich widerwillig. »Das ging nicht leiser.«

»Wegen diesem Video?«, fährt mein Dad auf. »Ist das immer noch auf ihrer Seite?!«

»Nee, nicht wegen dem Video. Also, nicht nur«, lenke ich ein. Und dann berichte ich meinen Eltern, wer hinter dem anonymen Hinweis steckt, den der Filialleiter erhalten hat, und weswegen wir überhaupt erwischt wurden. Als ich geendet habe, ist es eine Weile still. Meine Eltern sind ziemlich geschockt.

»Unglaublich! Was für ein intrigantes Weibsstück!«, macht meine Mum ihrem Ärger Luft. »Und du hast bis zuletzt nichts gemerkt?«

Ich schüttle frustriert den Kopf. »Selbst du hast gesagt, dass sie nett ist. Und so *engagiert*«, wiederhole ich ihre Worte.

»Stimmt ja auch«, gibt sie zu. »Sie ist ziemlich überzeugend. Und reden kann sie auch.«

»Das Video ist noch im Netz«, bemerkt mein Dad mit Blick auf Merles Blog. »Da werde ich wohl jetzt mal mit Götz reden. Also das geht wirklich gar nicht!« Er wirft mir einen prüfenden Blick zu. »Aber vorher will ich noch mal von dir hören, was es mit deinem Ausbruch vorhin bei Gericht auf sich hatte. Was ist denn da bitte in dich gefahren?«

Jetzt ist sowieso alles egal, denke ich und hole Luft. »Das, was uns vorgeworfen wird, das stimmt so nicht«, beginne ich. »Wir waren in der Nacht gar nicht containern. Wir haben bloß was abgeholt. Weil wir nämlich einen kennengelernt haben, der uns die Lebensmittel rausstellt. Ein Mitarbeiter. Murat, heißt der. Total nett. Aber die beiden Polizisten haben uns nicht geglaubt. Die haben uns überhaupt nicht mehr zugehört, nachdem sie bei mir das Werkzeug gefunden haben. Da war für die klar, dass wir die Sachen aus den Tonnen geholt haben.«

»Aber das ist doch bescheuert!«, wirft meine Mum ein.

»Haben die euch eingeschüchtert?«, will mein Dad wissen.

»Was denkst du denn?«, frage ich energisch. »Die waren zu zweit und laberten irgendwas von bewaffnetem Diebstahl und Einbruchswerkzeug. Das war nicht witzig!«

»Okay, das verstehe ich«, lenkt mein Dad ein. »Aber wieso hast du nicht wenigstens mit der Jugendgerichtshilfe darüber gesprochen?«

»Diese blöde Kuh! Hast du gehört, was die gesagt hat? Dass mich *›der Wunsch nach Aufmerksamkeit‹* dazu gebracht habe zu dumpstern! Mann, so eine gequirlte Scheiße!«

»Trotzdem, Joel!« Meine Mum lässt nicht locker. »Wieso hast du das mit dem Mitarbeiter nicht gesagt? Immerhin kann der bezeugen, dass ihr nichts aus dem Müll genommen habt!«

»Ich weiß! Aber wenn der jetzt aussagt, schmeißt sein Chef ihn raus!«

»Na und?«, ereifert sich nun auch mein Dad. »Das hat er sich doch selbst zuzuschreiben! Hat ihn ja keiner gezwungen, euch die Sachen hinzustellen.«

»Ich will das aber nicht!« Und vor allem will ich Murat nicht begegnen. Ich kann ihm doch nicht ernsthaft in die Augen sehen, nachdem ich ihn verraten habe!

»Joel, das ist ja sehr heldenhaft von dir«, reißt meine Mum mich aus meinen Erinnerungen. »Aber dafür den Kopf hinzuhalten, ist einfach nur dumm.«

»Sehe ich auch so«, bestätigt mein Dad und greift nach seinem Telefon. »Und deshalb rufe ich jetzt Götz an.«

Zehn Minuten später gibt er das Handy an mich weiter. »Er will mit dir sprechen.«

»Tut mir leid, dass das so blöd lief, Joel.« Götz hält sich nicht lange mit einer Begrüßung auf. »Aber ich muss deinen Eltern recht geben. Wir sollten das nicht auf uns sitzen lassen.«

»Und was schlagen Sie vor?«

»Wir gehen in Berufung. Das Strafverfahren muss komplett neu aufgerollt werden. Eine neue Beweisaufnahme, verstehst du? Und am Ende eine Entscheidung, die unabhängig von der ersten Instanz getroffen wird.«

Noch mal zurück auf »Los«? Kira würde da niemals mitspielen. Die hat ja ohnehin schon deutlich gemacht, dass sie sich nicht gegen das Urteil wehren möchte. »Und Sie meinen, die entscheiden anders?«

»Da bin ich mir sicher! Die Beweislage hat sich schließlich gravierend geändert. Mit diesem Mitarbeiter haben wir einen weiteren Zeugen. Und der kann eindeutig eure Unschuld beweisen.«

»Das macht der nie.«

»Dazu ist er verpflichtet«, bemerkt Götz schlicht.

Auch das noch! Vermutlich beißt er sich in den Hintern, weil er uns geholfen hat.

»Weißt du, Joel: Mal abgesehen davon, dass ihr unschuldig seid, sollte dir daran gelegen sein, nicht als Straftäter dazustehen. Das macht sich nicht so gut im Lebenslauf. Sagen deine Eltern übrigens auch. Es wäre falsch, es nicht zu probieren.«

»Was ist mit Kira?«

»Könnte eventuell meine Kollegin übernehmen. Mitra Khadem. Sie ist sehr kompetent in Sachen Jugendstrafrecht. Aber wichtig ist erst einmal, dass wir handeln. Berufungen im Strafrecht müssen innerhalb von einer Woche nach Verkündung des Urteils auf dem Tisch liegen.«

»Wow! Ganz schön knapp!«

»Eben. Also gib mir noch mal deinen Vater. Ich regle das mit ihm.«

Während mein Dad mit Götz telefoniert, verziehe ich mich in mein Zimmer. Ich muss mit Kira reden. Sie überzeugen mitzumachen. Und vielleicht kann ich ja auf diesem Weg die Sache irgendwie wieder einrenken!

Mein Herz hämmert, als ich auf ihre Nummer klicke. So sauer, wie Kira war, wird das Gespräch ganz sicher nicht angenehm. Hauptsache, ich verkacke es nicht schon wieder!

Es tutet gefühlt endlos, bis Kira rangeht. Sie klingt äußerst gereizt. »Joel, verdammt! Was genau verstehst du nicht an *›Ruf mich nicht mehr an‹*?!«

Ich schlucke. Das fängt ja schon mal gut an! »Sorry, Kira, aber es ist wirklich wichtig!«, beginne ich vorsichtig. »Ich habe gerade mit dem Anwalt von meinem Dad gesprochen.« Ich mache eine Pause, doch von Kira kommt keine Reaktion. »Er meint, dass wir in Berufung gehen sollen. Und dass Murat für uns aussagen muss.«

»Gelächter!« Ihre Stimme klingt hart. Abweisend. Sie will mich loswerden. So schnell wie möglich. »War's das?«

»Nein, warte doch mal!« Und dann berichte ich von meinem Gespräch mit Götz und dass er uns gute Chancen einräumt, das Ganze zu gewinnen.

Als ich geendet habe, hat sie sich etwas eingekriegt. »Und dieser Anwalt meint wirklich, wir hätten eine Chance? Ich meine, der Typ hat auch behauptet, dass die Sache fallen gelassen wird.« Es klingt bitter.

»Das stimmt. Aber er meint, durch Murat ändert sich die Sachlage.« Ich versuche, meiner Stimme so viel Zuversicht wie möglich zu verleihen. »Er kann beweisen, dass wir unschuldig sind.«

»Verdammt, Joel! Wieso sollte Murat für uns aussagen?«

»Götz sagt, er muss. Als Zeuge ist er verpflichtet.«

Kira schweigt. Die Sekunden dehnen sich. Nur ihr Atmen verrät, dass sie noch dran ist. Als ich die Stille nicht mehr aushalte, lege ich noch mal nach. »Wir könnten Buchholz seine Falschaussage um die Ohren hauen. Das wär's doch wert, Kira! Findest du nicht?«

Sie gibt eine Art Knurren von sich. »Buchholz ist ein verdammter Idiot.«

»Finde ich auch! Und außerdem ein Lügner. Und vorsätzlicher Mörder. Wenn man das mit den Scherben bedenkt.«

»Na ja, Mörder…«

»Alter, ich hatte eine Scheißangst um dich! Wenn Murat nicht gewesen wäre und uns geholfen hätte, ich weiß echt nicht, was ich gemacht hätte. Überleg mal! Die mussten dich im Krankenhaus wieder zusammenflicken!«

Einen Augenblick ist es still am anderen Ende. »Echt?«, fragt sie schließlich, und ihre Stimme klingt nun viel weicher. »Du hattest wirklich Angst um mich?«

»Und wie!«

Wieder zögert sie. »Stimmt schon. Das mit den Scherben war nicht ganz ohne.«

»Sag ich ja!«

»Aber so dramatisch sind ein paar Sozialstunden nun auch wieder nicht.«

»Hallo? Dafür dass wir zu Unrecht verurteilt wurden? Ich meine, was machen wir denn eigentlich? Wir teilen doch bereits mit sogenannten Sozialfällen! Was ist mit Frieda oder dem Ollen? Oder mit Mücke?«

Einen Moment scheint sie noch zu überlegen. Dann seufzt sie ergeben. »Okay, Joel … Ich versuche nachher, mit meiner Mum zu reden. Aber bilde dir bloß nicht ein, dass jetzt wieder alles okay ist. Ich bin immer noch total sauer auf dich.«

»Ich weiß«, sage ich bedrückt. »Und ich kann immer nur wiederholen, dass es mir leidtut, Kira. Ehrlich.«

25

An diesem Abend hat Kira ihrer Mum alles erzählt. Und mich danach angerufen. Mitten in der Nacht. Sie hat geweint und ich wäre am liebsten zu ihr gefahren. Doch sie wollte nicht, dass ich komme. Wegen ihrer Mum und wegen Leonie. Angeblich. Aber im Grunde hat sie durchblicken lassen, dass sie lieber allein sein wollte. Um nachzudenken. Oder – keine Ahnung. Weil sie mir trotzdem noch nicht verziehen hat. Also haben wir uns mit einem *Ferngespräch* begnügt. Einem sehr fernen Gespräch. Immerhin konnte ich sie davon überzeugen, dass wir uns treffen, sobald ihre Mum bei Götz und dieser Anwältin gewesen ist.

Als ich im Maximilian, einem kleinen Bistro mitten in der Südstadt ankomme, wartet Kira bereits vor der Location auf mich. Heute hat es den ganzen Tag geschneit und die winzige Terrasse, über die man in die Kneipe gelangt, sieht richtig kitschig aus mit ihren Lichterketten in den umliegenden Bäumen. Eigentlich die perfekte Atmosphäre für ein romantisches Date.

»Hi!« Kiras Gesicht ist von der Kälte gerötet. Ihre Wangen glühen. Sie sieht wunderschön aus unter ihrer dunklen Beanie aus Kuschelfleece.

»Na du?« Zu gerne würde ich sie umarmen, doch schon an der Art, wie sie mich begrüßt, merke ich, dass Romantik gerade das Letzte ist, woran sie denkt.

»Gehen wir rein?«

Wir finden einen Platz am Fenster, durch das wir auf die verschneite Terrasse blicken können. Ganz allmählich versinken Tische und Stühle unter einer glitzernden Schneedecke. Ich muss an unsere Gänsenacht denken. An die Eisprinzessin am Kühlschrank und an die Momente vor dem heißen Backofen, als ich Kira die halbe Nacht im Arm halten durfte. Sehnsucht erfasst mich. Vielleicht wären wir längst zusammen, wenn ich es nicht vergeigt hätte.

»Wie geht's dir?«, frage ich vorsichtig.

»Ganz okay«, weicht sie aus. Obwohl sie lächelt, wirkt sie reserviert und so weit weg, dass ich nicht recht weiß, wie ich weitermachen soll. Also blicken wir schweigend in unsere Karten, bis die Bedienung an unseren Tisch kommt. Kira bestellt einen Tee und ich eine asiatische Nudelsuppe, auf die ich eigentlich gar keine Lust habe.

»Jetzt erzähl doch mal!«, bitte ich sie, nachdem die Bedienung unsere Bestellung gebracht hat. »Wie lief das Gespräch in der Kanzlei?«

Kira löffelt Honig in ihren Tee und rührt, ohne mich dabei anzusehen. Während sich die frische Minze langsam um ihren Löffel wickelt, beginnt sie zögernd zu berichten. »Eigentlich ganz gut. Jedenfalls kam meine Mum wie ausgewechselt nach Hause. Keine Ahnung, was diese Frau Khadem ihr gesagt hat. Aber sie muss wohl total nett und hilfsbereit gewesen sein.« Sie fischt das Knäuel aus Minzblättern aus ihrem Tee und legt es auf ihrem Unterteller ab. Danach rührt sie gedankenverloren weiter. »Nach dem Termin war meine Mum richtig motiviert. Sie hat sich gleich ans Telefon gehängt und einen Antrag auf Beratungshilfe gestellt. Und jetzt arbeitet Frau Khadem mehr oder weniger umsonst für uns.«

»Aber das ist doch super!«, freue ich mich. »Und du hast dir solche Sorgen gemacht.«

Kira wiegt bedenklich den Kopf. »Wir werden sehen. Das mit der Berufung läuft jedenfalls. Meine Mum hat mir sogar versprochen, dass sie mit zur Verhandlung kommt. Aber daran glaube ich noch nicht so recht.« Sie nippt vorsichtig an ihrem Tee, bevor sie das Glas abstellt und fortfährt. »Viel lieber wäre mir, wenn sie jetzt endlich die Sache mit ihrer Reha anginge. Leonie ist echt am Ende. Und ich könnte auch ein bisschen Unterstützung brauchen. Mein Abi schreibt sich nicht von allein. Vor allem nicht Mathe.«

»Du schaffst das«, sage ich und versuche, dabei so zuversichtlich wie möglich zu klingen. »Du bist doch voll die Powerfrau!«

»Ja, von wegen«, stöhnt sie und schüttelt den Kopf. »Mir geht jetzt schon die Düse, wenn ich daran denke.« Sie legt beide Hände um das Teeglas und sieht mich an. »Und bei dir so?«

»Ja, läuft auch«, sage ich und fische einen Tofuwürfel aus meiner Suppe. »Hab ich dir schon erzählt, dass Merle Post von Götz erhalten hat? Du weißt schon, wegen dem Video vor dem Supermarkt. Wo sie über unseren Fall berichtet.«

»Und?«

»Götz hat ihr den Kopf gewaschen.« Ich kann mir ein siegessicheres Grinsen nicht verkneifen. »Sie musste es runternehmen.«

Kiras Blick ist voller Genugtuung, als sie mich jetzt ansieht. »Das Video ging gar nicht. Und auch wenn Buchholz ein Arsch ist, ist es nicht ihre Sache, das in die Welt zu posaunen.«

»Leider können wir wegen des Verrats nicht gegen sie vorgehen. Ich habe Götz gefragt. Er meinte, selbst wenn wir beweisen könnten, dass Merle die anonyme Anruferin war, wäre es nicht strafbar, jemanden darauf hinzuweisen, dass er ein Auge auf seinen Laden haben sollte.«

»Schade«, bemerkt Kira enttäuscht. »Hätte mir gefallen, wenn sie eine saftige Strafe bekommen hätte.« Sie pflückt ein Minzblatt ab und zerreibt es zwischen ihren Fingern. Pfefferminzduft steigt mir in die Nase. Es ist schön, mit ihr hier zu sitzen. Auch wenn sie meilenweit weg zu sein scheint.

»Lass uns nicht über Merle reden«, sage ich und will ihre Hand nehmen. Doch sie greift nach ihrer Tasche. »Weißt du, wo die Toiletten sind?«

Ich spüre ihre Zurückweisung beinah körperlich. Als wäre sie ein Schlag in die Magengrube. »Dahinten irgendwo«, stammle ich und zeige in eine unbestimmte Richtung.

»Bin gleich wieder da«, sagt sie brüsk und verschwindet. Es wirkt, als würde sie vor mir flüchten, und ich fühle mich noch schlechter. Ich hätte es gar nicht erst versuchen sollen.

In diesem Augenblick summt mein Telefon. Es ist Steff. Seufzend gehe ich ran. »Hallo?«

»Hi, Joel! Steff hier! Wo bist du gerade?« Ihre Stimme klingt euphorisch. Als ich ihr mitteile, dass ich mit Kira im Maximilian sitze, ist sie begeistert. »Bewegt euch nicht von der Stelle! Wir sind gleich bei euch. Und wir haben viel zu erzählen!«

Kurz darauf stoßen die beiden zu uns. Als wir ihnen von unserer bevorstehenden Berufung berichten, sind sie total angefixt. »Je öfter das Thema Foodwaste in der Öffentlichkeit diskutiert wird, desto besser«, bemerkt Sina zufrieden. »Vielleicht kommt es ja doch irgendwann zu einer Gesetzesänderung!«

»Die Öffentlichkeit ist bei unserem Prozess gar nicht zugelassen«, wendet Kira ein. »Joel ist doch noch nicht achtzehn.«

»Ach, das hatte ich ganz vergessen.« Steff sieht enttäuscht aus. »Aber vielleicht könnte man ja draußen etwas organisieren? Vor dem Gebäude. Irgendwas, das Aufmerksamkeit erregt.«

»Woran denkst du?«, frage ich skeptisch.

»Keine Ahnung!« Steff zuckt mit den Schultern. »Wir trommeln alle Mülltaucher zusammen und machen was total Verrücktes! Einen Flashmob vielleicht? Oder eine Kundgebung?«

»Oder wie wäre es mit einer Foodsaving-Party?«, schlägt Sina vor. »Mit gerettetem Essen, das wir verschenken und mit Flyern und Plakaten …«

»Sorry, Leute. Aber ich bin da raus.« Kira überzeugt die Idee nicht. »Meine Abiklausuren gehen demnächst los. Ich kann jetzt keine Party organisieren.«

»Es ist voll okay, wenn ihr beiden euch im Hintergrund haltet«, beruhigt uns Steff. »Ihr könnt ja nach dem Termin dazustoßen!«

»Hey, Steff! Die Party könnten wir doch nutzen, um gleich mal Werbung für unser Café zu machen!« Sinas Augen leuchten vor Begeisterung.

»Äh, hab ich was verpasst?«, frage ich dazwischen. »Was denn für ein Café?«

»Also. Passt auf!« Steff ist in Hochstimmung. »Wir hatten heute einen Termin bei der Stadt. Und jetzt haltet euch fest: Die wollen uns die Alte Remise im Normannenviertel zur Verfügung stellen! Wir haben endlich einen Platz für unser Projekt!«

»Du meinst, das Jugendzentrum?«, frage ich überrascht. Die Alte Remise gehört zu einer ehemaligen Kaserne, in der die Stadt verschiedene soziale Einrichtungen untergebracht hat. »Ich wusste gar nicht, dass die leer steht.«

»Seit zwei Jahren«, bestätigt Sina. »Sie war einfach zu klein für die Jugendarbeit. Die sind jetzt in der alten Reithalle untergebracht.« Und dann berichten die beiden von ihrem Plan: Sie wollen ein Café eröffnen, in dem es ausschließlich gerettete Lebensmittel geben soll. Dazu läuft seit einiger Zeit eine Crowdfunding-Kampagne, die das Projekt finanziell aus der Taufe heben soll. »Einen Verein haben wir auch schon gegründet. Jetzt hoffen wir natürlich auf großzügige Spenden«, erklärt Sina mit vor Begeisterung glühenden Wangen. »Und öffentliche Aufmerksamkeit. Damit wir noch mehr Sponsoren bekommen. Die Idee mit dem Flashmob ist also nicht ganz uneigennützig …«

»Immerhin wäre eure Berufung ein würdiger Anlass für die erste Werbekampagne!«, Steff stößt Sina lachend den Ellenbogen in die Seite. »Die Idee gibt es natürlich schon länger«, fährt sie fort, als sie unsere verständnislosen Gesichter sieht. »Ein paar Betriebe haben tatsächlich schon Interesse an einer Kooperation angemeldet. Aber wir haben einfach keinen passenden Ort gefunden, um das Ganze in die Tat umzusetzen.«

»Was ist mit eurem Hofladen?«, werfe ich ein. »Hätte man den nicht zu einem Café umbauen können?«

»Zu klein«, gibt Steff zu bedenken. »Und außerdem zu weit draußen. Leute wie der Olle oder Frieda würden nie so weit rausfahren.«

»Die Remise ist perfekt!«, ruft Sina begeistert. »Es gibt sogar eine Terrasse und einen winzigen Garten. Bloß die Toiletten müssen neu gemacht werden. Und der Fußboden. Und die Wände natürlich auch …«

»Also quasi alles«, bemerke ich trocken.

Sina wird rot. »Ja, also um ehrlich zu sein: Der Laden ist ziemlich runtergekommen.«

»Aber wir bekommen jede Menge Hilfe aus der Kommune«, fügt Steff hinzu. »Und nicht zu vergessen: Sina ist Schreinerin!« Sie legt ihren Arm um Sina und zieht sie lachend an sich, was mir mal wieder einen Stich versetzt. Ich wünschte, ich könnte Kira auch irgendwann so unkompliziert in den Arm nehmen.

»Die Idee von Pay-as-you-feel-Cafés stammt nicht von uns«, erklärt Sina. »Sie beruht auf dem Prinzip, dass jeder so viel zahlt, wie er oder sie für richtig hält. Oder besser gesagt, so viel, wie einem die Sache *wert* ist. Denn darum geht's: Um *Wertschätzung*. Übrigens auch um die gegenseitige.«

»Und um das Ganze zu finanzieren, wollen wir Kulturevents und Konzerte veranstalten, und einen Catering-Service soll es auch geben. Über den kommt dann auch noch Geld rein. Hoffen wir zumindest.«

»Die Idee klingt schon ziemlich cool«, gebe ich zu. »Bin echt gespannt, ob es klappt.«

»Heißt das, wir können mit euch rechnen?« Sina hat schon ihr Notizbuch gezückt. »Also, Joel, wie sieht es aus mit morgen? Du hast doch gerade Winterferien, oder?«

Ich muss lachen. Sinas Feuereifer ist schon irgendwie rührend. »Okay, ich komme vorbei und schaue mir das an.«

»Ein- bis zweimal die Woche kellnern würde ich ebenfalls – nach dem Abi«, meldet Kira sich zu Wort. »Wie soll das Café eigentlich heißen?«

»Wissen wir noch nicht«, gibt Steff zu. »Wir dachten an so etwas wie *Plauderecke* oder so.«

»*Dumpster Dive In*«, schlage ich vor.

»Auch nicht schlecht!« Sina lacht und notiert die Idee.

»*Déjà Brew*.« Ich wieder.

»Joel! Du bist ja richtig kreativ!« Sina setzt auch diesen Namen auf ihre Liste. »*Déjà Brew*. Witzig!«

»Café KostBar.« Das kommt von Kira und kurz wird es still am Tisch.

»Hey! Das ist es!« Steff klatscht begeistert in die Hände. *»Café KostBar!«* Sie wirft Sina einen triumphierenden Blick zu. »Na bitte! Da hast du deine Wertschätzung.«

»Also dass die Sache so einfach ist, hätte ich nicht gedacht!«, staunt Sina und klappt ihr Notizbuch wieder zu. »Jemand gegen *KostBar*?« Als wir alle die Köpfe schütteln, ist das Ganze beschlossene Sache. Sina schmeißt eine Runde Sekt und wir lassen die Gläser klingen. »Auf unsere *KostBar*!«

»Cheers!«

Als es schließlich ans Bezahlen geht, stelle ich fest, dass ich nicht genug Bargeld dabeihabe und man in dem Laden nicht mit Karte zahlen kann. Aber Sina und Steff schütteln nur bedauernd die Köpfe. »Sorry, Joel. Da musst du wohl spülen.«

»Ich mach das«, sagt Kira und ignoriert meinen schwachen Protest. Dass sie für mich bezahlt, ist mir total unangenehm. Gerade jetzt, wo sie mir zu verstehen gegeben hat, dass sie mir noch nicht verziehen hat.

»Lass uns gleich noch am Automaten vorbeigehen«, schlage ich vor. »Zwei Straßen weiter ist einer. Dann kann ich es dir sofort zurückgeben.«

Wir verabschieden uns von Sina und Steff und machen uns auf den Weg zum nächsten Bankautomaten. Auf der Straße ist nur noch wenig Verkehr. Ein paar vereinzelte Autofahrer kriechen im

Schneckentempo hinter einem blinkenden Räumfahrzeug her. Mittlerweile liegt eine geschlossene Schneedecke auf dem Gehsteig und es schneit noch immer.

Wir gehen schweigend nebeneinander her, während der Schnee unter unseren Sohlen knirscht. Eigentlich mag ich dieses mahlende Geräusch, das unsere Schritte verursachen. Aber im Augenblick fühlt es sich an, als würde etwas in meinem Innersten zermörsert werden. Keine Ahnung, was. Vielleicht die Hoffnung, dass Kira jemals etwas Ähnliches empfinden könnte wie ich für sie.

Als wir schließlich die Bankfiliale erreichen, bin ich beinah erleichtert. »Ich spring hier mal schnell rein. Kommst du mit oder willst du draußen warten?«

»Ich komme mit. Dadrin ist es wenigstens warm.«

Während sie sich den Schnee von den Stiefeln stampft, schiebe ich meine Karte in das Lesegerät und tippe den Code ein. Mit einem leisen Klicken springt die Tür auf.

Es ist der typische Vorraum einer Bank: hell erleuchtet und mit glänzend grauem Granitboden. An der Wand ein Automat für Kontoauszüge und einer zum Geldabheben. Außerdem ein Werbeaufsteller, wie man ihn oft am Eingang von Geschäften sieht. Das Plakat auf der Vorderseite trägt die Aufschrift »Richtig finanzieren in der Krise«. Was hintendrauf steht, kann ich nicht lesen. Ist mir auch egal, denn etwas anderes erregt gerade meine Aufmerksamkeit. Unter dem Aufsteller liegen Klamotten. Ein ganzer Berg Klamotten. Und in diesem Klamottenberg steckt jemand. Eine Gestalt. Zusammengekrümmt und regungslos.

26

»Kira!« Ich fasse nach ihrer Hand und deute auf den Kundenstopper. »Scheiße, da liegt einer!«

»WAS?!« Entsetzt starrt Kira auf das Bündel Mensch, das vor uns liegt. »Ist der tot?!«

»Keine Ahnung! Vielleicht auch nur besoffen.« Langsam nähere ich mich der Gestalt. Definitiv ein Typ. Seinen Oberkörper kann ich nicht sehen, da er halb unter dem Werbeaufsteller liegt. Alles, was ich erkennen kann, ist eine wattierte Jacke und dunkle Jeans. An den Füßen trägt er ein Paar All Stars. Definitiv zu dünn für diese Jahreszeit.

»Hallo? Können Sie mich hören?« Jetzt kommt Leben in den Kerl.

Er fährt hoch und reißt dabei den Ständer um. Es poltert, als der Aufsteller nach hinten umfällt. »Wow! Easy, Dude!« Ich mache mich darauf gefasst, dass der Typ gleich aufspringt und mich anfällt. Vielleicht ist er auf Drogen und hofft auf etwas Kohle für den nächsten Trip. Doch in dem Moment zieht er seine Kapuze ab und blinzelt mich an. »What the fuck!?«

»Mücke!?« Auch Kira hat ihn erkannt und kommt näher.

»Boah, habt ihr mich erschreckt!« Mücke fährt sich durch die struppigen Haare. Dann rappelt er sich auf und stellt den Werbeträger wieder an seinen Platz.

»Wolltest du hier etwa pennen?«, frage ich vollkommen perplex.

»Wieso bist du nicht bei einem Kumpel? Oder – keine Ahnung – in der Notschlafstelle?«, will Kira wissen.

»Ey, fragt doch nicht so doof! Hat halt nicht geklappt!« Mückes Blick ist trotzig. Es stinkt ihm gewaltig, dass wir ihn hier aufgestöbert haben.

»Ich glaub's nicht!« Ich bin so verblüfft, dass ich beinah vergesse, das Geld für Kira abzuheben. Zum Glück habe ich noch meine Karte in der Hand. Während ich am Automaten stehe, spüre ich Mückes Anwesenheit hinter mir so deutlich, dass sich mir die Nackenhaare aufstellen.

»Sagt mal, kann ich heute bei einem von euch übernachten?«

Kira und ich sehen uns betreten an. Wir kennen Mücke kaum. Keiner von uns hat wirklich Lust, ihn mit nach Hause zu nehmen. »Sorry, Mücke.« Kira hebt in einer bedauernden Geste die Hände. »Ich hab überhaupt keinen Platz in meiner Bude … Und meine Mum dreht so schon am Rad.«

»Ich frag mal bei Sina und Steff nach«, schlage ich vor und ziehe mein Handy aus der Tasche. »Vielleicht haben die eine Idee.«

Doch Mücke will nicht, dass ich die beiden anrufe. »Steff labert mich immer zu.« Jetzt klingt seine Stimme fast ein wenig verzweifelt. »Kann ich nicht bei dir …?«

Ich stelle mir vor, was meine Eltern dazu sagen, wenn Mücke morgen zum Frühstück auftaucht. Sicher wären sie begeistert, wenn er ihnen seine Geschichte erzählt.

»Ich kann auch ganz früh verschwinden, wenn du sonst Stress kriegst.«

Ich werfe einen Blick nach draußen. In der Zwischenzeit ist das Schneegestöber noch stärker geworden. Der Wind treibt die

Flocken vor sich her und auf den Straßen verwandelt sich das Ganze gerade in Schmierseife.

»Ja, komm. Vergiss es.« Mücke ist bereits an der Tür. »Ich find schon was. Notfalls auch im alten Wasserwerk. Da hab ich einen Schlafsack versteckt. Also, hatte.« Kira und ich müssen ihn wohl vollkommen verständnislos angesehen haben, denn er fügt hinzu: »Irgend so ein Idiot hat ihn abgefackelt, als ich gerade auf Tour war. Als ich zurückkam, hab ich nur noch ein paar verkohlte Reste gefunden.«

»Scheiße.« Kira ist die Betroffenheit anzuhören.

»Okay, pass auf«, sage ich und hoffe nicht, dass ich meinen Entschluss später noch bereuen werde. »Eine Nacht. Und für Morgen suchst du dir was anderes. In Ordnung?«

Wir bringen Kira noch zur Tram, dann machen wir uns auf den Heimweg. Als wir in der Schumannstraße ankommen, brennt in meiner Bude kein Licht mehr. Leise öffne ich die Wohnungstür und bugsiere Mücke in mein Zimmer. »Brauchst du auch trockene Klamotten?«, frage ich, während ich Schlafsack und Isomatte aus dem Schrank ziehe.

»Nee, schon okay …« Kurz darauf liegen wir im Dunkeln und können beide nicht einschlafen. »Was ist eigentlich mit deinen Eltern?«, frage ich in unser Schweigen.

»Hm?«

»Na, deine Eltern. Hast du mit denen noch Kontakt?«

»Schon ewig nicht mehr.«

»Wieso nicht?«

Genervtes Stöhnen kommt aus Mückes Ecke. »Du stellst Fragen! Meinen richtigen Vater kenn ich überhaupt nicht.«

»Und deine Mum?«

»Macht immer bloß das, was mein Stiefvater sagt.«

»Und was ist mit dem?«

»Is 'n Drecksack! War's das?«

»Ist er der Grund, weshalb du auf der Straße lebst?«

»Mehr oder weniger. Meistens penn ich bei Freunden, auf denen ihrer Couch. Im Sommer auch mal im Zelt am Rhein. Ich brauch halt meine Freiheit, verstehst du?«

Eine Weile sagt keiner von uns etwas. Ich höre, wie Mücke sich unruhig in seinem Schlafsack hin und her wälzt. »Und was ist mit Schule?«, frage ich schließlich.

»Was 'n für 'ne Schule?«

»Na, gehst du da ab und zu noch hin oder hast du das komplett gesteckt?«

Ich bekomme ein genervtes Stöhnen als Antwort. »Mann, bist du Steff oder was? Die nervt mich ständig damit. *›Du musst die Schule abschließen, Mücke. Das ist total wichtig!‹* Alter, ich kann's echt nicht mehr hören!«

»Aber sie hat doch recht!«

»Meine Schule ist die Straße, okay?«

Ich höre, wie er sich im Schlafsack von mir wegdreht, und befürchte schon, dass es das jetzt war. Aber dann kommt doch noch was. »Hast du 'ne Ahnung, wie das ist?«, fragt er, und seine Stimme klingt plötzlich irgendwie dünn. »Kein Ort, an den du gehörst? Wo einer auf dich wartet? Stattdessen musst du zusehen, wie du den Tag irgendwie rumkriegst.« Es raschelt, als er sich aufsetzt. Sein Blick scheint mich regelrecht zu durchbohren. Zumindest fühlt es sich in der Dunkelheit so an. »Ich wette, da hast du noch nie drüber nachgedacht, stimmt's?«

»Ehrlich gesagt …« Ich setze mich auf und mache Licht. »Ich denke jetzt drüber nach.«

Mücke blinzelt mich an. Etwas Verletzliches liegt in seinem Blick. »Ständig musst du überlegen, wo du die nächste Nacht pennst. Die in der Notschlafstelle nehmen dich nämlich nicht immer und manche lassen dich vielleicht gar nicht erst rein. Weil du bei denen mal ausgerastet bist, zum Beispiel. Und bei den Kumpels kannst du auch nicht immer crashen.«

Ich spüre, dass das wohl einer jener seltenen Momente ist, in denen Mücke jemandem Einblick in sein Innerstes gibt. Und ich will den nicht kaputtmachen. »Nee, verstehe«, sage ich vorsichtig. »Da ist Schule wohl eher zweitrangig.«

Mücke knurrt bestätigend. »Und ohne Wohnsitz keine Schule.«

»Aber wenn du einen hättest – würdest du dann wieder in die Schule gehen?« Ich habe da so eine Idee. Doch ich will zuerst mit Steff reden.

Mücke schüttelt den Kopf. »Ich weiß nicht. Ich glaub, ich bin nicht dafür gemacht. Dieses Regelmäßige, verstehst du? Ich halt das nicht durch.«

Wir müssen dann doch irgendwann eingeschlafen sein. Am nächsten Morgen stelle ich Mücke als Kumpel aus der Schule vor. »Wir haben gestern noch gezockt«, behaupte ich. »Und dann ist er einfach dageblieben. Weil wir heute jemandem beim Renovieren helfen wollen.«

»Ach, das ist aber nett von euch«, bemerkt meine Mum, während Mücke mir einen überraschten Blick zuwirft. Von meinen Plänen, ihn zum Café mitzuschleppen, weiß er noch nichts.

»Wie heißt du eigentlich richtig?«, höre ich meine Mum gerade fragen. Komisch. Wieso habe ich ihn das noch nie gefragt? Ich bin gar nicht auf die Idee gekommen, dass er auch einen richtigen Namen hat. Mücke war für mich immer Mücke.

Mücke sieht meine Mum an mit einem Ausdruck irgendwo zwischen Überraschung und Frust. »Ich heiße Justin.«

27

Es ist kurz nach neun, als wir uns auf den Weg zur Alten Remise machen. Nachdem ich Mücke von dem Gratis-Café erzählt habe, ist er neugierig geworden. Und da er ohnehin nichts Besonderes vorhat, konnte ich ihn davon überzeugen, sich das Ganze einmal anzuschauen.

Dass in dem alten Backsteingebäude gearbeitet wird, ist schon von Weitem zu erkennen. Auf dem kleinen Vorplatz, der später einmal eine Art Biergarten wird, parken Steffs rostige Karre und der Pick-up der Kommune mit jeder Menge Werkzeug auf der Ladefläche. Daneben steht ein Bauschuttcontainer mit den Überresten eines zerlegten Waschraums.

Wir bahnen uns einen Weg zwischen den Fahrzeugen durch und öffnen die Tür zum Gebäude. Im Inneren sieht es aus, als hätte eine Bombe eingeschlagen. Überall Schutt und Staub. Der alte Fliesenboden wurde herausgerissen und von den Decken baumeln Kabel mit nackten Glühbirnen. Irgendwo dröhnt ein Bohrhammer. Wir folgen dem Lärm in einen Nebenraum, in dem wir Sina in einer Art Kampfanzug vorfinden. Sie trägt eine Atemmaske gegen den Staub, Ohrenschützer und Schutzbrille. In den Händen hält sie einen zuckenden Stemmhammer, mit dem sie eine Fliese nach der anderen von der Wand holt. Als sie uns bemerkt, unterbricht sie ihre Arbeit. »Hey, Verstärkung!« Ich bekomme ein staubiges Küsschen auf die Wange und Mücke ein Fistbump. »Na? Wie gefällt euch unser Café?«

»Megacool!«

»Ja, oder?« Sina streift die Schutzbrille hoch und lässt ihren Blick über den Schutthaufen und das kaputte Waschbecken schweifen. »Ist noch ein bisschen chaotisch, aber …«

»Ach, kaum!« Ich winke grinsend ab. »So lange keiner der Gäste aufs Klo muss, geht's doch«, foppe ich sie, während Mücke interessiert den Bohrhammer beäugt. »Darf ich auch mal?«

»Lieber nicht«, wehrt Sina ab. »Aber jetzt, wo ihr schon mal da seid …«, sie mustert uns fragend. »Ihr seid doch zum Helfen gekommen, oder?«

»Klar!«, sage ich und stoße Mücke meinen Ellenbogen in die Seite. Mücke nickt brav. »Was können wir tun?«

»Solange Steff noch nicht da ist, könnt ihr hier loslegen.« Sie führt uns zurück in den Hauptraum, wo sie auf die Wand gegenüber des Eingangs deutet. »Der Putz muss runter«, erklärt sie und drückt mir ein paar Arbeitshandschuhe und eine Schutzmaske in die Hand. »Da drüben sind Hammer und Meißel. Aber dass ihr mir ja vorsichtig seid!« Mit übertriebener Geste streichelt sie die Wand. »Dadrunter verbirgt sich eine alte Ziegelsteinmauer. Die wollen wir später anstrahlen. Als Kulisse für unsere Theke.«

»Und wo ist Steff?«, frage ich und sehe mich suchend um.

»Hat noch was zu erledigen«, erklärt Sina und wendet sich ab. »Ich mach dann mal weiter.«

In den nächsten Stunden legen wir Backstein um Backstein frei, kratzen Fugen aus und schaufeln Schutt. Es ist eine mühsame Geschichte, und so richtig sauber werden die Backsteine erst, als wir die poröse Oberfläche mit einer Stahlbürste bearbeiten. »Verputzen würde schneller gehen«, brumme ich und werfe einen kritischen Blick auf das Ergebnis.

»Auf keinen Fall!«, höre ich eine Stimme hinter mir. Steff ist mit einer Familienpizza in der Tür aufgetaucht. »Aber keine Sorge, Joel. Ich hab Verstärkung mitgebracht.«

»Augenblick mal!«, ertönt eine mir bekannte Stimme aus dem Hintergrund. »Du hast gesagt ›*Social Media*‹, nicht Sklavenarbeit!«

Erschrocken fahre ich herum. Wie aus dem Nichts stehen Linus und Kim plötzlich vor mir. Beide genießen ihren Überraschungsauftritt sichtlich. »Wo kommt ihr denn her?«, frage ich verblüfft.

Linus stellt seinen Kamerarucksack auf den Boden und grinst in die Runde. »Steff hat mich angerufen. Wegen eines *Image-Films.*«

»Moment. Ihr kennt euch?«

»Noch aus der Schule! Hat Steff das nicht erzählt?« Linus wirft Steff einen fragenden Blick zu. Die schüttelt den Kopf. »Steff war die Ökotussi aus der A! Die, die immer das Gegenteil von allen anderen machen musste.«

»Komm, so schlimm war ich nun auch wieder nicht.«

»Wer lebt denn in einer Jurte? Du oder ich?«

»Na und? Kann doch nicht jeder mit Junkfood vor dem Computer versumpfen!« Steff verpasst Linus einen freundschaftlichen Knuff. Danach öffnet sie den Karton und lässt die Pizza herumgehen. Sie ist zwar nur noch lauwarm, aber nach der Schufterei das Beste, was Mücke und mir passieren konnte. Stöhnend lasse ich mich auf eine Getränkekiste fallen und will nach einem Stück Pizza greifen. Doch meine Hände sind so verkrampft, dass es mir erst beim dritten Versuch gelingt. »Ich glaube, morgen bin ich tot!«, ächze ich.

»Wie jetzt? Ich denke, du kommst morgen wieder und machst

weiter?« Steff verpasst mir einen Stoß in die Rippen, sodass ich fast von meiner Kiste falle.

»Ey!«, protestiere ich und gehe auf Abstand. »Kann mich jetzt bitte mal einer ins Bild setzen? Wieso weiß Linus von unserem Café?« Irgendwie gefällt es mir gar nicht, dass Linus und Kim hier aufgekreuzt sind. Leute, die mit Merle abhängen, können mir gestohlen bleiben. Denen traue ich nicht über den Weg.

»Okay, ich glaub, ich muss da was erklären.« Steff fährt sich nervös durch die kurzen Haare. »Ich bin sonst nicht so ein *Bad Ass* und über Leute herziehen, ist eigentlich auch nicht mein Stil. Aber nachdem Merle dir und Kira dermaßen übel mitgespielt hat, habe ich Linus einfach mal angerufen. Und ihm alles erzählt. Ich wusste ja, dass er zu Merles sogenanntem ›Kreativ-Team‹ gehört, und da dachte ich, er sollte davon wissen.«

»Ich hab Merle natürlich zur Rede gestellt.«

»Und?« Jetzt bin ich gespannt.

»Erst hat sie alles abgestritten und dann behauptet, früher oder später wärt ihr ohnehin aufgeflogen. Und außerdem wärst du ein dämlicher Idiot, wenn du weiterhin diesen Mitarbeiter schützt. Das hat mir übrigens am meisten gestunken. Ich fand das nämlich ziemlich cool von euch.«

»Hat dem aber nichts genützt«, brumme ich und muss an Murat denken, der jetzt wahrscheinlich auf Jobsuche ist.

»Jedenfalls hat Linus Merle ganz schön kontra gegeben«, berichtet Kim. »Und dann haben wir beschlossen, dass Steff uns abwerben darf.«

»Offiziell habe ich euch bloß gefragt, ob ihr kommen und ein paar Bilder schießen wollt. Von unserem Café. Für Social Media und so«, versucht Steff, die Sache zu verharmlosen.

»Und Merle?«, frage ich vorsichtig. »Weiß sie, dass ihr hier seid?« Nicht dass sie noch vorbeikommt und uns eine Szene macht. Darauf kann ich nämlich gut verzichten.

»Merle tobt«, antwortet Linus, der die Sache sichtlich genießt. »Du willst gar nicht wissen, was sie uns alles an den Kopf geworfen hat. Am Ende hat sie uns sogar mit dem Rauswurf gedroht, falls wir ihr in den Rücken fallen. Oder sie auf Instagram in Verruf bringen.«

»Echt? Sie will euch aus der Bude schmeißen?«

Linus schenkt mir ein strahlendes Lächeln. »Ihr Problem ist bloß, dass ich der Hauptmieter bin. Wenn hier also jemand seine Koffer packt, dann ist sie das. Und glaub mir, das fuchst sie am meisten.« Ich schüttle ungläubig den Kopf. Dass Merle auch mal den Kürzeren zieht, erscheint mir schwer vorstellbar.

Nach der Pause machen Mücke und ich uns wieder an die Arbeit. Während wir weiter an unserer Mauer kratzen, führen Sina und Steff Linus und Kim herum und erklären ihnen das Konzept ihres neuen Cafés. Die beiden sind schwer beeindruckt. »Wenn ihr wollt, machen wir euch ein Profil auf Instagram und dokumentieren den Fortschritt«, schlägt Linus vor. »Bis zur Eröffnung habt ihr dann auf jeden Fall schon ein paar Follower.«

Am Abend sind wir alle fix und fertig. Während Mücke Sina beim Einpacken des Werkzeugs hilft, ziehe ich Steff beiseite. Ich berichte ihr, dass Mücke gestern in einer Bankfiliale übernachten wollte und dass wir ihn dort zufällig aufgelesen haben. »Können wir nicht irgendwas für ihn tun? Ich meine, er muss doch irgendwo schlafen!«

»Ich weiß«, antwortet Steff. »Vorhin hat er mich sogar gefragt, ob er vielleicht hier pennen könnte. Um das Werkzeug zu bewachen.« Steff zieht eine Augenbraue nach oben. »Ich hab natürlich abgelehnt. Hier in dem Dreck! Da kann doch keiner schlafen.«

»Besser als draußen im Schnee«, wende ich ein. »Aber was ist denn jetzt mit der Wohngruppe, von der du gesprochen hast?«

Steff winkt resigniert ab. »Mittlerweile will den keiner mehr haben.«

»Was?! Wieso das denn?«

Steff seufzt. »Das Problem ist, dass Mücke überall Streit anfängt. Du glaubst gar nicht, wie aggro der sein kann. Er hält sich einfach nicht an die Regeln, wird sofort aggressiv, schreit rum. Und bevor es ein klärendes Gespräch gibt, haut er ab.«

»Echt? Ich hab den noch nie aggressiv erlebt.«

»Weil er dich cool findet. Und weil er heute eine Aufgabe hatte. Aber wehe, er hat was getrunken. Da ist es mir fast lieber, wenn er zugekifft ist.« Steff fängt meinen entsetzten Blick auf. »Mann, ist so! Aber ich weiß, ich sollte das nicht sagen.«

»Kannst du nicht trotzdem was für ihn tun?«

Steff seufzt. »Ich rede mal mit Olaf. Vielleicht können wir ihm ein Zimmer in der Mühle anbieten. Da hätten wir ihn im Blick.«

In den nächsten Wochen bin ich fast jeden Nachmittag in der Alten Remise. Ich muss mich irgendwie ablenken. Damit ich nicht ständig an Kira denken muss, die vorgibt, im Abistress zu stecken. Was vermutlich nur zum Teil stimmt. Wahrscheinlicher ist, dass sie das nur sagt, um mir aus dem Weg gehen zu können. Sie weiß schließlich, wie es mit meinen Gefühlen für sie aussieht, und vielleicht traut sie sich einfach nicht, mir zu sagen, dass sie anders empfindet. Ich weiß, ich sollte sie direkt darauf ansprechen. Doch dann habe ich Gewissheit. Und genau vor diesem Moment habe ich die größte Angst.

Heute bin ich wieder vor Ort, diesmal, um Sina beim Aufstellen ihrer Theke zu helfen. Gerade als ich eine der riesigen Vintage-Industrielampen über der Bar montiere, summt mein Handy. Ich werfe einen Blick aufs Display. Es ist Götz. »Ja?«, frage ich atemlos.

»Hallo, Joel! Ich habe gerade mit deinen Eltern gesprochen. Das Landgericht hat einen Termin für unsere Berufung angesetzt.«

Mein Herz setzt einen Schlag aus, während Götz berichtet, dass die Verhandlung Mitte April sein würde. »Was ist mit Murat?«, will ich wissen. »Haben Sie mit ihm gesprochen?«

»Natürlich! Er hat alles bestätigt, was ihr mir berichtet habt. Es sieht gut aus für uns, Joel.«

Yeah!!!

»Weiß Kira schon Bescheid?«

»Meine Kollegin telefoniert gerade mit ihrer Mutter. Aber du kannst es ihr auch gerne selbst sagen.«

»Das mach ich! Vielen Dank für die Info!« Ich drücke ihn weg und rufe Kiras Nummer auf. Endlich habe ich einen Vorwand, mit ihr zu sprechen! Während ich dem Freizeichen lausche, klettere ich von der Leiter. »Kira?«, sage ich, als sie endlich rangeht. »Es ist so weit! Wir haben einen Termin!«

28

»Gehören die zu euch?« Überrascht weist mein Dad auf die Menschenansammlung, die sich vor dem Landgericht tummelt. Sina und Steff haben ganze Arbeit geleistet. Sie haben nicht nur sämtlichen Mülltauchern Bescheid gesagt, sie sind auch noch mit ihrer kompletten Kommune inklusive eines Treckers mit Anhänger angerückt. Transparente und Banner flattern an den Seiten. »Teller statt Tonne!«, steht da in großen Lettern. Und »Containern legalisieren – JETZT!«.

Auf dem Anhänger selbst stapeln sich Kisten und Stiegen voller Grünzeug und Obst, die Steff gerade ablädt und an diverse Leute verteilt, die sich bereits eingefunden haben. In der Menge erkenne ich Paps mit seiner Familie, den Ollen und Frieda mit Hund. Fast alle tragen T-Shirts mit dem von Linus kreierten Logo, einer stilisierten Kaffeetasse mit der Aufschrift »Café KostBar«. Als einer von ihnen sich umdreht, kann ich auch lesen, was auf der Rückseite steht: »… weil uns Lebensmittel wirklich etwas wert sind.«

»Das sind die Leute vom Café«, erkläre ich meinen Eltern, während ich beobachte, wie Sina und Steff und noch ein paar andere auf Passanten zugehen und ihnen gerettetes Essen anbieten. Ein paar der Aktivisten laufen sogar bei Rot auf die Straße, um dort den wartenden Autos etwas zu bringen. Einige Autofahrer lachen und fahren ihre Scheiben runter, andere starren wütend geradeaus. Als die Ampel wieder auf Grün springt, ziehen sich die Aktivisten zurück, und der Verkehr geht weiter.

»Ach, die sind doch ganz friedlich!«, bemerkt meine Mum und kann sich ein Schmunzeln nicht verkneifen. Ich habe den Eindruck, dass sie es sogar ziemlich cool findet, was hier abgeht. »Schau mal, da ist auch dein Freund Justin!«

Ich blicke mich suchend um. Tatsächlich. Mücke ist mit seinen Kumpels gekommen. Einer der Jungs schwenkt eine Bierflasche, von der ich eher nicht annehme, dass sie zu den geretteten Lebensmitteln gehört. Der andere wirbelt ein Netz mit Kartoffeln durch die Luft und brüllt den Autofahrern etwas zu.

»Ich glaube, wir sollten lieber schon mal reingehen«, bemerkt mein Dad, dem das alles hier etwas unheimlich ist. »In einer Stunde geht's los.«

»Ich warte noch auf Kira«, sage ich. Nach unserem Treffen im Maximilian haben wir uns kein einziges Mal mehr gesehen. Ihre Antworten auf WhatsApp waren knapp und unpersönlich und ans Handy ging sie auch nur ein einziges Mal. Als ich ihr das mit der Berufung mitgeteilt habe. Nun brenne ich darauf, sie wiederzusehen.

Immer mehr Leute strömen auf den Platz vor dem Gericht. Die bunten Plakate, Transparente und Ballons scheinen die Schaulustigen magisch anzuziehen. Vielleicht auch die Tatsache, dass hier kostenlos Lebensmittel verteilt werden.

»Aber bleib auf Abstand, okay?« Mein Dad wirft einen nervösen Blick auf einen Mannschaftswagen der Polizei, der gerade an der Ampel hält. Er gehört nicht zu den Fahrzeugen, die die Scheiben öffnen, um sich Äpfel oder Tomaten schenken zu lassen. Doch es springen auch keine Polizisten heraus, um die Lebensmittelaktivisten mit Knüppeln niederzuschlagen oder sie in Handschellen abzuführen. Als die Ampel auf Grün springt, fährt das Auto einfach weiter. Ich atme erleichtert auf und winke meinen Eltern noch einmal zu, bevor sie im Gerichtsgebäude verschwinden.

Kurz darauf entdecke ich Kira, die gerade von Sina und Steff in Beschlag genommen wird. Seufzend verabschiede ich mich von der Idee, ein paar Worte mit ihr allein wechseln zu können, und kämpfe mich zu den dreien durch.

Sina und Steff strahlen, als sie mich bemerken. »Hi, Joel!«, ruft Steff mir schon von Weitem entgegen. »Willst du dich auch noch mal stärken, bevor es losgeht?« Grinsend hält sie mir eine Banane hin, doch ich lehne ab. Ich bekomme jetzt keinen Bissen runter!

Kira geht es offenbar ähnlich. Als ich sie kurz an mich ziehe, raunt sie mir ins Ohr: »Oh Gott, ich bin so aufgeregt!«

»Wird schon klappen«, flüstere ich und lächle ihr aufmunternd zu.

»Was ist mit euren Eltern?«, will Steff wissen. »Kommen die nicht zur Verhandlung?«

»Meine sind schon mal reingegangen«, sage ich und werfe einen Blick auf das Gerichtsgebäude. »Das alles hier war ihnen eine Spur too much.«

»Und deine Mum?«

Kira schüttelt den Kopf. »Sie hat endlich einen Reha-Platz bekommen. Aber ich habe auch so nicht mit ihr gerechnet.«

»Alter, was macht Mücke da eigentlich?« Sina zeigt auf die Straße hinter mir, auf der Mücke und seine beiden Kumpels gerade herumalbern und sich und die wartenden Autos johlend mit Gemüse bewerfen. Zum Glück ist die Ampel rot, sodass der Verkehr ohnehin steht.

»Oh, Mann!« Steff schüttelt verärgert den Kopf. »Heute Morgen hab ich noch mit ihm gesprochen. Da hat er mir hoch und heilig versprochen, dass er sich künftig zusammenreißt.«

»Wohnt er denn jetzt bei euch?«, frage ich und beobachte, wie Mücke seine beiden Kumpels mit Tomaten bombardiert. Ein paar davon landen auf der Windschutzscheibe eines wartenden Fahrzeugs.

Steff nickt. »Olaf war einverstanden, dass er ein Zimmer in der Mühle bekommt. Bis jetzt klappt das auch ganz gut. Mann, was macht er denn jetzt?! MÜCKE!«

Die Ampelphase hat auf Grün gewechselt. Doch statt von der Straße zu verschwinden, stehen Mücke und seine Jungs nach wie vor mitten auf der Fahrbahn. Ich höre, wie der Fahrer auf die Hupe drückt, während Mücke ihm den Finger zeigt, bevor er sich abwendet und provozierend langsam mit seinen Freunden zurückweicht.

Mücke hat den Gehweg noch nicht erreicht, als der Fahrer aufs Gas tritt. Das alles passiert in einer Geschwindigkeit, dass ich überhaupt nicht kapiere, was hier eigentlich los ist. Bis Mücke durch die Luft fliegt.

»FUCK!«

»Er hat Mücke umgenietet!«

»Ey, ich fass es nicht!«

Ich renne los. Boxe mich durch die Schaulustigen. Höre hinter mir, wie Steff nach einem Rettungswagen brüllt. Höre, wie Kira meinen Namen schreit. Sehe vor meinem inneren Auge noch einmal, wie das Fahrzeug Mücke auf die Hörner nimmt. Wie Mücke mit einem satten Aufschlag auf der Motorhaube landet. Und wie er kurz darauf durch die Luft segelt und einige Meter weiter auf den Asphalt kracht.

Ich remple einen Typen beiseite, der sich lautstark beschwert. »Lassen Sie mich durch!«

Als ich Mücke erreiche, kniet einer seiner Kumpels bereits neben ihm und rüttelt an seiner Schulter. »Yo, Mücke! Alles gut?« Blöde Frage! Nichts ist gut! Mücke stöhnt. Sein linkes Bein ist unnatürlich verdreht.

»Mücke!« Kira ist plötzlich neben mir. Sie ist mindestens so geschockt wie ich. »Was machst du für 'n Scheiß?« Ihre Hand streicht über Mückes borstiges Haar.

Mückes Lider flattern. »Was …?«

Sina und Steff haben es ebenfalls durch die Menge geschafft. Steff fällt neben mir auf die Knie. »Der Notarzt ist gleich da.«

Dann höre ich die Sirenen. In die Autokolonne hinter uns kommt Bewegung. Eine Gasse entsteht, um Notarzt und Rettungswagen durchzulassen. Eine Ärztin und zwei Sanitäter schieben uns beiseite. »Wir übernehmen hier.«

Zögernd ziehen Kira und ich uns zurück, während die drei sich um Mücke kümmern. Kira zittert. Ich nehme sie in den Arm und halte sie ganz fest, während ich zusehe, wie Mücke versorgt und auf eine Trage gehoben wird. Steff steht daneben und beschreibt einem der Polizisten, was passiert ist. Zwei andere malen mit Kreide Markierungen auf den Asphalt. Wie im Film, denke ich und kann es immer noch nicht fassen. Kurz darauf braust der Rettungswagen davon und der Verkehr fließt weiter. Am Rande bekomme ich mit, wie die Polizei die Kundgebung auflöst. Und dann höre ich, wie sich jemand neben mir räuspert. Ich blicke erschrocken auf. Es ist Götz. Er trägt bereits seine schwarze Robe. Scheiße, die Berufung! An die habe ich gar nicht mehr gedacht!

»Oh Gott, ich kann da jetzt nicht rein!«, flüstert Kira, die Götz ebenfalls bemerkt hat.

Ich streiche über ihr Haar und warte, bis sie sich von mir löst. »Wir können jetzt nichts für Mücke tun, Kira.«

»Ich weiß, aber …«

»Ihr geht da jetzt rein und lasst euch freisprechen!« Sina. Sie ist neben mir aufgetaucht und sieht uns grimmig, aber entschlossen an. »Steff und ich regeln das hier. Und Mücke …« Sie zögert kurz. Doch dann fügt sie umso entschlossener hinzu: »Der wird schon wieder. Der ist hart im Nehmen.«

Im Foyer warten Kiras Anwältin, Frau Khadem, und meine Eltern bereits auf uns. »Wie schrecklich!« Meine Mum schüttelt immer wieder fassungslos den Kopf. »Wir haben es gerade erfahren.«

Khadems Blick ist ernst. »Kennt ihr den Jungen?« Als wir zögernd nicken, schenkt sie uns ein mitfühlendes Lächeln. »Das tut mir total leid. Ich kann mir vorstellen, wie schlimm das jetzt für euch ist.« Sie wirft Götz einen fragenden Blick zu.

Götz zuckt ein wenig ratlos mit den Schultern. »Ich denke, der Junge ist in guten Händen«, bekräftigt er. »Zum Glück war der Rettungswagen gleich da. Und eine Freundin von den beiden ist mitgefahren.«

Kira schnieft. »Ich verstehe einfach nicht, warum er das gemacht hat. Warum hat er den Autofahrer so provoziert?«

»Das ist noch lange kein Grund, ihn über den Haufen zu fahren!«, entgegne ich wütend.

»Ich hatte eher den Eindruck, dass der Fahrer ihn zur Seite drängen wollte«, überlegt Götz. »Und dabei hat er ihn erwischt.«

»Nee, das war Absicht!«, knurre ich.

»Das ging alles so schnell …«

»Haben die den Typen wenigstens erwischt?«, frage ich Götz, der darauf nickt.

»Der kam nicht weit. Da waren so viele Polizisten vor Ort, die haben ihn direkt festgenommen.« Götz sieht auf seine Armbanduhr. »Kommt«, fordert er uns auf. »Wir sollten uns jetzt auf unsere Berufung konzentrieren.«

29

Während unsere Gedanken noch um Mücke und den Unfall kreisen, nehmen wir unsere Plätze im Gerichtssaal ein. »Ich lasse mein Handy an«, wispere ich Kira zu. »Vielleicht meldet Steff sich ja aus dem Krankenhaus.«

Kurz darauf treffen auch Richterin und Staatsanwalt ein. »Wir bitten, unsere Verspätung zu entschuldigen«, bemerkt die Richterin und sieht kurz auf ihr Handy. »Wir wurden vor dem Gebäude aufgehalten.« Kurzes Raunen und Stühlerücken. Jeder im Saal weiß, dass es mit dem Unfall zu tun hat.

Schließlich breitet sich eine gespannte Stille aus. Der Blick der Richterin schweift prüfend über die Versammelten. »Bevor wir beginnen, möchte ich Sie darüber informieren, dass dem Gericht seit heute Morgen eine schriftliche Mitteilung vorliegt. Die Supermarktkette hat den Strafantrag zurückgezogen.«

Khadem und Götz wechseln erleichterte Blicke, während Buchholz offenbar fassungslos den Kopf schüttelt. Ich kapiere nicht ganz, wieso wir dann überhaupt noch hier sitzen. Aber anscheinend geht es jetzt darum, die Staatsanwaltschaft zu überzeugen. Die legt dann auch direkt los und verliest die Anklage. Danach werden die beiden Polizisten in den Zeugenstand berufen. Beide erklären übereinstimmend, dass sie uns in der fraglichen Nacht im Hinterhof des Supermarkts mit einem voll beladenen Fahrradanhänger angetroffen haben, räumen jedoch ein, dass sie nicht gesehen haben, wie wir die Lebensmittel an uns genommen haben.

Ich höre nur mit halbem Ohr zu. Ich kann die Bilder von dem Unfall einfach nicht abschütteln. Kira geht es anscheinend genauso. Sie kauert neben mir auf ihrem Stuhl und sieht kaum hoch.

Als Buchholz an der Reihe ist, versuche ich, mich zusammenzureißen. Ich will hören, wie er sich mehr und mehr in seinen Lügen verstrickt. Noch strahlt seine Haltung Selbstsicherheit aus, doch ich vermute, das meiste davon ist Show.

»Herr Buchholz«, beginnt die Richterin. »Sie haben beobachtet, wie die beiden Angeklagten Lebensmittel aus einem verschlossenen Container genommen haben. Können Sie uns beschreiben, wie das Ganze abgelaufen ist?«

Buchholz räuspert sich. Beugt sich über das Mikro, klopft mit dem Zeigefinger kurz auf den Mikrofonkopf. Es kracht und pfeift. »Ich … äh … Entschuldigung. Es war dunkel. So genau habe ich es nicht gesehen.«

Die Augenbrauen der Richterin wandern langsam zu ihrem Haaransatz. »Sie haben es nicht gesehen? Aber in Ihrer Zeugenaussage steht, dass sie einen jungen Mann beobachtet haben, wie er mit einem Einbruchswerkzeug das Schloss des Containers aufgebrochen hat. Ich zitiere *›Im Anschluss daran haben die beiden Täter die Lebensmittel aus dem Container geholt‹*.«

Buchholz strafft sich. »Stimmt, das habe ich gesagt. Aber das ist ja auch nicht falsch. Die Lebensmittel wurden von der Polizei sichergestellt. Dafür gibt es sogar Beweisfotos.«

»Haben Sie diesen Vorgang nun beobachtet, oder gehen Sie davon aus, dass es so war, weil die Polizei im Anschluss die Lebensmittel sichergestellt hat?«

»Ich verstehe die Frage nicht.«

Die Richterin stutzt. Dann wiederholt sie die Frage, diesmal mit einem leicht ungeduldigen Unterton.

Buchholz' Selbstbewusstsein bröckelt. »Ich, äh …« Er schluckt. Sein Adamsapfel hüpft auf und ab. »Ich habe es nicht *eindeutig* gesehen. Von meiner Position aus konnte ich die beiden hören, aber nicht so gut sehen. Also im Grunde gar nicht.«

»Sie haben demnach nur gehört, dass in Ihrem Hinterhof etwas vorgeht?«

»Na ja, auch nicht wirklich.«

Buchholz' Ausweichmanöver sorgt für Unruhe im Saal. Die Richterin wirkt genervt. »Wo befanden Sie sich zum Tatzeitpunkt?«, will sie wissen, nachdem wieder Stille eingekehrt ist.

»In meinem Wagen. Vor dem Supermarkt. Ich hatte ja einen Tipp bekommen, dass da was läuft mit diesen –«, er wirft Kira und mir einen wütenden Blick zu, »– mit diesen Mülltauchern. Als die beiden dann tatsächlich mit ihrem Fahrradanhänger auftauchten und hinter der Filiale verschwanden, habe ich umgehend die Polizei verständigt.«

»Damit wir Sie hier richtig verstehen, Herr Buchholz.« Mit versteinerter Miene fasst die Richterin das Gestammel des Filialleiters zusammen: »Sie haben nicht gesehen, wie die beiden Angeklagten etwas aus Ihrem verschlossenen Container genommen haben. Sie vermuten es nur, weil später Lebensmittel sichergestellt wurden. Ist das korrekt?« Buchholz nickt zögernd. Die Richterin seufzt, macht sich ein paar Notizen und gibt weiter.

»Herr Buchholz, hatten Sie schon öfter Probleme mit sogenannten Mülltauchern?«, möchte der Staatsanwalt wissen.

Buchholz bejaht. »Deshalb habe ich die Container ja auch mit einem Schloss gesichert. Immerhin hafte ich so lange für meinen Müll, bis ihn die Entsorgungsfirma übernimmt.«

»Das heißt, alles, was nach Ladenschluss an Lebensmitteln draußen herumsteht, wird früher oder später entsorgt?«, hakt Kiras Anwältin gleich darauf nach.

»Bei mir steht nichts herum!«, fährt Buchholz auf. »Da herrscht jederzeit Ordnung.«

»Sie würden also sagen, dass in der fraglichen Nacht im Anlieferungsbereich nur noch leere Rollwägen und verschlossene Container zu finden waren?«, möchte Khadem wissen.

»Ja, sicher.«

»Keine weiteren Fragen.« Khadem setzt sich wieder, ein süffisantes Lächeln auf den Lippen.

Nun ist Götz an der Reihe. »Herr Buchholz, Sie haben gerade zugegeben, dass Sie doch nicht mit eigenen Augen gesehen haben, wie die beiden den Container aufgebrochen haben. Wie können wir dann vom Tatbestand des schweren Diebstahls ausgehen?«

»Aber das Diebesgut wurde doch von der Polizei sichergestellt.« Buchholz wird laut. »Woher sollten die Lebensmittel denn sonst kommen?!«

Götz geht nicht auf Buchholz' Gegenfrage ein. »Ist es korrekt, dass Herr Murat Ylmaz an dem fraglichen Abend Spätschicht in Ihrer Filiale hatte?«

Buchholz' Blick flackert kurz. Er versteht nicht ganz, was Götz mit seiner Frage beabsichtigt. »Ja, das ist korrekt.«

»Und ist es auch korrekt, dass Sie Herrn Ylmaz kurz darauf fristlos gekündigt haben?«

Ungehalten wendet Buchholz sich an die Richterin. »Geht

es jetzt um meinen ehemaligen Mitarbeiter oder um die beiden Mülldiebe?«

»Bitte beantworten Sie die Frage.«

Buchholz holt tief Luft. »Er hat Waren veruntreut. Ich konnte ihm nicht mehr vertrauen.«

»Auch zu entsorgende Ware?«, möchte Götz wissen.

»Ja!«

»Was hat er damit gemacht?«

Buchholz ringt um Fassung. »Er hat die Ware eben nicht ordnungsgemäß entsorgt, sondern irgendwo hingestellt. Und dann ist er einfach nach Hause gefahren.«

»›*Irgendwo hingestellt*‹«, wiederholt Götz und zieht die Augenbrauen hoch. »Oder *zurechtgestellt*? Für unsere beiden Mandanten, zum Beispiel?« Götz lässt ein paar Sekunden verstreichen, doch Buchholz presst nur die Lippen zusammen und schweigt.

»Herr Buchholz?«, schaltet sich die Richterin ein. »Bitte beantworten Sie die Frage.«

»Hingestellt, zurechtgestellt, was weiß ich?«, blafft Buchholz. »Kann sein!«

»Obwohl Sie also sehr genau wussten, dass die Lebensmittel nicht aus dem verschlossenen Container stammten, haben Sie eine Anzeige wegen schweren Diebstahls gestellt. Herr Buchholz, vielleicht wäre es jetzt an der Zeit, diese Anzeige zurückzuziehen?«

Buchholz antwortet nicht, doch ich bemerke, wie er in seinem Zeugenstand zusammensackt.

»Das wird Konsequenzen haben«, flüstert Khadem uns zu. Ich werfe Kira einen triumphierenden Blick zu und ernte ein kleines Lächeln.

Kurz darauf betritt Murat den Zeugenstand. In knappen Sätzen berichtet er, wie wir uns zum ersten Mal begegnet sind. »Die erzählten mir, dass sie Lebensmittel retten. Für sich, aber auch für andere. Ich fand das irgendwie cool.«

»Sie haben den beiden danach weitere Lebensmittel in Aussicht gestellt?«

»Korrekt.«

»Und das, obwohl Ihnen sicherlich klar war, dass Ihr Chef Sie dafür zur Verantwortung ziehen würde?«

Unser Zeuge windet sich ein wenig. »Also, der hätte das gar nicht mitgekriegt, wenn dieser anonyme Hinweis nicht gewesen wäre.«

Wenn ich mich nicht verplappert hätte, denke ich und könnte mich wieder einmal ohrfeigen.

»Daraufhin hat er Sie entlassen«, bemerkt die Richterin. Murats Blick wird finster. Er nickt. »Danke, Herr Ylmaz, ich habe keine weiteren Fragen mehr.«

Sichtlich erleichtert, dass er endlich dran ist, erhebt sich nun der Staatsanwalt. »Kommen wir noch einmal auf die fragliche Nacht zu sprechen. Wie lief das Ganze ab?«

Murat überlegt. »Nach Ladenschluss, so gegen dreiundzwanzig Uhr, hab ich einen unserer Rollwägen mit Lebensmitteln für die beiden bestückt. Danach hab ich noch kurz aufgeräumt und das Lager eine halbe Stunde später verlassen.«

»War Herr Buchholz zu diesem Zeitpunkt noch vor Ort?«

Murat zuckt mit den Achseln. »Also im Supermarkt war er nicht mehr. Ob er irgendwo vor der Tür gelauert hat, kann ich nicht sagen.«

»Und Sie? Haben Sie gesehen, wie die beiden Beschuldigten die Lebensmittel abgeholt haben?«

Murat schüttelt den Kopf. »Nee, ich war schon zu Hause. Aber am nächsten Morgen hat Buchholz mich direkt in sein Büro zitiert. Ich hätte meine Pflichten dem Supermarkt gegenüber grob verletzt und sein Vertrauen verspielt, indem ich sein Eigentum verschenkt hätte. So irgendwie hat er sich ausgedrückt. Und dann musste ich meine Sachen packen.«

»Danke, Herr Ylmaz.« Der Staatsanwalt nickt Murat zu. »Von meiner Seite gibt es keine weiteren Fragen.«

Khadem und Götz wechseln kurz Blicke, dann erhebt sich die Anwältin. »Herr Ylmaz, gibt es in Ihrem ehemaligen Supermarkt einen Sicherheitsdienst, der in der Nacht patrouilliert?«

»Sicherheitsdienst?!« Murat schnaubt. »Der Sicherheitsdienst, das waren ich und die Kollegen. Wer Spätschicht hatte, musste aufpassen, und falls jemand kam, um den Müll zu durchwühlen, sollten wir dazwischengehen. Für jeden Mülltaucher, den wir erwischten, gab's was on top.«

»Eine Art Kopfgeld?« Khadem wirkt empört.

»Na ja, schon so in der Art«, räumt Murat ein. »Aber für den Chef waren die echt ein rotes Tuch. Der hat immer gesagt, diese Container-Aktivisten, das wären alles linke Anarchos, die es gar nicht nötig hätten, im Müll zu wühlen. Und überhaupt gehöre denen mal ordentlich was aufs Maul.«

Khadem stoppt Murat mit einer Handbewegung, bevor er noch mehr ins Detail geht. »Mit anderen Worten: Herr Buchholz hat ein persönliches Problem mit Lebensmittelrettern.«

Über Murats Gesicht huscht ein böses Grinsen. »Könnte man sagen. Irgendwann hat er von uns verlangt, dass wir die Lebensmittel kaputt machen, bevor wir die entsorgen. Mit Haushaltsreiniger oder Glasscherben und so.«

»Daran haben Sie sich aber nicht gehalten.« Khadem ignoriert das ungeduldige Räuspern des Staatsanwalts und beugt sich interessiert vor.

»Nee, also ich denke, das geht gar nicht. Außerdem finde ich das voll in Ordnung, was die beiden da machen. Lebensmittel retten und so. Bevor das alles im Müll landet. Gerade so die Sachen von Weihnachten. Das ist jedes Mal echt viel Zeug.«

»Und haben Sie deshalb beschlossen, den beiden etwas bereitzustellen?«, fragt Khadem.

»Genau. Ich hab die Sachen, die noch am besten aussahen, auf einen Rollwagen gepackt, bevor ich den Laden dichtgemacht habe.«

»Danke, Herr Ylmaz. Ich habe keine weiteren Fragen mehr.«

Ich bemerke, dass die Richterin sich ein paar Notizen macht, nachdem Murat geendet hat. Es würde mich brennend interessieren, was sie da auf ihr Papier kritzelt. Hoffentlich nicht, dass man danach Murat drankriegen sollte! Wegen Komplizenschaft oder so.

Beunruhigt sehe ich auf die Uhr. Eine knappe Stunde ist bereits vergangen. Gerade erhebt sich Götz. Oh Mann, nimmt das denn gar kein Ende?

»Herr Ylmaz, Sie haben die Lebensmittel für die beiden ausgesucht. Was würden Sie sagen, war die Ware zu dem damaligen Zeitpunkt noch wert?«

»Einspruch!«, funkt der Staatsanwalt dazwischen. »Herr Ylmaz sollte die Ware entsorgen. Für ihn handelt es sich damit um eine Sache ohne Wert. Mit einer objektiven Antwort ist daher nicht zu rechnen.«

Die Richterin wirft Götz einen mahnenden Blick zu. »Herr

Verteidiger, bitte formulieren Sie die Frage um oder verzichten Sie darauf.«

»In Ordnung.« Götz sammelt sich einen Augenblick. »Dann frage ich so: Was genau enthielt dieser Rollwagen? Waren das eher so die alltäglichen Dinge wie Butter, Milch, Käse? Oder waren das Delikatessen?«

Murat schüttelt den Kopf. »Das waren so ganz normale Sachen. Also kein Kaviar, wenn Sie das meinen. Es war vor allem Obst und Gemüse.« Er überlegt kurz. »Joghurt war auch dabei. Und Milch. Und natürlich Brot. Brot ist immer dabei. Und so Schokozeugs von Weihnachten.«

»Nichts Besonderes also«, stellt Götz fest und lässt die Bemerkung kurz im Raum stehen, bevor er sich bei Murat bedankt und dieser den Zeugenstand verlässt.

Wir bekommen die Gelegenheit, etwas dazu zu sagen, doch wir haben im Vorfeld mit Götz und Khadem besprochen, dass die beiden das für uns übernehmen. Schließlich erhebt sich der Staatsanwalt, um seine Abschlussrede zu halten. Er kommt zu dem Schluss, dass eine angemessene Verwarnung ausreiche, um uns das Unrecht unserer Tat eindringlich vor Augen zu führen. Götz und Khadem plädieren dagegen auf Freispruch, weil sie der Meinung sind, dass eine Verurteilung in unserem Fall der falsche Ansatz sei. Götz bringt es schließlich auf den Punkt: »Alles in allem sind unsere Mandanten durch und durch empathische junge Leute, denen ihre Mitmenschen nicht gleichgültig sind und die nicht zögern, diesen Menschen auch zu helfen. Seit Wochen engagieren sie sich für ein Projekt, für das gerade noch draußen vor der Tür geworben wurde: Ein Pay-as-you-feel-Café, in dem es gespendete Lebensmittel für alle geben soll. Es erscheint mir daher das falsche Signal zu sein, meine Mandanten wegen ein paar – Sie sagen *erbeuteter*, ich sage *gespendeter* – Lebensmittel zur Rechenschaft zu ziehen.«

Nachdem die Schlussplädoyers gehalten wurden, haben wir eine Viertelstunde Pause, in der sich die Richterin für das Urteil zurückzieht. Ich checke meine Nachrichten. Da ist sie! Eine WhatsApp von Steff. »Mücke hat eine Unterschenkelfraktur«, berichte ich Kira, die bei dem Wort das Gesicht schmerzhaft verzieht. »Und eine Gehirnerschütterung.«

»Mann, der Arme!«

Ich sende Steff eine kurze Antwort zurück und wünsche Mücke gute Besserung. Ich habe die Nachricht kaum abgeschickt, als die Richterin zurückkehrt. Mit einer Miene, die nicht verrät, wie sie nun endgültig entschieden hat. Eine fast unerträgliche Spannung ergreift Besitz von mir.

»Im Namen des Volkes ergeht folgendes Urteil: Das Strafverfahren gegen die beiden Angeklagten Kira Lehmann und Joel Pieper wird hiermit und im Sinne des Paragraphen 153 StPO wegen Geringfügigkeit eingestellt.«

»Yesssss!!!«, juble ich und stoße meine Faust in die Luft. Im selben Moment fällt Kira mir um den Hals. Ich hebe sie hoch und wir wirbeln einmal im Kreis.

Über das Gesicht der Richterin huscht ein Lächeln. Doch sie hat sich schnell wieder im Griff. »Frau Lehmann und Herr Pieper, ich mache Sie darauf aufmerksam, dass ich bei ungebührlichem Verhalten eine Ordnungsstrafe verhängen kann.«

Ich spüre, wie ich knallrot anlaufe. Zerknirscht setze ich Kira wieder ab und stelle mich erneut ordentlich an meinen Platz. »Tut mir leid, Euer Ehren.«

Die Richterin räuspert sich und fährt fort: »Begünstigt durch den Rückzug des Strafantrags im Vorfeld der Hauptverhandlung, hat die Staatsanwaltschaft die Vorwürfe gegen Joel Pieper und Kira Lehmann zurückgenommen. Die Aussage des Zeugen Klaus Buchholz, der vorgab, gesehen zu haben, wie die Heranwachsenden einen Container aufbrachen, um diesem Lebensmittel zu entnehmen, wird als nicht glaubhaft eingestuft. Der Vorwurf des schweren Diebstahls konnte aufgrund der Zeugenaussage von Murat Ylmaz entkräftet werden. Die beiden Heranwachsenden mussten davon ausgehen, dass die ausgemusterten Lebensmittel für den Supermarkt nicht mehr von Interesse waren. Das Gericht schließt sich dieser Auffassung an. Durch die Aufgabe der Lebensmittel seitens des Supermarkts liegt in diesem besonderen Fall kein diebesfähiges Eigentum mehr vor, das vom Strafrecht zu schützen wäre. Da durch die Mitnahme der Lebensmittel niemand geschädigt wurde, die Beschuldigten nicht vorbestraft sind und öffentliches Verfolgungsinteresse ausgeschlossen werden kann, wird das Verfahren hiermit eingestellt. Herr Staatsanwalt, könnten Sie sich mit dieser Lösung arrangieren?«

Schwarz scheint einen Augenblick nachzudenken. Die Sekunden dehnen sich. Doch dann nickt er zögernd. »Unter der Voraussetzung und sofern klar ist, dass das Ergebnis dieser Verhandlung nicht richtungsweisend ist für andere Fälle des sogenannten Containerns.«

»Dem schließe ich mich an«, stimmt die Richterin zu. »Frau Khadem, Herr Götz?« Unsere beiden Verteidiger nicken, und die Richterin fährt fort: »Abschließend bleibt mir nur noch anzumerken, dass es bei der Tat nicht um persönliche Bereicherung ging, sondern um Unterstützung für sozial schwächere Menschen, was das Gericht moralisch nachvollziehen kann und ausdrücklich begrüßt.« Die Richterin nimmt ihre Brille ab und schenkt uns nun doch ein Lächeln. »Damit betrachte ich die Verhandlung als abgeschlossen. Die Kosten des Verfahrens trägt die Staatskasse. Ich bedanke mich für Ihre Geduld und möchte mich hiermit von Ihnen verabschieden.«

Für mich gibt es jetzt kein Halten mehr. Ich umarme Kira und wir klatschen uns ab. Götz und Khadem sind natürlich zurückhaltender. Aufgrund der Corona-Etikette im Gerichtssaal tauschen sie Fistbumps mit der Richterin aus, während Staatsanwalt Schwarz mit einem knappen »Wiedersehen« den Saal verlässt. Von Buchholz kriegen wir nichts mehr mit. Vermutlich ist er bereits während unseres stürmischen Applauses aus dem Saal geflüchtet. Es würde mich schon noch interessieren, ob seine Falschaussage Konsequenzen hat. Andererseits kann mir der Typ eigentlich auch gestohlen bleiben. »Ich denke, wir sollten noch mal mit Murat sprechen«, schlage ich vor und nehme Kira an der Hand. »Immerhin hat seine Zeugenaussage unseren Freispruch bewirkt.«

Murat zieht gerade seine Jacke an. Als er uns bemerkt, blickt er auf und grinst zufrieden. »Hey, ihr beiden! Na, das war ja aufregend.«

»Wir wollten uns noch mal bei dir bedanken«, bemerke ich und spüre, wie ich wieder einmal rot werde.

Murat grinst schief. »Nicht dafür«, erwidert er. »Ich hab nur gesagt, was Sache ist.«

»Trotzdem. Immerhin hast du wegen uns deinen Job verloren. Also, eigentlich vor allem wegen mir. Tut mir echt total leid.«

Murats Gesicht wird ernst. »Ja, das war schon ziemlich scheiße. Andererseits hat es mir bei Buchholz ohnehin nicht gefallen. Und so ganz korrekt war es von mir ja auch nicht, die aussortierten Lebensmittel einfach an euch zu verschenken.« Er zwinkert vielsagend. »Auch wenn ich es natürlich gern getan habe.«

»Was hast du jetzt vor?«, möchte Kira wissen.

»Weiß noch nicht.« Murat zuckt mit den Schultern. »Vielleicht wechsle ich in die Gastrobranche. Veranstaltungsgastronomie würde mir gefallen. Ich muss mal beim Jobcenter nachhaken. Wenn ich Glück habe, unterstützen die mich.«

Ich stutze. »Du willst in die Gastronomie wechseln?«

Murat wirft mir einen fragenden Blick zu. »Ja, wieso nicht?«

»Ich glaub, ich hätte da was für dich!«

30

»Da kommt Mücke!«

Durch die großen Fenster unseres zukünftigen Cafés beobachten Kira, Sina, Olaf und ich, wie Steff ihre alte Schleuder vor dem Gebäude parkt, ein paar Krücken von der Rückbank zerrt und sie Mücke hinhält, der sich mühsam aus dem Beifahrersitz schält. Nach einer Woche Klinikaufenthalt ist er vermutlich froh, dass er heute endlich rausdarf. Die Ärzte haben ihm eingeschärft, dass er sich noch schonen soll, und Steff kümmert sich wie eine große Schwester um ihn. Sie nimmt Mückes Tasche aus dem Kofferraum und öffnet ihm die Tür zum Café. Mücke humpelt herein, begleitet vom Applaus der Anwesenden.

»Mann, Alter! Wie geht's dir?«

»Verrückter Kamikaze!«

»Mücke mit Krücke! Haha!«

Mücke grinst und lässt sich vorsichtig auf einem der Campingstühle nieder, die Sina organisiert hat. Solange es in unserem Café noch keine Möbel gibt, müssen sie herhalten.

»Willste 'n Kaffee?« Sina deutet auf eine Thermoskanne, die auf der ansonsten leeren Theke steht. Eine Kaffeemaschine haben wir leider noch nicht. Auch sonst fehlt es beinah noch an allem. Aber immerhin sind wir mit dem Innenausbau nahezu fertig.

»Lieber 'n Bier«, nuschelt Mücke.

Steffs Augen werden schmal. »Vergiss es, Alter!«, zischt sie.

Mücke grinst. »War 'n Witz! Ich bin doch nicht lebensmüde und riskiere unseren Deal!«

»Das will ich dir auch raten, mein Freund!« Während seines Aufenthalts in der Klinik haben er und Steff lange gequatscht. Am Ende hat sie ihm angeboten, dass er weiterhin bei ihnen in der Mühle wohnen darf. Einzige Bedingung: Er muss die Schule nachholen. Mücke war wenig begeistert von der Idee, doch nach einer Woche Überzeugungsarbeit, die Steff vermutlich nur gelungen ist, weil Mücke im Krankenhaus nicht abhauen konnte, hatte sie ihn so weit. Jetzt will er es mit einer Fernschule probieren. Ab nächster Woche wird er regelmäßig Wochenpakete mit Lernbriefen und Aufgaben erhalten. Die soll er dann in freier Zeiteinteilung durcharbeiten. Steff wird mit ihm den Wochenplan durchgehen, und wenn er nicht weiterkommt, kann er die Lehrkräfte per Mail oder Video-Chat kontaktieren. Oder uns. Wir sind ja schließlich auch noch da.

»Ich find's voll cool, dass du das mit der Schule jetzt durchziehen willst.« Kira zieht einen Stuhl neben Mücke und setzt sich. Sie hat Farbe im Haar und an den Händen und selbst im Gesicht sind ein paar Spritzer. Doch die Wand, die sie mit einer ihrer legendären Illustrationen gestaltet hat, sieht genial aus: ein Porträt von Frida Kahlo. Aber beim näheren Hinsehen erkennt man, dass es aus Gemüse und Obst besteht.

»Du hast gut reden!«, brummt Mücke. »Immerhin hast du dein Abi ja schon fast in der Tasche.«

»Aber auch nur fast!«, erwidert Kira lachend. Seit sie die Abiklausuren hinter sich hat, ist sie deutlich entspannter. Jetzt steht nur noch das Mündliche an. Aber in Kunst kann ihr ohnehin kaum einer was vormachen.

»Was passiert denn jetzt eigentlich mit dem Typen, der dich über den Haufen gefahren hat?«, möchte Olaf wissen, während er sich einen Kaffee aus der Thermoskanne einschenkt und danach zu uns gesellt.

»Steht demnächst vor Gericht«, beantwortet Steff seine Frage. »Mücke wird als Nebenkläger auftreten. Joels Anwalt unterstützt ihn.« Götz hat von sich aus vorgeschlagen, Mückes Fall zu übernehmen, nachdem die Staatsanwaltschaft Anklage wegen Angriffs mit einem Fahrzeug erhoben hat. Dem Fahrer wird vorgeworfen, dass er das Unglück in voller Absicht herbeigeführt und dabei billigend in Kauf genommen hat, dass Mücke auch tödlich verletzt werden könnte. Dazu gibt es zahlreiche Zeugenaussagen, einschließlich der von Kira und mir. Wir alle können bestätigen, dass der Fahrer mit Vollgas auf Mücke und seine Kumpels losgegangen ist. Außerdem gibt es ein Gutachten von einem Unfallsachverständigen.

»Weiß man eigentlich, wieso der Typ das gemacht hat?«, fragt Olaf, während er an seinem Kaffee nippt. »Ich meine, war doch total bescheuert. Bei so vielen Zeugen.«

»Er behauptet, er habe unter *Termindruck* gestanden.« Sina schüttelt immer noch ungläubig den Kopf. »Aber in Wirklichkeit ging ihm wohl einfach nur unsere Demo auf den Sack.«

Mückes Ohren färben sich rot. »Na ja, ich hab den ja auch provoziert«, gibt er ein wenig kleinlaut zu. »Ey, ich hatte was geladen und da hab irgendwie nicht nachgedacht …«

»Nee, haste wirklich nicht«, pflichtet Steff ihm bei. »Und unsere Kundgebung hast du nebenbei auch noch gesprengt.«

»Ja, sorry«, murmelt Mücke. »War nicht cool.«

In diesem Augenblick klingelt Steffs Handy. Einen Moment

hört sie dem Anrufer schweigend zu, doch dann hellt sich ihr Gesicht auf. »Natürlich! Total gerne! Wann?«, flötet sie und lauscht danach erneut, nickt und verabschiedet sich schließlich überschwänglich. »Stellt euch vor, Leute! Das war der Stadtanzeiger«, berichtet sie atemlos. »Die haben unseren Flyer gesehen und sind neugierig geworden. Jetzt wollen sie eine Reportage über uns machen!«

»Echt? Wann?« Sina ist bereits ganz aufgeregt.

»Jetzt! Nächste Woche!«, berichtet Steff. »Und zur Eröffnung wollen sie auch gerne dabei sein.«

»Na, dann war es wohl doch nicht so schlimm, dass ich die Kundgebung gesprengt habe!«, seufzt Mücke erleichtert.

Die Sonne ist noch nicht ganz untergegangen, als ich Kira nach Hause bringe. Wir finden noch ein warmes Plätzchen auf dem kleinen Mäuerchen vor ihrer Haustür und lassen uns darauf nieder. Als nur noch ein rotes Glühen am Himmel zu sehen ist, schenkt sie mir einen dieser schimmernden Kira-Blicke, und ich stelle fest, dass ihre Augen doch nicht so dunkel sind, wie ich gedacht habe. Um die Pupillen herum ist ein honigfarbener Kreis. »Ich bin froh, dass du mich überredet hast, in Berufung zu gehen. Und auch, dass wir zusammen Lebensmittel gerettet haben.« Sie greift nach meiner Hand und verschränkt ihre Finger in meinen. »Es war die beste Erfahrung ever.«

»Das heißt, du bereust es nicht, dass wir zusammen unterwegs waren?« Sanft streiche ich über die kleine Narbe, die die Glasscherbe auf ihrer Haut hinterlassen hat.

Kira folgt meinem Blick. »Keine einzige Sekunde!«

Epilog

Träume ich oder habe ich gerade ein Déjà-vu?

Lautes Geschrei reißt mich aus dem Tiefschlaf. Ich ziehe mir die Decke über den Kopf und versuche, wieder einzuschlafen. Doch es klappt nicht. Merles schrille Stimme dringt bis unter meine Bettdecke. »Los, mach! Ich hab keine Lust, ständig um den Block zu fahren!«

Ich schiebe meine Beine aus dem Bett und schlurfe zum Fenster. Die Julisonne brennt auf den Asphalt. Unten parkt ein weißer Sprinter in zweiter Reihe. Die hinteren Flügeltüren stehen weit offen. Bereits jetzt staut sich der Verkehr. Ein schmächtiger Kerl hievt gerade ächzend Merles XXL-Palme in den Anhänger. Ich höre, wie Merle entsetzt aufschreit. »Mann, die kommt doch erst zum Schluss!« Angepisst sieht sie sich nach den Autofahrern um, die hinter dem Kleinlaster warten.

Ich schließe das Fenster und überlege gerade, ob ich zurück ins Bett kriechen soll. Immerhin ist es noch ziemlich früh. Doch im Grunde bin ich wach. Da könnte ich auch sofort in die KostBar gehen und schon mal einen Kaffee trinken, bis Kira kommt.

Ich schlüpfe in meine Klamotten und verlasse die Wohnung. Als ich aus dem Haus trete, ist der Typ vom Ordnungsamt schon da. Irgendwie kommt er mir bekannt vor.

Genau! Es ist Playmo-Polly, der Typ, der uns letztes Jahr angehalten hat, als wir vom Dumpstern kamen. Mit unbewegter Miene lässt er Merles Verteidigungsrede über sich ergehen.

»Was kann ich denn dafür, dass meine dämlichen Nachbarn den Parkplatz vorm Haus besetzen, obwohl ich hier ein Schild aufgehängt habe?«, keift sie und hält dem Beamten ihr selbst geschriebenes Schild vor die Nase. »Hier! Das ist ja wohl eindeutig: ›Wegen Umzug bitte freihalten‹!«

»Sie benötigen eine behördliche Genehmigung für amtlich gültige Halteverbotszonen«, sagt er ungerührt. »Die bekommen Sie auf Antrag von der zuständigen Amtsstelle.«

»Ach, das ist doch lächerlich! So ein Aufwand wegen eines kleinen Umzugs!«

»Wer öffentliche Parkflächen blockiert, greift eigenmächtig in den Straßenverkehr ein. Damit machen sie sich strafbar.«

»Mann, ich bin doch gleich fertig!«

»Entschuldigung, darf ich mal bitte durch?«, frage ich mit gespielter Höflichkeit. Merle wirft mir einen mordlüsternen Blick zu und tritt einen Schritt beiseite.

Ich strahle sie an. »Hi, Merle.« Dann weiche ich ihrem Helfer aus, der gerade zwei Kisten auf einmal an mir vorbeiträgt. Ich schätze, er muss noch viel lernen …

In der KostBar setze ich mich auf einen Platz am offenen Fenster und bestelle bei Murat einen Milchkaffee und ein kleines Frühstück. Nachdem ich Sina und Steff von seinen Plänen, in die Gastronomie zu wechseln, berichtet habe, hatten die drei ein langes Gespräch. Murat war sofort begeistert von der Idee, in der KostBar die Teamleitung zu übernehmen. Und es hat sich schnell gezeigt, dass er ein Händchen für das Café hat. Es gibt kaum etwas, das er nicht irgendwann irgendwo auftreibt. Selbst die chromblitzende Kaffeemaschine stammt von ihm. Sie ist nicht mehr die neuste, aber nachdem der Olle einen Nachmittag daran herumgeschraubt hat, läuft sie wieder einwandfrei.

»Hier kommt der Milchkaffee!« Gekonnt balanciert Murat das Tablett an meinen Tisch und lädt Tasse und Brötchenteller vor mir ab. »Bist du allein heute Morgen?«

»Kira kommt gleich noch dazu. Wir wollen uns die Biergartenstühle vornehmen, die Sina und Steff vom Flohmarkt angeschleppt haben.«

»Die alten Dinger? Na, dann viel Spaß!« Murat lacht und verschwindet wieder hinter der Theke, wo er sich einen Espresso brüht.

Kira lässt auf sich warten. Vermutlich hat sie im Baumarkt die Ecke mit dem Künstlerbedarf entdeckt. Seit sie ihr Abi in der Tasche hat, ist sie viel relaxter. Für uns gibt es jetzt sogar ein richtiges *Wir*. Mit abendlichen Dates und Vollmondnächten am Rheinufer. Wir genießen jede freie Minute zusammen, denn ab Herbst werden wir deutlich weniger Zeit füreinander haben. Kira konnte einen der seltenen Studienplätze an einer Filmuniversität in Potsdam ergattern. Als die Zusage kam, habe ich für Kira eine Fete im Café KostBar geschmissen. Mit einer Liveband. Es war mega!

Für mich geht demnächst die heiße Phase los. Noch sehe ich dem Ganzen gelassen entgegen. Irgendwie werde ich das Abi schon schaukeln. Bin schließlich nicht der Erste, der da durchmuss. Und außerdem ist jetzt erst mal Sommer!

Ich lasse meinen Blick durch das Café wandern. Es ist ruhig heute Morgen. An einem der Tische weiter hinten sitzt der Olle und frickelt zufrieden an einer Küchenmaschine herum. Seine Hände zittern etwas, doch ich bin sicher, dass das Gerät hinterher besser läuft als je zuvor. Seit es sich herumgesprochen hat, dass er sich mit Elektrokrams auskennt, ist er hier der gefragteste Dude vor Ort. Jeden Mittwochvormittag kann man jetzt mit seinen kaputten Geräten vorbeikommen und sich vom alten Schorsch helfen lassen. Nebenbei sind wir also sozusagen auch noch ein Repair Café …

Ab und zu schaut Kim vorbei und macht einen auf Barista. Seine *Latte Art* ist unschlagbar und die Fridays-for-Future-Kids liegen ihm zu Füßen, wenn er Peace-Zeichen, Herzchen und Friedenstauben aus Milch oder Hafersahne zaubert. Linus ist unser Social-Media-Mann fürs Café. Ihm haben wir es zu verdanken, dass wir immer bekannter werden und mittlerweile auch größere Bands bei uns anfragen. Nur mit Merle ist es vorbei. Nachdem sie von dem Café erfahren hat, hat sie ein paarmal probiert, uns in die Pfanne zu hauen. Sie hat sogar gedroht, uns über ihren Blog fertigzumachen. Eine Drohung, die Linus mühelos mit einer einzigen Bemerkung zunichtegemacht hat: »Wenn du das tust, berichten wir auf der Seite unserer KostBar, wie du Kira und Joel damals denunziert hast.« Damit war die Sache gegessen. Dass Merle heute auszieht, ist für uns alle eine Erleichterung. Kim hat bereits einen Nachmieter gefunden, einen Studenten aus Kamerun. Demnächst steigt eine Party …

Sina und Steff sind mit einer Ladung Torten, Kuchen und süßen Teilchen vom Vortag zurück. Ich beobachte, wie die beiden sich abmühen, alles in den riesigen Kühlschrank zu kriegen, den Murat angeschleppt hat.

»Hey, Joel? Lust auf ein Stück Kuchen?« Sina zeigt verzweifelt auf eine Tortenschachtel, die nicht mehr in den Kühlschrank passt. »Oder zwei?«

»Immer!«

Ich bekomme ein großes Stück Kirschstreusel auf einem Teller mit Goldrand. Die Teller stammen von einem Trödelladen aus der Nordstadt. Der Besitzer rief vor ein paar Tagen an und wollte wissen, ob er Geschirr vorbeibringen könne. Jetzt sind wir im Besitz von altem Omaporzellan mit Blümchenmuster und Girlanden. Nichts passt zusammen und gerade das macht es so großartig.

Die Presse war auch schon da. Die Lady hat sich gar nicht mehr eingekriegt, so cool fand sie unser »Änteriöör«, wie sie jedes Mal betonte. Dabei haben wir die alten Sessel und das rote Vintage-Sofa bei eBay-Kleinanzeigen gefunden. Steff und Kira haben das Ganze aufgemotzt und geschickt arrangiert. Und nachdem Steff noch ein paar alte Bilderrahmen aufgetrieben hat, kam uns die Idee, einige von Kiras Illustrationen aufzuhängen. Das eine oder andere Bild haben wir sogar schon verkauft.

Mir ist schon klar, dass dieses Café die Welt nicht retten wird. Und es wird auch nicht verhindern, dass weiterhin Essbares in Tonnen landet. Aber es wird die Menschen nachdenklich stimmen, während ihr Blick über die große Tafel hinter der Theke wandert, auf der Sina täglich alles auflistet, was an Kuchen, Törtchen, Salaten, Snacks und Getränken vorrätig ist. Dabei bezahlen die meisten so viel, wie sie auch in anderen Cafés bezahlen würden. Manche sogar ein bisschen mehr. Natürlich kommen auch Menschen zu uns, die sich anderswo keinen Kaffee leisten können. Doch bisher kam es noch kein einziges Mal vor, dass jemand schief angeguckt wurde.

»Das sind mir die Richtigen!« Kira ist hinter Steff aufgetaucht. Ihr Rucksack ist prall gefüllt. Jetzt stemmt sie die Hände in die

Seiten und grinst mich an. »Ich dachte, wir wären zum Arbeiten verabredet!« Stolz zieht sie einen Schwingschleifer aus ihrem Rucksack und präsentiert ihn mir. Außerdem hat sie noch Farben und Pinsel im Gepäck. »Folie zum Abdecken hab ich natürlich keine mitgebracht – nachdem mir Sina diesen Vortrag über Plastikmüll im Meer gehalten hat. Aber wir haben noch jede Menge Altpapier. Los, lass uns anfangen!«

»Erst wird aufgegessen!«, kommandiere ich und ziehe sie auf meinen Schoß. »Wir schmeißen hier doch keine Lebensmittel weg!« Bevor sie sich wehren kann, schiebe ich ihr eine Gabel mit Kirschstreusel in den Mund.

»Okay, du hast gewonnen!« Kira verdreht genüsslich die Augen. »Hmmm, also diese Kuchen von Krauses …«

»Du hast da was!«

»Was? Wo?«

»Na hier!«, sage ich und nehme ihr Gesicht in beide Hände. Und während sie mich noch völlig verdutzt ansieht, schließe ich die Augen und küsse ihr die Krümel von den Lippen.

Luftschlösser sind schwer zu knacken

ISBN 978-3-7348-5049-3

Es ist nicht gerade Liebe auf den ersten Blick, als Jonas und Nika aufeinandertreffen. Denn Jonas erwischt Nika, als sie bei ihm einbricht. Nicht, weil sie etwas gegen ihn persönlich hat, sondern weil das ihr Job ist. Nika gehört zu einem Familienclan, der sich auf Wohnungseinbrüche spezialisiert hat. Wenn sie nicht liefert, machen die anderen Druck. Doch Nika und Jonas begegnen sich wieder. Zufällig. Und Jonas zeigt ihr, dass das Leben nicht nur aus Sackgassen besteht. Aber einfach aussteigen ist nicht. Plötzlich schwebt nicht nur Nika, sondern auch Jonas in größter Gefahr.

Natürlich magellan©

FSC
www.fsc.org
MIX
Papier | Fördert gute Waldnutzung
FSC® C083411

Wir pflanzen Bäume
Für unsere Umwelt
www.magellanverlag.de

FAIR PRODUZIERT
www.magellanverlag.de

Hergestellt in Deutschland
Gedruckt auf FSC®-zertifiziertem Papier
Lösungsmittelfreier Klebstoff
Drucklack auf Wasserbasis

1. Auflage 2022

Dieses Werk wurde vermittelt durch
die Autoren- und Projektagentur Gerd F. Rumler (München)
Umschlaggestaltung: Christian Keller
unter der Verwendung von Motiven von
iStock / LordRunar und shutterstock / Roman Kupriyanov / art-sonik
ISBN 978-3-7348-5062-2
Druck: CPI, Leck

www.magellanverlag.de